Nuova Narrativa Newton

1053

Copertina © Sebastiano Barcaroli

Titolo originale: *Soot*

Traduzione dalla lingua inglese di Paolo Ippoliti
Prima edizione: novembre 2019

ISBN 978-88-227-3595-9

www.newtoncompton.com

Realizzazione a cura di The Bookmakers Studio editoriale s.r.l.s.
Stampato nel novembre 2019 presso Puntoweb s.r.l., Ariccia (Roma)

Andrew Martin

Il delitto dell'artista maledetto

Newton Compton editori

A Lisa, che mi ha comprato una silhouette.

Lettera del signor Erskine, procuratore legale, al signor Ralph Taylor, magistrato capo di York. Precentor's Court, York, mercoledì 16 gennaio, 1799

Mio caro Taylor,

troverà qui inclusa una cronistoria degli eventi che hanno fatto seguito all'assassinio del signor Matthew Harvey, il pittore di ombre o silhouette, come talvolta vengono chiamate (per via di un certo ministro francese, personaggio in qualche modo ombroso e di ben poca consistenza).

La maggior parte di questa relazione è composta da trascrizioni dal diario del signor Fletcher Rigge, ove costui descrive l'incarico assegnatogli dal capitano Harvey, figlio dell'uomo assassinato. Negli scritti del signor Rigge noterà osservazioni quantomeno sconvenienti sul sistema giudiziario cittadino. Forse le parranno penose da leggere, o in alternativa – come lei stesso, per sua ben disposta natura mi ha suggerito – addirittura istruttive, in quanto specchio dell'opinione del tipo più intelligente di cittadino di York, visto che Rigge senza alcun dubbio, e al di là di tutto quello che potremmo aggiungere sul suo conto, è tra quelle fila che alberga.

Troverà anche trascrizioni da un altro diario, quello della giovane donna chiamata Esther (il cui cognome deve ancora venire alla luce), convivente del capitano, di fatto più licenziose e a tratti persino oscene. Parte degli scritti del giovane Rigge manifesta una simile tendenza, che pure il nostro, se dobbiamo prestare fede alle frequenti cancellature, teneva apparentemente a bada. Ho chiesto al signor Bright, il mio scrivano, di decifrare detti passaggi – opera per la quale sembra particolarmente predisposto – e di trascriverli in grafia chiara e decisa.

Per quanto concerne il resto, si tratta in buona parte di missive e trascrizioni di esami condotti da me, o più di frequente dal signor Bright, che a fronte della marcata irragionevolezza d'una parte dei suoi soggetti è riuscito a mantenersi indulgente. Per quanto riguarda le date, ho avuto cura di annotarle quandunque sembrassero d'ausilio, e nei casi in cui le informazioni riportate erano state acquisite dopo gli eventi al cuore di questa vicenda, ho veduto opportuno cassarle in quanto antecedenti. E laddove l'informazione era stata acquisita dopo gli eventi centrali l'ho cassata, in quanto anteriori alla storia principale Nelle occasioni in cui un documento necessitava di ulteriori ampliamenti, troverà annotazioni introduttive o in calce, stilate da me o dal signor Bright.

Come ho già avuto modo d'illustrarle, signor Bright e io eravamo destinati a diventare attori di questa particolare narrazione. Siamo rimasti coinvolti nella questione dell'assegnazione della casa di Aden Park e nell'alienazione della tenuta di Adenwold. Solo dopo la scoperta del diario di Rigge – avvenuta in circostanze spiegate al termine di questa documentazione – abbiamo iniziato a intravedere il quadro completo.

Faccio precedere questo fascicolo da due articoli estratti dal Registro pubblico. Il primo è un resoconto dell'assassinio di Matthew Harvey, come è stato riportato dallo «York Courant», *contraddistinto dalla estrema brevità che l'illustre giornale riserva agli eventi di maggiore interesse. Il secondo è una voce dedicata al signor Rigge nel Registro di Castello, stilata contestualmente alla sua carcerazione per debiti nel settembre dello scorso anno. Ma prima di arrivare ai suddetti, devo recarle una concisa descrizione di questo nostro giovane protagonista.*

Credo che Fletcher Rigge avesse ventuno o ventidue anni al tempo di questi eventi. D'aspetto era un uomo snello e piuttosto grazioso, con d'abitudine dipinta in volto un'espressione malinconica, quando non decisamente sconsolata. Questa carenza di spirito – cui facevano da contrappunto una mordace sagacia e una altezzosa ostinazione – è presto spiegata: sua madre morì quando il nostro era ancora un infante; suo padre, noto ai più come uomo d'onore, restò intrappolato nella morsa delle carte e dei dadi, finendo come un pover'uomo a dover rinunciare prima alla sua tenuta – che gli fruttava buone tremila ogni anno – e poi alla sua stessa vita, strappata da un colpo di fucile sparato di sua mano. Eppure Rigge idolatrava il padre, stimandolo come l'esempio più fulgido del gentiluomo di campagna vecchio stile.

Vede, mio caro Taylor, il nostro giovane era stregato dal romanticismo rurale. Era contrario all'avvento della modernità nell'agricoltura e ancor più alla recinzione delle terre demaniali, poiché invariabilmente questa s'accompagna alla distruzione delle stesse, e all'insorgere d'una classe lavoratrice, dove un tempo – stando alle sue idee – c'era un contadiname lieto. Questo preconcetto, mi si dice, è ben espresso nella poesia di Goldsmith chiamata Il villaggio disertato*:*

Lo sconforto razzia la terra, d'arcigni malori preda,
dove s'accumula ricchezza, e l'uomo degrada…

Il padre di Rigge aveva mantenuto i diritti delle terre, ma lo sforzo di questo gesto l'aveva condotto ai tavoli da gioco. Nel breve interludio durante il quale Rigge ha assunto il comando della tenuta, ha provato a perpetuare quell'agognata Inghilterra felice, ma le spese di riparazione di alcuni degli alloggi dei lavoranti lo hanno rapidamente ridotto sul lastrico e fu per quello che venne fatto prigioniero per debiti e tradotto al Castello di York.

All'inizio della storia il nostro era stato incarcerato per tre mesi senza prospettive di rilascio, visto che rifiutava di richiedere qualsiasi caritatevole assistenza. Non che gli capitasse di ricevere offerte del genere, poiché non aveva alcun familiare in vita e la somma di cui era debitore avrebbe scoraggiato anche il più magnanimo dei benefattori.

Nella persona di Rigge, l'abilità e l'ambizione (quella di recla-

mare la propria tenuta e di sposare una certa graziosa giovane) dovevano vedersela con una propensione al fatalismo. Non era questo l'unico paradosso. Anche se professava di disdegnare la vanità della buona società di York, pochi tra i membri di quella élite di dandy si abbigliavano con tanta cura, o erano parimenti esperti nella contraddanza. Rigge dimostrava un ineguagliato acume nell'osservare i suoi simili – un talento certo metropolitano – che non era sfuggito all'iniziatore promotore delle sue peripezie, il capitano Harvey.

Rigge aveva anche un altro talento – quello della scrittura – che pure liquidava come nulla più di un modo di passare il tempo. Al Castello, iniziò a tenere un diario, e forse fu lì, anche se è difficile dirlo, che cercò di conoscere se stesso tramite i suoi scritti. Quello che è certo è che il suo diario teneva il passo con il vertiginoso dramma nel quale si trovò coinvolto, uno – e mi cruccia dirlo, mio beneamato Taylor – dei più strani che mai abbia avuto luogo tra le mura di questa nostra nobile e antica città.

Dallo «York Courant», martedì 28 agosto, 1798

Lo scorso venerdì, un artista chiamato Matthew Harvey è stato ritrovato privo di vita, presumibilmente assassinato, in uno scenario che alludeva a uno scontro violento a casa sua in Coney Street. Si stanno svolgendo le indagini.

Castello di York, Registro delle Galere, volume 6

Prigioniero: Fletcher Rigge
Data della bancarotta: 1798
Data di incarcerazione: 15 settembre
Ammontare del suo debito: £ 150
Effetti personali: circa £ 7
Note: un giovane gentiluomo, debitore di prima classe, tassato di tre scellini alla settimana per il posto alla tavola del refettorio.
Sanzioni, cella d'isolamento, scudisciate: al 1 novembre ancora nessuna.

Diario di Fletcher Rigge, venerdì 16 novembre, 1798

Scrivo queste righe alle nove della sera.

Alle nove in punto di questa *mattina* ero davanti alla finestra della sala comune e guardavo fuori. Avevo abbandonato le mie letture al tavolo lungo e stavo contemplando il prato tra gli edifici, che in quel momento, poiché coperto di neve, brillava di *bianco* candore. Alcuni dei miei colleghi debitori facevano capannello all'altro capo della stanza, dove in un ampio camino la fiamma consumava un pugno di braci.

Mentre osservavo la neve precipitare di sghembo, udivo il suono del nuovo macchinario che muoveva i mulini del castello, un marchingegno che nel tempo ero arrivato a odiare: picchiava e picchiava come un mulino a vento guasto, rubando il sonno non solo ai debitori ma anche ai delinquenti che tra le mura di quella prigione, che da più di tre mesi mi ospitava, albergavano. Richiamavo alla mente l'incontrastato silenzio che seguiva le nevicate ad Aden Park, trasformando quel luogo in una sorta d'assopito regno delle fate. Rievocai la visione d'un uomo che a cavallo d'un bianco destriero attraversava il candore immacolato di quei campi: un fattore gentiluomo, proveniente da Pickering, che ci raggiungeva per andare a caccia con mio padre. La loro amicizia, anche se all'epoca lo ignoravo, suggellò il principio della mia stagione di stenti.

Qualche secondo dopo il nono rintocco della campana della prigione, udii la porta della sala comune spalancarsi alle mie spalle e dare accesso al carceriere Derek Hill, che si annunciò con un peto fragoroso, disdicevole presentazione che feci finta di non sentire.

«Buongiorno, signor Rigge», disse il carceriere.

«Buongiorno a lei, Hill», risposi voltandomi. Mentre parlavo vedevo il mio respiro addensarsi nell'aria.

Il carceriere stava armeggiando con un foglio. «Questo tempo non è normale», disse. «Pare che ci sia qualcosa che non va con la luna, che sia fuori asse rispetto al sole».

«Quale sole?», sospirai, contemplando tra le rovine medievali il castello crollato dall'altro capo del prato, che dava al complesso carcerario quel nome involontariamente romantico.

«O forse si tratta di una retrocessione dei nodi lunari», suggerì Hill.

«È ben possibile», commentai. «Lund è già sveglio?»

«Ancora no».

«Bene».

Dopo un processo assai breve, Edwin Lund, ladro di pecore, era stato trasferito dalle grate sotterranee alla cella dei condannati a morte posta nella sezione dei debitori. In attesa del suo destino, aveva richiesto che gli leggessero qualcosa e io, pescando da un assortimento di cosiddetta letteratura nella biblioteca riservata ai debitori, gli avevo offerto una scelta di titoli; e l'uomo, anziché qualche storia di streghe e vitelli bicefali, aveva selezionato un volumetto sensazionalistico chiamato *Un calendario di York*. Il libro era stato curato da "Un cittadino di York", ed è con greve vergogna che devo ammettere che quel cittadino ero io, e il volume uno tra quelli che avevo prodotto per il libraio Skelton. Avevo comunque evitato di palesare questo mio coinvolgimento a Lund, che in ogni caso non prestava attenzione alla mia lettura per più di cinque minuti, scoccati i quali riprendeva a parlare, rapido e balbettante, del suo preferito – nonché unico – argomento, ovvero le *pecore*.

L'esecuzione di Lund era stata fissata a mezzogiorno, ma Hill non sembrava aver voglia di parlarne. Mi sorrideva, anzi, in modo strano; teneva in mano un foglio, che sulle prime mi era parso una pagina dello «York Courant», visto che Hill era solito recarmene una copia. «Ora», disse, «se fossi io, nella sua posizione, farei un tentativo con quest'uomo», indicando un paragrafo che documentava probabilmente il lascito di un qualche illustre cittadino a una scuola o a un ospedale. Lo faceva in genere per potermi vendere un altro ventesimo di risma di carta da lettera, sapendo che avrei presentato istanza a un altro di quegli autoproclamati filantropi, giammai chiedendo la carità e sempre offrendo i miei servigi in cambio della remissione del debito. Non avevo mai ricevuto risposta, ma qui forse, per la prima volta ne vedevo una.

Il foglio che Hill mi passò era una lettera, scritta su carta di buona fattura, eppure lorda a tratti di fuliggine. Era indirizzata "Al guardiano del Castello di York di Sua Maestà, o a chi per diritto ne faccia vece", ed era firmata da un qualche capitano.

«Ha finalmente un benefattore», disse Hill.

Gli risposi di non aver mai scritto ad alcun capitano.

«Ciò nonostante, sarà rimesso in libertà a partire da subito».

«Ma... dovrà pur esserci una qualche condizione», replicai.

«Ha ragione», disse Hill, facendo mostra col suo ghigno dei quattro denti che gli erano rimasti in bocca. «C'è, eccome».

Tornai a leggere la lettera, che era oltremodo farraginosa, e mi rivolsi a Hill cercando spiegazioni. A quanto pareva, questo capitano aveva proposto un accordo che il giorno prima tutte le parti interessate, dal signor Burnage (il summenzionato cacciatore di Pickering) al vice sceriffo di York, che aveva inviato un ufficiale giudiziario a eseguire il mandato, avevano sottoscritto.

La proposta era a dir poco bizzarra. Il misterioso capitano aveva offerto a Burnage la somma di settantacinque sterline, ammontante a metà del debito che avevo contratto, che questi aveva accettato, acconsentendo in cambio al mio rilascio per un mese civile, lasso nel quale avrei dovuto svolgere per il capitano un servigio che nella lettera non veniva specificato, e nel caso che questo fosse stato portato a compimento con soddisfazione, entro quel mese, Harvey avrebbe saldato a Burnage il resto del debito e io sarei stato per sempre libero dall'ombra del Castello. Se il servigio non fosse stato compiuto in modo apprezzabile, oppure non entro lo scader del mese, sarei stato rispedito tra le mura della prigione. Mi veniva inoltre richiesto di dare la mia parola che non sarei fuggito in corso d'opera poiché, se così avessi fatto, non solo sarei stato inseguito alla stregua di un comune delinquente, ma le settantacinque sterline che il capitano aveva versato a cauzione del mio rilascio sarebbero andate perdute, e visto che dunque il capitano me ne sarebbe stato creditore, avrei dovuto poi vedermela con *due* parti offese, e mi sarei ritrovato debitore di un ammontare di gran lunga superiore a quello che dovevo al momento.

«Dia un'occhiata all'indirizzo», disse Hill.

Lessi "First Water Lane", un luogo d'origine quantomeno desueto per una simile bontà d'animo, visto che era collocato lungo una delle arterie più dimesse e pericolose della città, tanto che le guardie la pattugliavano di continuo, e mai da sole; ma ricordavo che anche là, tra un grumo di tuguri fatiscenti, c'erano un paio di caseggiati degni di quel nome.

«Farà meglio a dire a questo capitano quanto infinitamente gli è grato», disse Hill. «Avrà occasione di farlo presto di persona, visto che ha richiesto di incontrarla domani stesso».

«Ma di chi si tratta, esattamente?», chiesi. «Non riesco a leggere il nome».

«Harvey – Robin Harvey – figlio del pittore di ombre. Quello che è stato ucciso».

Feci un cenno col capo mentre mi affiorava alla mente l'episodio. Dell'assassinio di Matthew Harvey, pittore d'ombre, in città si era parlato assai. Era avvenuto nella stessa settimana d'agosto delle gare di corsa. Harvey era stato trafitto allo stomaco da una forbice speciale che usava per ritagliare le meno dispendiose tra le ombre che creava. Si riteneva che il colpevole fosse uno dei suoi soggetti, visto che Harvey d'abitudine li riceveva da solo, in una delle stanze al piano terra della sua abitazione, trascorrendo il resto del tempo quasi sempre in compagnia di sua sorella – che fungeva anche da sua governante – nelle stanze al piano superiore di quella stessa casa.

«Suo figlio non è esattamente il classico gentiluomo munifico», aveva ripreso a dire Hill. «A dirla tutta, il capitano Harvey è quanto di più distante da un uomo comune».

Se ne andò e io tornai a guardare fuori dalla finestra. Sul campo imbiancato era comparso il carretto nero del boia, abbandonato lì mentre a poco a poco la neve l'andava riempiendo, pronto comunque a trasportare Lund al Tyburn sul Knavesmire, visto che il nuovo patibolo dietro la Corte d'Assise lo stavano ancora rifinendo, e che per rodarlo sinora ci avevano impiccato solo sacchi carichi di pietre, a quanto pare senza ottenere l'esito desiderato. Il nuovo patibolo lo stavano costruendo seguendo gli ultimi ritrovati dell'ingegneria. Ed era, fuor di dubbio, una forca *razionale*.

Diario di Fletcher Rigge, sabato 17 novembre

«Tintura?», chiese il capitano Harvey, poggiandosi con una mano al bastone da passeggio, mentre con l'altra versava un bicchiere di porto.

Tintura, compresi, era il termine che il capitano Harvey usava per una gran quantità di porto, e il bicchiere che mi porse, pieno sino all'orlo, era già il secondo che accettavo. Soffro di una piccola debolezza a quel riguardo, l'ho ereditata da mio padre, e durante la prigionia mi ero ridotto a pagare cifre esorbitanti per lo scadente vino passito che mi forniva il carceriere.

Nella fatiscente dimora del capitano Harvey mi aveva fatto entrare un servitore dall'aspetto pericoloso: un uomo quadrato e sporco dai lunghi capelli grigio topo che rispondeva al nome di Stephen e che pareva essere molto in confidenza col suo padrone, al punto da chiamarlo Robin. In quel momento, tale Stephen era seduto su un divano sgangherato nell'angolo di quella stanza cupa e verdastra, illuminata a malapena da un fuoco che s'andava spegnendo nel camino e da uno stoppino immerso in lurido olio di balena sulla mensola.

La casa era in fondo a First Water Lane, e si trovava perciò nei pressi del fiume che, anche se in parte gelato, riusciva ancora a scorrere indisturbato e nefasto come suo solito. A fianco della casa, sul molo del carbone, mentre picchiavo il batacchio della porta, degli uomini andavano scaricando canestri di carbone bituminoso da una chiatta chiamata *Vulture*. Harvey, avevo poi verificato, era in affari con alcuni dei proprietari di miniere dei dintorni: vendeva il loro carbone nella città di York e visto che la combustione del medesimo – di pari passo con la conseguente impurità dell'aria che ne è corollario – era in continua crescita, doveva essersi ritrovato tra le mani un introito di tutto rispetto, anche se doveva dividerlo con altri. Sullo stesso molo lavoravano altri due agenti, e il suo guadagno doveva essere ben poca cosa a paragone di quello dei proprietari delle miniere.

Come ebbi dato inizio al discorso che avevo più volte recitato in prigione, il capitano fece un profondo inchino. «Signore, non sono in grado di esprimerle la stima che provo per la sua bontà d'animo...».

«La smetta subito», mi aveva interrotto Harvey, tirandomi dentro casa. «Lei si trova in condizione di rendermi un servigio. Ha posto rimedio a quella sua situazione col libraio, vero?»

"Porre rimedio" non era certo la formula adatta, ma comunque annuii. Poco dopo l'incarcerazione, avevo ricevuto una missiva dal mio datore di lavoro, il libraio Skelton, nella quale, pur dichiarandosi dispiaciuto del guaio che stavo affrontando, si sentiva in dovere d'informarmi che era stato necessario rivedere la mia situazione.

«Eppure, nonostante la prigionia», continuò Harvey, «è riuscito a mantenere le sue stanze a... dov'è che sono? A Ogleforth?».

Ogleforth, quella strada squallida e poco frequentata se non da cani rognosi proprio dietro la cattedrale. Mi domandai come avesse fatto il capitano a sapere tante cose sul mio conto, ma non c'era nulla da guadagnare a chiederglielo.

«Per ora me le tengo», risposi.

«Ma come fa a pagare l'affitto?», chiese Harvey, facendomi cenno di prendere posto su un divanetto sbiadito.

«È semplice se si decide di non mangiare», risposi con arguzia.

Harvey sorrise amareggiato. Si appoggiava alla mensola del camino per alleviare il peso sulla gamba guasta. Tolse una pipa dalla tasca del cappotto e prese la latta del tabacco dalla mensola; prese del fuoco dal camino con un accenditoio e iniziò a fumare.

Il capitano doveva essere nei suoi tardi quaranta e possedeva ancora una figura snella, messa in risalto dalle braghe bianche e attillate. Aveva un volto regolare e i suoi capelli in testa, ma dal momento che si andavano diradando, tra non molto avrebbe dovuto ricorrere a un parrucchino; tuttavia, per il momento erano ancora neri come il carbone e tendenti al riccio. Indossava una camicia col colletto alto rigido e un panciotto di seta nera che seppur vecchio versava in ottime condizioni.

«E lei dunque è contrario alle recinzioni delle terre demaniali», disse.

«Solo sulla carta», risposi, «visto che non ho terre alcune, né da recintare né da sfruttare alla vecchia maniera».

«Da un punto di vista filosofico, allora».

«Sì».

«Mi spieghi il suo punto di vista».

«Penso che i piccoli proprietari terrieri non debbano essere trasformati in umili lavoranti o addirittura essere allontanati dalle proprie terre».

«Ritiene che la vita di campagna sia superiore a quella di città?»

«Sì».

«E perché mai?»

«Perché in campagna i legami tra le persone sono più stretti. E poi la campagna è più bella della città».

A quel punto Harvey diede un'alzata di spalle e disse: «Mi azzardo a dire che piacerebbe a tutti avere una bella tenuta, se è questo che intende...».

Non era quello che intendevo, e lo sapeva bene.

«Per scendere in dettaglio», disse, «ho udito racconti edificanti sul modo in cui ha affrontato il nocciolo di un problema ben particolare».

Mi accigliai, perplesso.

«Ha capito di cosa sto parlando, signore?», chiese Harvey.

«No, signore».

Sulla stanza calò il silenzio. La neve s'andava accumulando con rapidità contro i vetri anneriti delle finestre, intenta a bloccare la vista delle colonne di fumo di carbone contro il cielo grigio scuro di un pomeriggio di pieno inverno. Pensai alla tenuta, la mia ultima dimora: i ruscelli gorgoglianti, i fitti boschi, i campi coltivati e quelli abbandonati – tutto sotto la neve, il pettirosso l'unico uccello rimasto a cantare.

Si sentì picchiare sul battente della porta e subito dopo entrò una donna, senza cappello, con un leggero soprabito rosso, e sotto una semplice sottoveste. Mi alzai dal divano e la nuova arrivata mi rivolse un cenno quasi impercettibile del capo e un distratto: «Molto lieta». Era assai attraente, nel suo aspetto gitano. Si avvicinò alla mensola del camino e provò a rianimare lo stoppino, immergendolo nell'olio, per dare più luce alla stanza. Bisbigliò: «Quanto splendore», (visto che più luce non ne aveva prodotta) e si versò un bicchiere di porto. Prima si sedette e poi si sdraiò sullo stesso divanetto del servitore Stephen; e così il quadro *I tre libertini*, come l'avrebbe potuto titolare un artista, era composto.

«Lei è riuscito a mettere le mani su dei libri che erano scomparsi», disse Harvey, sorridendomi attraverso le volute di fumo, e fu lì che capii a cosa alludeva prima. «Si è trattato d'una ammirevole prodezza di ragionamento», aggiunse.

«Non la considero una prodezza», risposi.

«Lo so, diamine. Ma certo scoprire quei volumi rari...».

«A dire il vero era soltanto uno. E più che raro, direi che era sconosciuto».

«Adoro il suo stile rapsodico», disse Harvey. «Ci racconti tutto. Non credo che Esther sia a conoscenza della storia», e fece un cenno col capo verso la donna che se ne stava distesa.

Fletcher Rigge, seguito

Nel tetro salone del capitano Harvey, cominciai a raccontare la storia del tomo scomparso, che a quel gentiluomo sembrava davvero interessare.

Il primo giorno di maggio, quando avevo già cominciato a lavorare alla libreria di Skelton – uno stratagemma disperato inteso a tenere a bada i creditori – una certa signora Bryant, moglie d'un ecclesiastico di un villaggetto di periferia, aveva reso nota sulle pagine dello «York Courant» la scomparsa di un libro prezioso. Chi l'avesse trovato e consegnato ai tipografi del «Courant» sarebbe stato pagato due ghinee. Bob Richmond, l'altro mio collega da Skelton, che mi sbirciava alle spalle mentre leggevo l'annuncio, disse che quel libro era stato acquistato da Skelton pochi giorni prima che venissi assunto.

«Che libro era, signor Rigge?», chiese Harvey, mentre prendeva posto sul divano verde bisunto sul quale sedevo anche io. «Conosco la storia ma non ricordo i dettagli». Il capitano si sedette e si stiracchiò, quasi toccandomi con la punta degli stivali sporchi di carbone.

«Si titolava *La chiave di lettura del linguaggio simbolico delle Sacre Scritture*», risposi.

«Proprio il tipo di cose di cui mi diletto», disse Harvey semidisteso accanto a me. Si portò una mano sotto il mento. «E chi diavolo l'aveva scritto? Gliele devo fare, queste domande, visto che la sua narrazione è avara di dettagli».

«Un ecclesiastico».

«Il marito della signora Bryant?»

«Un altro prete. La *dedica* era per il marito della signora Bryant».

«Era la dedica che lo rendeva prezioso?», chiese Harvey.

«Quella e la gran quantità di foglia d'oro usata nella rilegatura».

Spiegai che per pura coincidenza la stessa signora Bryant – grande acquirente di libri – comparve nel negozio di Skelton il giorno dopo aver letto quell'annuncio, e che colsi così l'occasione di farle qualche domanda sul caso.

«Lo ha fatto sperando di ottenere la ricompensa?», chiese Harvey.

«No».

«E per quale motivo, allora?»

«Si trattava soltanto di un diversivo per passare il tempo e inoltre avrei potuto esser utile alla signora».

«Be', ma cosa le ha chiesto?», incalzò Harvey. «Noterà che le sto offrendo diverse occasioni per vantarsi, ma lei non sembra volerci cascare!».

«Le ho chiesto cosa avesse fatto dopo aver acquistato il libro».

«E cosa ha risposto?».

Spiegai che il giorno dell'acquisto, e della scomparsa, *La chiave di lettura del linguaggio simbolico delle Sacre Scritture* era stato incartato con la carta nera che si usava da Skelton. La signora aveva poi proseguito con le sue compere, ma visto che il tempo stringeva, e che la carrozza che l'aveva accompagnata in città stava per ripartire, si era affrettata su Stonegate per raggiungere Carlin, il pasticciere, dove aveva poggiato il libro per valutare l'acquisto di pere glassate. Poi si era diretta da Whitley, il venditore di guanti a Spurriergate, dove aveva appuntamento, ed è stato proprio lì che si era resa conto della scomparsa del tomo. Era tornata di corsa da Carlin e aveva chiesto se avessero per caso trovato un libro, ma nessuno l'aveva visto.

«Udendo la signora Bryant raccontarmi queste cose», dissi, «le ho chiesto con quanta precisione avesse investigato da Carlin, se avesse chiesto di un libro oppure di un pacco nero. Lei, è venuto fuori, aveva chiesto di un libro, ed era stato quello il suo errore».

«Oh, e perché mai?», chiese Stephen, il servitore. Aveva la voce più squillante e raffinata di quanto mi aspettassi.

«Carlin consegna cioccolata in ogni angolo della città...».

«Ma non a First Water Lane, scommetto!», esclamò Stephen.

«Oh, stai zitto per qualche istante, Stephen», disse Esther.

«...ma non fanno consegne fuori dalle mura cittadine», continuai. «Sembrava dunque quantomeno improbabile che la signora Bryant, che alloggiava fuori le mura, potesse sapere che tutta la cioccolata che consegnano è incartata con carta nera (quella venduta da Barraclough, il cartaio di Blake Street), la stessa che si usa da Skelton. E probabilmente ignorava anche che buona parte di quella cioccolata – fosse essa da mangiare o da bere – veniva modellata in panetti e tavolette, visto che in quella foggia è più facile trasportarla e consegnarla».

«Credo di iniziare a capire», disse Stephen.

«Ho offerto il tè alla signora Bryant», continuai, «e le ho chiesto di attendermi lì da Skelton, sul divanetto. Mi sono dunque recato da Carlin, il cui ufficio sul retro, quello dove vengono preparate le consegne, era stipato di pacchetti neri. Sospettavo infatti che il pacco con il libro della signora Bryant fosse arrivato in qualche modo in quell'ufficio».

Fu il capitano Harvey a concludere la storia a beneficio di Esther: «E così, mia cara, è bastato toccare tutti i pacchetti per capire quale di essi contenesse il libro».

Non fu *così* facile, ricordai. Ci volle quasi un'ora per venirne a capo.

«Li conosco bene i pacchetti di Carlin, signor Rigge», disse

Esther, sorridendomi assonnata. «L'altro giorno ne ho aperto uno a colazione».

«E ovviamente le è stata riconosciuta la ricompensa?», chiese il capitano, soffiando fumo sul candeliere.

Scossi la testa.

«E perché mai?»

«Ci ho rinunciato».

«Straordinario!».

«Gli ha detto *addio*», piagnucolò Stephen.

«Penso che qualcuno abbia scritto: "La virtù è l'unica ricompensa"», osservò Esther, giocherellando con le punte dei capelli neri. Alzò la testa e mi fissò. «Di sicuro, nessuno in questa *stanza* l'ha mai proclamato, ma credo che da qualche parte *qualcuno* l'abbia detto».

Era stato Sir John Vanbrugh a scrivere quelle parole, ma non mi parve opportuno menzionarlo. Poi piombò il silenzio. Era la fine della mia intervista? Guardai perplesso Harvey, che mi rivolse un sorriso.

«Volevamo mostrarle sei ombre, signore», disse.

«Quando?», chiesi, come se avessi capito cosa mi avesse proposto, anche se non avevo capito, almeno non del tutto.

«Domani», disse. «Le andrebbe di tornare qui alla stessa ora?»

«Sono a vostra completa disposizione», risposi, che era più o meno la verità.

Derek Hill, carceriere, interrogato al Castello di York dal signor Bright, scrivano del signor Erskine

Nota introduttiva del signor Bright: Derek Hill, carceriere del Castello, ha riportato senza esitazioni quello che ricordava del signor Rigge, una volta che gli ho corrisposto la somma di dieci scellini. Ho cercato di mettere a frutto l'investimento facendolo parlare, visto che a quanto mi ha detto, il carceriere «non se la cava bene con la penna», e ho trascritto quello che diceva usando la stenografia, di cui ho una buona padronanza. Credo che al tempo dell'intervista il soggetto fosse sotto l'effetto dell'alcol.

Voglio dirglielo chiaro e tondo, signor Bright: mica lo prendo io, uno stipendio. Devo arrabattarmi a sopravvivere come meglio posso, andando incontro ai bisogni dei bisognosi: carta, pollo, tabacco da fiuto, parrucche e materassi di piume... e sono anche mezzo storpio per tutti i sacchi di carbone che mi trascino su per le scale che portano alla sezione dei debitori. Eppure faccio di tutto per render servigio a questi debitori. Mi ricordo di un pover'uomo, Crutchely o Critchley si chiamava, che era stato così a lungo tra le mura del Castello – più di trent'anni, credo, da prima che iniziassi a lavorarci – che ormai tutti avevano dimenticato il suo nome. Bene, le dico una cosa, signor Bright – lui non gliela può più dire, perché gli è partito il cervello – ma sono stato io a scoprire il suo vero nome, e per farlo mi sono dovuto mettere alla ricerca di un vecchio registro delle punizioni. A quel tipo, vede, avevano dato due giorni in cella solitaria poco dopo essere entrato, per aver riso durante una funzione in cappella. All'epoca aveva ancora un poco di senno, e credo che pensasse che prima o poi sarebbe uscito e che poteva dunque permettersi di ridere. Ebbene, su quel registro era scritto nero su bianco. Si chiamava Critchley... o forse era Crutchely, ora proprio non mi ricordo, ma comunque, quando glielo dissi, manifestò tutta la sua gioia, e fu ben felice di ricompensarmi.

[**Appunto del signor Bright:** ho suggerito al signor Hill di venire al punto, visto che lo stavo pagando per il suo tempo].

Sì, il suo signor Rigge, dunque... Ricordo che il giorno che è stato liberato l'ho guardato andare via dalla finestra della sala comune. Era il 16 novembre, un venerdì, e l'ho veduto attraversare il campo innevato. Aveva fatto un fagotto dei suoi abiti usando un lenzuolo, e gli ci era voluto un po' di tempo – il giovane Rigge era sempre molto attento al suo guardaroba. Aveva prima fatto un salto alla prigione delle donne a riprendere tre camicie che si era fatto lavare e stirare da loro, e che aveva pagato con semplici monetine di rame, ma si trattava di un cospicuo mucchietto. Sempre molto prodigo col suo borsello, il giovane Rigge, per essere lo spiantato che era.

Io mi ritengo una persona osservatrice e ho messo a frutto questo mio talento studiando bene Rigge. Mi interessava, quel tipo. Quando ha ricevuto la lettera di Harvey non sembrava esattamente felice di quel colpo di fortuna, ma questo più che altro per colpa del suo carattere. Una volta, nel dormitorio, mi ero imbattuto in lui che leggeva, da solo, al lume di un mozzicone di candela, un volume gigantesco. Gli ho chiesto il titolo e quando mi ha risposto *L'anatomia della malinconia* gli ho detto: «Sembra proprio pane per i suoi denti, signor Rigge», visto che era sempre di umore cupo. Lui ha alzato lo sguardo dalla pagina e mi ha detto che in verità si trattava di uno scritto comico, il che mi ha portato a domandargli: «E perché allora non la vedo ridere, signor Rigge?»

«Be', non è certo comico *come sembra*», ha risposto.

E quella sua risposta mi ha davvero incuriosito, glielo devo dire.

Per tanta brillante sagacia, aveva un carattere quantomeno ingarbugliato, credo. Era il figlio d'un gentiluomo di campagna che si era battuto contro la recinzione delle terre demaniali dei suoi dintorni. Rigge dipingeva quel vecchio come un protettore della gente comune. Depennava gli affitti dovuti senza nemmeno pensarci, pagava i conti dei calzolai, dei fornai... ma alla lunga tutta quell'attitudine non aveva giocato a favore dei suoi inquilini, perché li aveva portati ancor più a bere e a giocare d'azzardo, e aveva finito per giocarsi a sua volta buona parte del patrimonio finché non aveva perso tutta la sua tenuta, con un tipo di nome Corrigan, e alla fine si era sparato.

Quando accadde, il giovane Rigge era all'università. Tornò a casa e dovette sobbarcarsi tutti i debiti rimasti. Credo che abbia provato a effettuare delle riparazioni nelle baracche dei lavoranti, perché il villaggetto di Adenwold faceva parte della tenuta. Quelle riparazioni erano dovute da molto tempo, e il giovane Rigge sapeva che il nuovo proprietario, quel tal Corrigan, non si sarebbe sentito in obbligo di mantenere la loro promessa. Credo che abbia dovuto prendere in prestito centinaia di sterline, Dio solo sa come pensasse di restituirle – mi perdoni il linguaggio, signor Bright, ma siamo tutti e due uomini di mondo. In qualche modo, riuscì a farsi dare quei soldi da un tipo di nome Burnage. Ora, questo Burnage era stato un compagno di caccia di suo padre, così forse si sentì in dovere di aiutarlo, ma quando si accorse che Rigge non aveva modo di ripagarlo, il senso del dovere venne meno. E il ragazzo si ritrovò con un'ordinanza di arresto sul capo.

Una volta, parlando con Rigge nel dormitorio, ho provato a

farmi dire del suicidio del padre, cercando di farlo nella maniera più delicata possibile. «Suo padre ha dunque ceduto a… un disagio mentale?», suggerii (sa, è così che lo chiamano i medici legali).

«Ha ceduto», rispose il giovane Rigge, «a una palla di fucile».

Non si sarebbe mai comportato da ipocrita, signor Bright. Il suo codice d'onore glielo impediva.

E quel giorno, mentre osservavo Rigge dalla finestra della sala comune, a quei fatti riandava il mio pensiero. In quel momento aveva di fronte la prigione e guardava in su, e credo di sapere perché. Stava osservando la bandiera nera che sventolava sul tetto, per Lund, il pendaglio da forca. Rigge aveva offerto ogni sorta di assistenza al povero Lund; aveva persino invocato l'ausilio di Dio per tutti i ladri di pecore (una cosa davvero insolita per il figlio di un proprietario terriero, visto che i campi recintati vengono in genere proprio riservati alle pecore).

Mentre si avvicinava al cancello del Castello, la neve cadeva con una certa insistenza. C'era davvero qualcosa che non andava nel tempo. Mentre guardavo, Rigge stava facendo un cenno col cappello di castoro agli uomini al cancello, e poi lo attraversò.

Mi allontanai dalla finestra, pensando a quanto mi sarebbe mancato quel giovane gentiluomo, ma anche a quanto fosse probabile che avrebbe fatto ritorno tra le mura del Castello prima che arrivasse il Natale. Vede, signor Bright, credo che dal suo coinvolgimento con quell'Harvey non possa venirne nulla di buono. Mi avvicinai al camino, per attizzare un poco il fuoco a beneficio dei poveri debitori che, morti di freddo, gli sedevano intorno e notai vicino alla griglia dei pezzi di carta che non avevano finito di bruciare completamente.

Sapevo che prima di andare via Rigge si era messo a fare ordine tra le sue carte: ne aveva molte, visto che stava sempre lì a scrivere. Il grosso delle sue lettere erano richieste di carità, ma i frammenti nel fuoco erano di natura diversa; sembrava trattarsi di lettere mai spedite a una certa giovane donna, e in uno dei frammenti c'era persino segnato un indirizzo. Non sono certo il tipo che si mette a spiare i debitori – i delinquenti comuni sì, con loro bisogna tenere gli occhi aperti – e la riservatezza dei debitori al Castello viene rispettata. Dunque, prima che riuscissi a distogliere lo sguardo, lessi l'indirizzo: signorina Lucy Spink, North Bank Villa, Wellington Row, York.

Ora, non si sarebbe messo lì a scrivere a una giovane donna a meno che non fosse impegnato con lei, no? Non è che riesce a fare un po' di luce su questo punto, signor Bright? Se non ci riesce lei, non vedo chi potrebbe farlo!

Diario di Fletcher Rigge, domenica 18 novembre

Oggi pomeriggio sono tornato a fare visita al capitano Harvey.

Alle tre e mezzo, la neve copriva ancora tutta First Water Lane, grazie al cielo occultando le inevitabili scene di squallore che dovevo oltrepassare prima di giungere alla dimora del capitano. Visto che era ancora in corso lo shabbat, non mi aspettavo di trovare gli scaricatori di carbone, ma il carrettiere spuntò sulla via con un carico straripante e il resto degli uomini era giù al molo intento come sempre a scaricare.

Di nuovo, trovai ad accogliermi all'ingresso il servitore Stephen, ma capii subito che oggi ci saremmo recati in un'altra casa, visto che il servitore lasciò la stanza per far ritorno poco dopo, portando cappelli e cappotti a tutti, senza fare troppo caso a chi desse cosa. Esther indossò un cappotto rosso militare che di sicuro apparteneva al capitano. Ma il cappello torreggiante con la piuma doveva fuor di dubbio essere il suo, visto che le stava così bene, anche se la piuma era un poco spiegazzata.

Lasciammo la casa e iniziammo a percorrere First Water Lane, perlomeno Stephen, Esther e io, visto che il capitano si trattenne al molo a parlare con uno scaricatore che indossava una giubba fatta interamente di toppe, e che aveva la camicia sbottonata fin giù ai fianchi anche in una giornata così fredda.

Esther mi camminava a fianco e con la sua tipica aria assonnata mi chiese: «A cosa sta pensando, signor Rigge?»

«Oh… mi chiedo se il capitano possiede davvero il modo di liberarmi dal Castello».

«Glielo ha già dimostrato, no?»

«Per ora, sì».

«E sta pensando a qualche giovane donna, vero?»

«Adesso sarebbe una cosa quantomeno futile», risposi.

«Cosa intende dire?»

«Un galeotto non è proprio un buon partito, credo. Non nel *bel mondo*».

Esther mi precedeva di qualche passo, facendosi largo nella neve con le sue lise ciabatte color oro e con le braccia conserte. All'improvviso si voltò per guardare indietro e sorrise. Mi aveva scatenato il galoppo del cuore, facendomi tornare alla mente una certa persona... e credo che se ne fosse accorta. Mentre si spostava dalla mia sinistra alla mia destra, per evitare di sprofondare nella neve, scivolò su una lastra di ghiaccio e io la aiutai a rialzarsi in piedi.

«Non si è fatta male?»

«Affatto», rispose, ma stavolta toccò a lei arrossire. Le era caduto un libricino blu dalla tasca. Se non avessi già notato la sua intelligenza – che pure sembrava renderla malinconica – mi avrebbe sorpreso scoprire che era una lettrice.

Le restituii il libricino, tenendo a bada la mia curiosità sul titolo, che era stampato a caratteri minuscoli. «Devo metterla in guardia sulla tendenza del capitano a parlare troppo», disse, «ma lei, signor Rigge, dovrebbe comunque prestargli molta attenzione», rivolgendomi uno sguardo significativo.

Stephen, che era andato molto avanti, diede una voce. «State forse iniziando ad amoreggiare?»

«Sì», rispose Esther, d'improvviso ringalluzzita. «Perciò fatti gli affari tuoi!».

Il capitano Harvey, che era stato rallentato dallo scaricatore e dalla sua zoppia, ci raggiunse.

«Lo sa che mio padre è stato assassinato durante la settimana delle corse?», mi chiese, con la voce esitante per il fiato mozzo.

Annuii. «Mi è dispiaciuto molto quando l'ho saputo. Credo che fosse un uomo di gran...».

«Eviti pure tutte queste moine. Ci stiamo recando a casa sua. Non dista molto».

First Water Lane non era ritenuta degna d'alcun tipo di illuminazione, ma a Coney Street, nella quale poco dopo ci ritrovammo, le lampade erano accese e proiettarono le nostre ombre sulla neve. Mancava un quarto alle quattro ma non si sarebbe fatta fatica alcuna a credere che fosse trascorsa la mezzanotte. Salvo qualche gallina che beccava al centro, la strada era deserta. Era il giorno delle campane ma anche quelle delle chiese tacevano. Passammo davanti al negozio della sarta, sotto il grande ago di legno appeso fuori. Immaginai che mi cadesse sulla testa e che me la spaccasse in due come un'ascia.

Arrivammo presso una triste dimora grigia. Harvey bussò e ci venne ad aprire una donna scialba e disordinata, dai capelli bianchi, evidentemente la sorella e governante dell'uomo assassinato. Nessuno dell'allegra combriccola perse tempo a fare ossequi e le dovute presentazioni, ma riuscii a desumere che la donna si chiamasse Susan.

Ci fece strada in un corridoio di legno per condurci in una stanza sul retro della casa che il vecchio Matthew usava per dipingere le sue ombre. Susan fece il giro per accendere le candele, rivelando al nostro sguardo un ambiente bigio, con una singola finestra alta che dava su un cortile delimitato da un muretto basso, e oltre quello soltanto il fiume, o meglio, un vuoto scuro dove sapevo che scorreva il fiume.

Su un lungo tavolo c'erano penne e pennelli, piume luride e strisce di legno d'ebano, vasetti anneriti di inchiostro indiano e pigmenti scuri. C'era anche una notevole quantità di carta – oleata, bianca, nera –, risme di cartoncini bianchi e neri e tante bottiglie di birra, vuote o piene, o piene soltanto per metà. C'erano cumuli di una sostanza che sembrava fuliggine, poggiata bellamente su piattini di candida ceramica, mentre su altri piattini erano poggiati noccioli di pesche e di ciliegie, e infine un massiccio libro mastro, rilegato con copertina marmorizzata. Il camino era stipato oltremodo di un ammasso di pentole, calderoni e cianfrusaglie varie.

Ai muri erano appese sagome, ombre, esemplari del talento del morto. Erano in larga parte nere su sfondi bianchi, ma talune avevano ricami in oro o argento lungo i bordi delle figure, che creavano una sorta di alone. I soggetti erano più che altro singoli individui, ma tra loro spiccava un gruppo familiare, seduto su seggiole di ferro finemente realizzate: le stesse seggiole che, mi accorsi, stavano a ridosso della finestra parzialmente coperte da un telo. C'era qualcosa di salutare in questa comunità di ombre. Il significato sembrava essere che la vita di ogni individuo era *confinata, occlusa, conclusa in se stessa* – un concetto che avrei potuto condividere senza problemi.

Oltre ai profili, erano appesi acquerelli di luoghi e di persone, fatti ad arte e firmati M. Harvey, R.A. Riconobbi un paio di scorci di York, ma altri mi parvero meno familiari. Mentre ero assorto a contemplarli, la sorella del morto disse: «Mio fratello ha viaggiato molto. Era sempre alla ricerca della sapienza fisiognomica».

«E di soldi», si intromise Harvey.

Se pure era rimasto toccato dalla morte di suo padre, non lo dava molto a vedere.

«Lui è lì», disse Harvey, indicando col bastone una delle ombre appese al muro.

Mi avvicinai.

«Questa è stata dipinta da un qualche... suo amico?», chiesi.

«Qualche suo amico?», echeggiò Harvey. «La domanda sembrerebbe implicare che ne avesse molti, di amici. È un autoritratto».

«Fatto con gli specchi?»

«Assolutamente no».

Stavo osservando un bell'uomo, dai lineamenti gradevoli, vestito in maniera elegante anche se un poco scialba, con un soprabito dal colletto sobrio, senza fronzoli. Sul capo indossava una parrucca curata, ben arricciata sulla nuca. Dava l'impressione d'un individuo austero, controllato.

«Ha detto che non aveva molti amici?»

«Ho detto così?», chiese Harvey.

«Chi c'era al suo funerale?».

Il capitano si volse istintivamente verso Susan. Lui, a quanto dava a vedere, non aveva partecipato al funerale.

«È stata una cerimonia molto raccolta», disse Susan, con gli occhi fissi a terra. «Il signor Goodricke era presente».

«"Charles Goodricke R.A.", come gradisce venir menzionato», disse Harvey. «Dipinge ritratti che si distinguono soprattutto per il loro costo – e per giunta appartiene all'Accademia!».

«Come anche suo padre, giusto?»

«Sì. O perlomeno così ha sempre sostenuto».

«È venuto anche il signor Cork», disse Susan, «che lavora con il teatro di York».

«È un attore?».

Di nuovo fu il capitano a rispondere. «Attore-impresario, e più impresario che attore. Un uomo devoto alla vile pecunia».

«Suo padre andava a teatro?»

«Occupava regolarmente – e in perfetta solitudine – una delle più abbordabili loggette laterali».

Harvey si avvicinò al camino dove prese a fumare di gusto.

«Matthew era ben noto tra i signorotti di Bath», sottolineò Susan, come se quella frase da sola fosse sufficiente a restaurare il lustro delle credenziali sociali del fratello. «E spesso eseguiva profili a Brighton, anche se mai sul pontile».

«Dio non voglia che venisse veduto sul pontile!», esclamò Harvey.

Esther gli si avvicinò e gli si poggiò alla spalla in un modo che avrebbe potuto essere amorevole o soltanto amichevole. «Robin caro», disse, «resta quieto, e lascia parlare la tua povera zia».

«Amava molto stare in questa stanza», continuò Susan, «ma talvolta qui la puzza diventava insopportabile. I noccioli della frutta… li bruciava per ricavarne del pigmento nero. Lo ricavava anche dalla fuliggine, che otteneva bruciando pece di pino».

«Era sempre alla ricerca di quello che chiamava il nero assoluto», disse il capitano Harvey, con un sorriso sardonico. «Immagino che finalmente lo abbia trovato».

Mentre Susan ed Esther si scambiavano sguardi colmi di esasperazione, Harvey prese a raccontare cos'era accaduto al padre…

All'epoca delle corse di quell'anno, Matthew Harvey aveva da poco compiuto settantatré anni. Sino a qualche anno prima era stato solito noleggiare uno spazio in tribuna per prendere profili durante le gare, visto che era un creatore di profili provetto e versatile. Realizzava le sue silhouette usando forbici, tagliando cartone bianco, per poi piazzare il vuoto contro uno sfondo nero, o cartone nero, che poi montava su uno sfondo bianco. Le poteva anche dipingere sulla carta, sul cartone, sul vetro e sull'avorio.

Ma all'epoca della sua morte, Matthew Harvey era sul punto di andare in pensione. Visto che era sempre stato oculato nelle spese, si ritrovava ben piazzato; e aveva inoltre un introito dalla sua "accademia di pittura", il che – stando al capitano – si risolveva semplicemente nel condurre un paio di ragazzette sciocche dei villaggi intorno a York a spasso nei loro giardini, indicando quali fiori dipingere, prima di cercare riparo all'ombra di qualche grosso albero con un calice di vino tra le mani. Ma nell'ultimo anno la salute non aveva giocato a suo favore e una tosse soffocante lo affliggeva, causata forse dall'aver inalato troppa fuliggine di pino.

In breve, la situazione era questa: i soli profili realizzati da Harvey nell'anno 1798 erano stati creati nella settimana d'agosto delle corse. Aveva attratto i committenti con un annuncio sul «Courant» la settimana precedente, ricavandone sei commissioni: così aveva confidato a Susan. Gli appuntamenti erano stati presi per lettera, ma non aveva l'abitudine di conservare la corrispondenza.

Mentre il capitano parlava, richiamai alla mente York in agosto. La gara delle corse... duecento cocchi allineati accanto alla nuova tribuna coperta... I cocchieri distesi sui tetti, mezzi spogliati, a cuocersi al sole.

Ora, durante quella settimana in cui così tanti forestieri raggiungevano York, Susan, la sorella di Matthew, aveva avuto la malaugurata idea di allontanarsene, per far visita a un'amica a Scarborough. Harvey non aveva altra servitù, e si era così ritrovato da solo in casa, inoltre non era aduso a ricever visite, eccezion fatta per i suoi modelli. Per questo motivo – e per un altro, che verrà spiegato a breve – si ritenne che fosse stato uno di quei modelli a ucciderlo.

Pare che l'aggressione fosse avvenuta mercoledì 22 agosto, giovedì 23 o venerdì 24, visto che il martedì Harvey aveva partecipato alla funzione della sera nella cattedrale. («Andava in chiesa», commentò sarcastico il capitano, «religiosamente»). Il corpo era stato ritrovato dalla sorella di ritorno da Scarborough, verso le otto di sera del venerdì.

Susan aveva chiamato a viva voce la guardia di pattuglia ed erano anche stati convocati dei barellieri. Harvey, con la sua forbice speciale conficcata nello stomaco, era stato trasportato in barella all'ufficio di polizia del capo magistrato di York, il signor Ralph Taylor. Uno degli agenti di Taylor, un uomo chiamato Joseph Miller, aveva in seguito ispezionato il luogo del delitto a lume di candela, in compagnia di una Susan più che mai sconvolta. Miller aveva fatto tutto quello che un agente era solito fare in quelle circostanze, vale a dire nulla, oltre l'assodare che il colpevole aveva abbandonato la scena del delitto. La stanza era in disordine e la pagina più rilevante era stata strappata dal libro mastro di Harvey, nel quale era solito registrare tutti i clienti che gli facevano da modelli; ma nessun oggetto di valore sembrava mancare all'appello. L'indomani, Susan aveva ripulito la fuliggine versata e le bottiglie di birra rotte, e aveva nettato le macchie di sangue usando acqua salata bollente.

Ciascuno, nella stanza, si era messo a guardarmi, poiché a quel punto tutti si attendevano delle mie osservazioni a riguardo. Era come se fossimo coinvolti in un intrattenimento da salotto e i miei compagni mi avessero appena dato il via.

Mi avvicinai al tavolo e presi una candela per esaminare il libro mastro dal quale era stata strappata la pagina fatidica. Tenni per me le osservazioni che sorsero spontanee. Poi mi girai verso Susan.

«Posso vedere l'arma, per favore?».

Annuendo tristemente, Susan allungò il braccio sul tavolo per prendere un peltro coperto da un fazzoletto. Rimosse il fazzoletto, rivelando un paio di forbici infilate dentro. Sembravano forbici da sarto, con lame molto lunghe dalla punta corta e visibilmente molto affilata. Le esaminai e lei le rimise nel peltro, riponendovi di nuovo il fazzoletto sopra.

«Preferisco tenere la stanza come l'ha lasciata Matthew», disse, «ma quelle non sopporto proprio di averle sott'occhio».

«Perché ci sono tutte queste bottiglie di birra?», chiesi.

«Di certo non per far festa!», esclamò ridendo il capitano.

«Mescolava la birra alla fuliggine di pino», rispose Susan. «Perché creava una maggiore…».

«Opacità», completò la frase Esther, in parte inorgoglita e in parte imbarazzata, e mi tornò in mente il romanzo che si portava in tasca.

Dopo un intervallo silenzioso mi alzai dalla sedia e andai alla finestra a contemplare il cortile coperto di neve. Mi girai per affrontare Harvey. «*Lei* quella settimana si trovava qui a York, signore?».

La domanda sembrò generare un *fremito* nella stanza.

«Ero qui, signore».

«E quando è stato informato della morte di suo padre?»

«Il mattino seguente. Il sabato, da mia zia».

Mi girai verso Susan. «Prima o dopo che lei rimettesse in ordine la stanza?»

«Dopo. Volevo rimettere tutto a posto. Era una scena talmente sgradevole. Ho provato a dirlo *prima* al capitano Harvey. Ho bussato alla sua porta alle dieci del mattino ma non sono riuscita a destarlo».

«Temo che fossimo tutti a letto!», replicò Stephen, che non sembrava temere alcunché.

«Il capitano infine ha risposto alla porta verso mezzogiorno», disse Susan. Non sembrava volerne al nipote per il suo ritardo – il nipote che in quel momento, riempiendo la pipa, mi sorrideva mite –, pareva invece rassegnata.

«Dev'essere stato ucciso dall'ultima persona che ha ritratto», mi azzardai a suggerire.

«È ben possibile», disse Harvey, «ma non sappiamo quale sia l'ultima commissione che ha eseguito. E potrebbe anche darsi che il primo cliente della settimana abbia fatto ritorno qui in seguito… forse per chiedere di acquistare una copia di un duplicato, e magari è stato lì che è scaturita la lite».

«Una copia?»

«Le ombre che stiamo per mostrarle sono tutte copie, o almeno così crediamo. Mio padre ne faceva sempre una, in caso il cliente volesse riordinarla in seguito. Dipingeva la prima col modello in posa… a quel punto capitava spesso che offrisse loro un bicchiere di sherry, ma solo se li stimava persone di un certo calibro – altrimenti una tazza di tè leggero poteva bastare – e questi la bevevano mentre l'inchiostro si seccava sulla prima e ne veniva realizzata una seconda. I colori a olio ci mettevano un po' di più ad asciugare rispetto agli acquerelli e all'inchiostro, ma comunque non ci voleva mai più di mezz'ora. Nel frattempo mio padre poteva essere oltremodo sollecito, per non dire servile con quelli cui offriva lo sherry…».

Susan ed Esther si accigliarono visibilmente udendo quella frase, ma restarono in silenzio.

«Voglio dire soltanto», continuò il capitano, «che per ingannare il tempo li intratteneva in conversazione. I clienti restavano in attesa che venisse realizzata una copia ed erano ben lieti di farlo. Era considerato una sorta d'intrattenimento; un bonus, signor Rigge, come un concerto di cornamuse alla fine di una recita teatrale».

«E teneva lui le copie, mentre ai clienti andavano gli originali?»

«Sì, era quello per cui pagavano. Nessuno se ne andava senza pagare. Mio padre conservava le copie nel cassetto superiore di quella scrivania. Lo chiudeva a chiave, e così si concludeva la transazione».

Mi recai alla scrivania. Nella toppa del cassetto in oggetto c'era una chiave.

«E perché l'assassino non avrebbe rimosso le copie?»

«Perché mio padre aveva già chiuso il cassetto a chiave».

«Presumo che la chiave fosse comunque addosso a lui… Non avrebbero potuto togliergliela mentre lui giaceva a terra morto?».

Harvey diede un'alzata di spalle. «Evidentemente la priorità dell'assassino era lasciare questo posto più velocemente possibile».

«La lite», dissi, «dev'essere scoppiata dopo che Harvey aveva riposto la copia, visto che ha detto che *abbiamo* le copie?».

Il capitano annuì. «...oppure ha raggiunto l'apice in quel momento».

«Il fatto più probabile», dissi, «di sicuro è che sia stato ucciso dall'ultimo cliente, ovvero quello dell'ultima sagoma riposta nel cassetto». Lanciai uno sguardo al capitano. «Che si sarebbe dovuta trovare in cima a tutte», aggiunsi.

«Ma non sappiamo quel era in cima alla pila».

«E perché mai no?»

«Perché non siamo stati in grado di mettere le mani sulla chiave per tempo», disse Susan, affranta.

Il capitano sorrise vedendomi così perplesso. «È qui», aggiunse, «che veniamo al secondo oltraggio».

Fletcher Rigge, seguito

Il capitano rivolse un cenno del capo a Susan, lasciandole la scena.

«Alle dieci della sera dopo», disse, «mi è stata restituita la chiave da uno degli addetti dell'obitorio. Era stata ritrovata nella tasca del panciotto di Matthew».

«Una tasca segreta», spiegò Harvey. «Era quel tipo d'uomo là».

«L'ho rimessa nel cassetto e sono andata a letto», disse Susan.

«Non ha esaminato le ombre?», chiesi, e lei scosse il capo con la tristezza in volto.

«Ero oltremodo stanca», rispose, «e non ho pensato di farlo». Fece un visibile sforzo per riprendere il controllo prima di proseguire. «Quella sera, qualche ora dopo, è entrato in casa un malintenzionato, per rubare. Credo sia successo poco dopo la mezzanotte. La porta è stata forzata mentre io dormivo al piano di sopra».

«Non è stata destata dal rumore?», chiesi, tornando a sedere.

«Sono stata *destata*, sì», disse Susan, «ma soltanto alle due, dal grido della guardia».

«Che grido?»

«Sono le due in punto, e tutto va bene».

Al che non riuscii a trattenere l'abbozzo di un sorriso, e mi accorsi che Esther, che ancora non si era rifugiata nel suo libro, vedendomi aveva sorriso a sua volta.

«Il ladro ha rubato le copie delle silhouette?», suggerii.

Susan annuì, ma mentre lo faceva, il capitano si era diretto alla scrivania e si era messo a tirare fuori dal cassetto quelle che sembravano essere le sagome in questione per disporle sul tavolo.

A quanto pareva, mentre la prima guardia – quella che aveva annunciato l'ora – non si era affatto avveduta del furto, una delle altre, un tal Bernard Hodges, aveva visto da lontano un uomo che portava una piccola sacca da sella di cuoio, lungo la riva del fiume, poco dopo la mezzanotte. Mentre Hodges lo guardava, l'uomo, sentendosi osservato, aveva gettato la sacca nel fiume, prima di confondersi tra le tenebre della città. La sacca non era stata portata via dalla corrente e neanche era affondata, così fu trovata il mattino seguente dallo stesso Hodges, incagliata in un cespuglio lungo la riva poco prima del villaggio di Fulford, dove lo stesso Hodges viveva, e dove stava facendo ritorno dopo il lavoro.

«Le sagome erano nella sacca?», chiesi.

Harvey annuì. «Assieme alla scatola del denaro di mio padre, che era stata svuotata».

«Le ombre erano ben conservate?»

«Abbastanza bene», rispose Harvey. «La sacca era chiusa ermeticamente, era praticamente impermeabile».

«È stata presa nota di quella che si trovava sopra a tutte?»

«Purtroppo no», disse Harvey, «e quando Hodges le ha esaminate ha creato ancora più disordine».

Con le sagome disposte sul tavolo davanti a me, chiesi: «C'era una qualche somiglianza tra l'uomo visto da Hodges e una delle persone ritratte in queste sagome?»

«Hodges non è riuscito a vederlo bene. Non è detto che si trattasse di uno dei soggetti. Poteva essere un semplice ruffiano, assoldato per prendere possesso delle prove».

«Ma ordinando il furto delle ombre», dissi, «l'assassino identificava se stesso come una delle persone la cui ombra era stata dipinta?»

«Mi viene solo in mente», rispose Harvey sbuffando fumo,

«che possa aver creduto rischioso lasciare al loro posto le ombre e altrettanto rischioso prenderle. Tenga a mente che lui, o lei, si aspettava che il ladro tornasse con una gran quantità di sagome, visto che probabilmente gli era stato richiesto di prendere ognuna delle ombre di nuova fattura nella stanza. Sfortunatamente per l'assassino, però, si ridussero soltanto a sei».

Questa era minuta, grande pressappoco come un penny. E sembrava ancora più piccola, poiché piazzata al centro di un foglio bianco.

«Una sagoma di queste dimensioni era di sicuro pensata per un pezzo di gioielleria», disse il capitano. «Questa, come le dicevo, è la copia. L'originale è stato probabilmente realizzato su un piccolo quadrato di avorio o di vetro. Mio padre non faceva incastonature. Stava al cliente portarla via e farla montare in una spilla o un ciondolo, per poi spedirla all'amata... Una donna fortunata!».

La sagoma ritraeva a mezzo busto un uomo giovanile che indossava una parrucca legata dietro con un nastro. Il nodo della cravatta era particolare, del tipo per me oscenamente vistoso che viene chiamato Osbaldeston. Aveva indosso una redingote della quale si distingueva soltanto la parte superiore, anche quella particolare, visto che aveva asole, denotate da fessure bianche, persino sul risvolto del bavero. Il soggetto aveva un mento appena accennato. Sarebbe bastato indossare un colletto più alto per nasconderlo, ma sembrava che il modello ne andasse fiero, come se la poca prominenza del mento desse più slancio al resto dei suoi lineamenti.

La seconda, la terza e la quarta ombra

Questa era più grande, misurava una decina di pollici in diagonale ed era stata realizzata su cartone bianco. Mentre la contemplavo, Susan disse: «Ha ritratto anche le figlie con eguale perfezione».

Lì c'erano tre ombre in una: una madre, immaginai, e le sue figlie piccole, tutte e tre sedute sulle seggiole di ferro. I vestiti delle due bambine erano stati resi con delle linee rette bianche che richiamavano il tartan in modo quantomeno spettrale. La ragazza più grande teneva in mano un triangolo ed era stata colta nell'atto di percuoterlo con una bacchetta; quella più piccola invece aveva in grembo un cagnolino e carezzava la creaturina con enorme affetto, anche se la bestia era tutt'altro che bella. Sapevo ben poco di cani, ma quelli della mia gioventù erano stati tutti in qualche modo utili, o perlomeno da caccia, mentre quello poggiato in grembo alla bimba non aveva alcuna funzione e non sarebbe stato in grado di cacciare alcunché. Era, per farla breve, un carlino, e Matthew Harvey, forse grattando via il nero, aveva reso il corpo della creaturina nella stessa foggia quasi luminosa e bianco argentata – quanto di più vicino a un colore gli permettesse la sua limitata tavolozza – degli abiti delle due bambine. Per rendere il muso del cane, comunque, e posto che si possa dire che i carlini abbiano un muso, Harvey era tornato all'impiego del suo caratteristico nero.

«Questo carlino», chiesi, «di chi è?», (poiché mi era venuto in mente che alla stregua dei cappelli e dei cappotti sparsi per la stanza, fosse tenuto a portata di mano per *vestire* i modelli).

«Il loro», rispose Harvey – che era tornato in piedi e si era spostato davanti alla finestra – intendendo dire che apparteneva ai modelli delle sagome.

Guardai con più attenzione quella che avevo stimato fosse la madre. Indossava un cappellino piccolo e tondo e una semplice tunica senza colletto. I capelli sotto al cappello erano corti e alla moda: *à la Brutus*.

Anche questa era stata realizzata su un foglio protocollo e rappresentava una donna rispettabile, di circa trent'anni, di nuovo a mezzo busto. Aveva lineamenti regolari ed eleganti. I capelli le scendevano dietro in soffici boccoli, ed erano curiosamente – ma in modo grazioso – compensati da un rigido cappello da equitazione, portato inclinato com'è d'uso tra gli uomini, e l'impressione che se ne ricavava era un misto di praticità e leggiadria.

«Non abbiamo molto da dire su questa signora», notò Harvey, «tranne forse che il suo cappello è fuori dal comune».

Sembra il cappello di Robin Hood, pensai.

«...e che si tratta di una donna graziosa», disse Esther. «Mi piace, e vorrei tanto che non ondeggiasse».

Questa, su cartoncino, ritraeva un uomo, di nuovo a mezzo busto e probabilmente tra i cinquanta e i sessant'anni d'età.

«Ora, quest'uomo è londinese», disse Harvey. «Può andare a cercarlo là».

«Ci sono un milione di persone a Londra», ribattei.

«Osservi il naso», suggerì Harvey.

Lo avevo già fatto. Sembrava oltremodo bulboso, tondeggiante: il tipo di naso che a torto o a ragione si associa ai beoni. L'uomo indossava un cappello a falde larghe, piegate di lato e con la corona bassa: era un cappello lussuoso e denotava una certa propensione alla vanità. Ma forse serviva soltanto a mitigare l'ingombro del naso.

«Solo in questo caso siamo a conoscenza dell'identità del modello», spiegò Harvey. «Si tratta di un autore famoso. Be', forse non *così* famoso, ma abbastanza noto da indurre mio padre a menzionarlo a mia zia prima della sua visita». Rivolse un cenno del capo a Susan, che aggiunse dei dettagli: «Matthew mi disse che il lunedì della settimana delle gare, vale a dire il giorno in cui sono partita per Scarborough, un ben noto autore letterario londinese aveva preso un appuntamento per farsi fare un ritratto».

Uno scrittore dedito al bicchiere, pensai, sempre guardando quel naso... Particolare che non restrinse in modo significativo il campo.

Harvey riprese a parlare: «Mio padre ha detto a Susan il *nome* di quel tipo. Doveva andarne assai fiero. Si chiamava Samuel Gowers. Le dice nulla questo nome?».

Mi suonava familiare. Samuel Gowers era uno degli abitanti di quella metaforica Grub Street, il distretto di scrittorucoli e aspiranti poeti nel quale sembrava probabile che anch'io avrei dovuto cercare alloggio, sempre che fossi riuscito a restare un uomo libero; uno che sfornava romanzetti per il volgo; libri scritti per il tipografo e non grazie all'ispirazione della musa. Samuel Gowers, però, era riuscito a mettere a segno un piccolo successo, il che significava che la sua fama era arrivata, pur zoppicando, fino a York. Lo riferii all'allegra combriccola.

«E di che successo si tratta?», chiese Harvey.

Pronunciai il titolo: *I motivi, riferiti senza mezzi termini, per i quali non acquistare le opere di Samuel Johnson*.

«Lo riassuma a nostro beneficio».

«Irritante».

«Sia così gentile da spiegarsi meglio».

«Samuel Gowers era ovviamente geloso dell'altro Samuel, il più famoso Johnson».

«Se fosse stato assassinato questo dottor Johnson», sbottò Stephen, «avremmo bell'e pronto il nostro colpevole!».

Gli lanciai un'occhiataccia. «*Quel* dottor Johnson è morto da una quindicina di anni».

«Be', se lo dice lei!».

Pensai al famoso *Dizionario* di Johnson. Alla voce *Giocatore d'azzardo* aveva citato Bacon: "Più è grande come maestro in questa arte, peggiore è come uomo". In base a quel parametro, mio padre era stato un uomo davvero grandioso.

Mi girai verso il capitano sorridente e gli chiesi: «Lei è sicuro che non ci fossero *sette* ombre?».

Fletcher Rigge, seguito

Mi parve, con quella domanda, di aver provocato un altro *fremito*.

«E perché sette, signore?», chiese Harvey, teso davanti alla finestra.

«Le cose vengono sempre sette alla volta, non trova?», risposi.

«Non mi pare».

«I sette giorni della creazione», dissi, «le sette piaghe, i sette pianeti, le sette meraviglie del mondo; potrebbero anche esserci sette sagome».

«Sta diventando mistico», disse il capitano senza sorridere.

Era la mia propensione al sensazionalismo che stava venendo a galla. Stavo pensando che *Sette ombre* potesse funzionare meglio, come titolo, invece di *Sei ombre*. E quel pensiero sciocco aveva subito ceduto il passo a un altro più serio. Presi il libro mastro. Sulla pagina prima di quella strappata c'erano scritti i nomi e gli indirizzi dei clienti precedenti. La lista si fermava al giugno dell'anno passato, il 1797, il periodo in cui Matthew Harvey era ufficialmente andato in pensione. Era stata iniziata, a quanto pareva, una nuova pagina per l'agosto del 1798, ed era quella che mancava. Si vedevano chiaramente i segni dello strappo e dunque non ebbi modo di dubitare che la pagina fosse stata rimossa. Il pennino di Matthew Harvey, però, aveva lasciato un segno sulla pagina seguente – non abbastanza marcato da mostrare precisamente cosa avesse scritto – ma da quello si capiva che le righe impresse erano sette, e non sei, come avevo segnalato.

Dalla finestra il capitano mi teneva d'occhio, poi si mosse verso di me in un modo che mi fece sospettare che stesse per picchiarmi col bastone. Ma cominciò a sorridere e pescando dalla tasca del cappotto tirò fuori un quadrato di cartoncino e me lo porse. «Visto che c'era, il mercoledì di quella settimana, ha fatto anche la mia», disse. «Naturalmente non voleva far vedere che suo figlio era uno storpio».

Il cartoncino metteva in risalto una buona somiglianza col capitano Harvey, che era ritratto a figura intera, con tanto di bastone, elegante e agghindato in alta uniforme. Mi complimentai del suo abbigliamento, ma il capitano rispose: «Ero vestito come adesso. Ma mio padre ha preferito ritrarmi in uniforme».

Dedussi che tutti i presenti nella stanza sapessero che il padre aveva fatto un ritratto al figlio, e che erano dunque sette, e non sei, le ombre rinvenute dall'agente chiamato Bernard Hodges nella sacca del ladro. Hodges, senza dubbio, ne aveva fatto giuramento davanti a un magistrato. Harvey sapeva che sarebbe stato inutile tenermi nascosto che era stato lui il modello della settima ombra. Ci aveva provato, ma senza convinzione.

«Volevo vedere se l'avrebbe scoperto», disse, abbozzando l'ennesimo sorriso.

«Ma perché un padre avrebbe dovuto annotare sul libro mastro il ritratto di suo figlio?», chiesi.

«Oh», replicò Harvey, «ne fece una scena coi fiocchi. Scriverlo sul registro gli dette l'occasione di leggere a voce alta il mio indirizzo, "Capitano Harvey, Casa Bassa – è così che la chiamava – First Water Lane!". Detestava il mio indirizzo. E io gli dicevo spesso: "Signore, se non le piace First Water Lane, dovrebbe vedere la via adiacente». (Buona parte della quale non molto tempo prima era scivolata giù per il greto del fiume).

«E poi», continuò il capitano, «voleva che fosse tutto ufficiale. Aveva dipinto la mia sagoma in passato, quand'ero poco più di un ragazzo, ma sempre in modo del tutto informale. Realizzava rapidamente uno schizzo e poi lo colorava col nerofumo di una lampada. Io ero un giovinetto ribelle, temo, e così quando mi mostrava il lavoro finito, io... be', lo apostrofavo a male parole. Mi sono spinto a usarlo per accendere la pipa...».

«Il capitano fumava la pipa già da ragazzo», spiegò Stephen.

«Oppure ero capace di accartocciarlo e buttarlo dalla finestra», aggiunse Harvey.

«Cosa ne ha fatto dell'originale di quest'ultimo? Questa è una copia, no?», chiesi.

«Oh, dev'essersi cacciato da qualche parte», disse il capitano con una smorfia. «Mi ha causato non pochi guai. Potrei persino pensare che l'abbia dipinto per intrappolarmi».

«Non sta forse suggerendo che si sia suicidato?».

Harvey scosse la testa. «No di certo. Era una burla».

«Signor Rigge», disse Susan, seria in volto, «Robin voleva bene a suo padre, anche se non è abbastanza sentimentale da ammetterlo, e le ricordo che ha messo in ballo una ingente somma per scoprire il suo assassino».

«Chi erediterà il patrimonio?»

«Questo non vuol dire nulla», sbottò il capitano. «Non ha nulla a che vedere con l'assassinio». Ma io continuai a fissarlo finché non cedette e fece una piccola concessione. «Susan è la beneficiaria principale, com'è logico aspettarsi. E a lei andrà la casa – che dopo tutto è anche casa sua. Per quanto riguarda me, le assicuro che le mie aspettative sono state adeguatamente soddisfatte». Continuai a fissarlo e aggiunse: «Dannazione, signore, si vada a leggere quel dannato testamento nel Registro pubblico se ha mezza giornata da buttare».

Si trattava di un prospetto quantomeno sconfortante, e per consultare i testamenti c'era pure da pagare una tassa. L'idea poi di una lunga attesa al Registro – quella baracca infestata di vermi appiccicata alla cattedrale, visto che i testamenti cadevano sotto la giurisdizione dell'arcivescovo – era ancora meno attraente.

«Sua madre, signore?», chiesi.

«È morta vent'anni fa».

«Non si è fatto avanti nessuno di questi clienti dopo l'assassinio? Devono averne sentito parlare tutti».

«Farsi avanti per dire cosa?», chiese Harvey. «Per dichiarare che non sono stati loro ad ucciderlo? In quel caso, avrebbero potuto comunque essere accusati di essersi affannati a negare».

«Immagino che lei voglia che io scopra l'identità dell'assassino?».

«Voglio che scopra chi sono i soggetti delle ombre, signore. Che più o meno equivale alla stessa cosa».

«E cos'altro?»

«Cos'altro? Dovrà raccogliere le prove. Se c'è ragionevole motivo di sospetto contro uno qualsiasi di quegli individui – che, alla luce di queste circostanze, dovrà per forza emergere – daremo il via a una azione penale. Recheremo le nostre deposizioni di fronte a un magistrato e otterremo un mandato di arresto per l'uomo, o la donna, o – se serve – anche per le bambine. Visto che quelle forbici affilate possono affondare nello stomaco di un uomo come un coltello in un panetto di burro. Uno dei modelli già lo conosciamo, e lei dovrà andare a Londra a interrogarlo. Non dubito che lei, un uomo di Cambridge…».

«L'ho frequentata un solo anno».

«Più di quanto l'abbiamo frequentata tutti *noi*, signore. Non dubito che riuscirà a destare la sua attenzione. La carrozza per Londra parte ogni mercoledì dal Black Swan».

Menzionai che aveva un costo di dodici scellini anche solo sedere sul tetto, al che Harvey si fece di nuovo avanti, togliendosi il portafogli dalla tasca. Mi porse cinque banconote da una sterlina della Banca di York. «Ho solo banconote di York, al momento. A Londra potrebbero non essere valide, ma c'è un agente di cambio che potrà aiutarla: Wentworth & Co, sullo Strand. È mai stato a Londra, signor Rigge?».

Scossi la testa. Sarebbe stato assurdo dichiarare in quel momento che non approvavo affatto Londra, e così mi limitai a rispondere: «Credo sia un viaggio lungo e noioso».

Avevo sentito dire che a Londra era nata una nuova classe di agenti di polizia, che si mettevano sulle piste dei crimini come segugi e non mollavano l'inseguimento, neanche quando non sbucava fuori nessuno da incriminare. Si trattava probabilmente di uomini impiccioni, dispotici e anticostituzionali – disposti a tutto pur di ottenere un risultato. Provavo ribrezzo all'idea di quello spionaggio organizzato, ma sembrava che, per aver trovato un singolo libro scomparso, fossi stato reclutato per svolgere un ruolo simile.

Fletcher Rigge, seguito

Uscito su Coney Street esitai. Mi erano state affidate le sei ombre – il capitano Harvey aveva trattenuto la sua – e al momento le custodivo nella tasca del mio soprabito. I tre libertini erano ripartiti alla volta di First Water Lane. Mi aveva colpito quanto mi fossi divertito a tartassare di domande il capitano sulle circostanze del delitto, anche se non mi appassionavano affatto i giochi da salotto. Mi era stato richiesto di dare la caccia a un estraneo per trascinarlo in galera. E non avevo altra scelta che accettare quell'ingaggio; il prezzo di un rifiuto sarebbe stato il confino a vita tra le mura del Castello.

In quella strada silenziosa, la mente mi andò al Tyburn di York, il "segnavia del governo", come lo chiamavano i criminali. Immaginai la neve che scendeva sulla enorme struttura di legno della forca, e il povero Lund appeso, che girava su se stesso esanime, nel silenzio, al tempo stesso congelato e libero per sempre dal freddo.

Non c'era ancora nessuno in giro oltre le galline al centro della strada, che smisero di becchettare nella neve quando si accorsero che le stavo guardando, e divennero a loro volta guardinghe, scambiandosi l'un l'altra rapide occhiate come a vagliare il potenziale pericolo; e quando s'udì un improvviso tramestio, presero a sparpagliarsi e a svolazzare a destra e a manca. Il baccano sembrava provenire da non troppo distante. D'improvviso, due purosangue fecero irruzione nella via, seguiti a ruota da altri due, e poi da una gigantesca carrozza bianca e nera che girando bruscamente a sinistra verso lo spiazzo dove sorgeva il Black Swan, rimbalzò sulle balestre d'acciaio. Sfrecciò via da me alzando una nube di neve per tutta Coney Street. A cassetta c'erano solo il cocchiere e una guardia, e sembravano due personaggi disperati: il cocchiere imbacuccato ma senza cappello e la guardia col fucile bene in vista. Dentro la carrozza c'erano due uomini. Ne vidi il profilo dalla porta della carrozza. Erano abitanti di una landa irta di pericoli, come tutti, del resto, in questo mondo freddo e incolore.

Mi incamminai e gli stivali presero a imbarcare guazza. Il cigno nero dipinto sul pannello bianco dello sportello della carrozza era un uccello ritratto in volo, mentre quello di ferro che pendeva dalla porta della taverna davanti a me era accoccolato. *Questo* cigno nero potevo catturarlo, e avrei fatto meglio a farlo, visto che dovevo prenotare un posto sulla carrozza per Londra. E avevo anche un gran bisogno di un bicchiere di porto.

Sulla finestra tra la porta della taverna e le nere fauci spalancate del cortile adiacente era appeso un cartello che diceva: "Le corse sono al momento interrotte a causa delle ultime nevi cadute", ma poi, aguzzando gli occhi, lessi che solo la tratta verso nord ne risentiva, mentre la corsa verso Londra procedeva come al solito.

Un minuto dopo ero in piedi davanti al fuoco acceso nel camino del Black Swan, lo stivale grondante poggiato al parafuoco, a sorseggiare l'agognato calice di porto. La partenza recente della carrozza che avevo incrociato sembrava aver eviscerato il locale, lasciandolo silenzioso e quasi deserto. L'oste si grattava l'orecchio, con un levriero grigio sdraiato a fianco, e un uomo assonnato, che pareva mezzo morto, riposava su una poltrona in fondo alla sala.

Presi dalla mensola una copia dello «York Courant» della settimana prima. L'ho qui davanti a me mentre scrivo queste righe. Sembrava – dalla lista di derelitti elencati sotto la parola *Bancarotta* e dagli annunci che cominciavano con le parole CER-

CASI SOLDI – che la città, in mia assenza, era andata avanti per la sua nefasta strada come al solito.

Sfogliai le pagine fino alle notizie da Londra:

> Ieri le due spedizioni da Amburgo sono arrivate in città. Le notizie contenute nelle diverse lettere riportano che ogni prospetto di pace è svanito.

L'atrocità dei tempi... Era strano pensare che ognuna delle persone incarcerate per debiti fosse ritenuta inadatta a frequentare una simile società. Cercando di alleviarmi lo spirito, cercai e trovai il titolo *Sale riunioni*:

> Lunedì prossimo ci sarà un ballo alle grandi sale riunioni. Il biglietto costerà cinque scellini e sarà da acquistarsi sul posto.

In altre parole, l'indomani. Probabilmente ci sarebbe stata anche la signorina Lucy Spink, congetturai. Grazie al capitano Harvey potevo permettermi di acquistare un biglietto e così avrei fatto.

Ma per continuare il racconto di quella domenica...

Guardai verso il bancone, dove l'oste stava appuntando qualcosa in un enorme libro mastro nero. A un tratto mi sembrò che quel tipo avesse un ruolo più ufficiale di quanto credessi. Mi riaccostai a lui e sì, pareva che fosse nella posizione di prendere la mia prenotazione per Londra. Non sarei dovuto andare in cortile per farlo.

«Dentro, giusto?», chiese.

Capii che era il mio aspetto da gentiluomo a farmi meritare quella domanda, ma non potei gustarmi a lungo quel piccolo trionfo, perché dovetti rispondere: «Fuori», dimostrandogli dunque che gentiluomo lo ero *solo* nell'aspetto. Gli allungai una delle banconote da una sterlina del capitano e ci misi sopra cinque scellini miei, il costo del viaggio andata e ritorno. L'oste prese un appunto.

«L'ho prenotata, signore», disse, porgendomi uno scellino di resto e un biglietto. «Martedì mattina, alle cinque in punto».

«Dove arriva?», chiesi.

«Be', a Londra», rispose l'oste perplesso.

«Ma dove esattamente?»

«Al Black Swan. Quell'altro».

«Che si trova a...».

«High Holborn».

«È vicino a St. Paul?», chiesi, poiché serbavo idea che tutti gli uomini di lettere di Londra gravitassero intorno a St. Paul.

«Abbastanza vicino», rispose l'oste e fece un cenno col capo, che però era diretto a un nuovo arrivato. Mi voltai e vidi un uomo minuto e rubizzo che indossava un cappotto di una impeccabile sfumatura di grigio, coperto di neve, dal quale sbucavano maniche di camicia merlettate più vezzose di quelle che in genere si vedono nelle taverne. L'uomo si tolse dal capo un alto cappello di seta. Poi si tolse la parrucca e si grattò la pelata rosea, che era incorniciata da un'aureola di capelli bianchi. Aveva un naso assai schiacciato e si portava dietro un cagnolino che aveva anch'esso il naso schiacciato. Vidi che era della stessa razza ritratta in una delle sette ombre, un carlino slavato dal volto scuro; ma era improbabile che l'animale ritratto da Harvey spuntasse fuori solo mezz'ora dopo che l'avevo visto dipinto. Sarebbe certo stato provvidenziale. Per non dire miracoloso. Inoltre il cane ritratto era accompagnato da tre femmine, mentre avevo la netta impressione che quest'altro nuovo uomo – al pari di Stephen, il servitore del capitano – non volesse avere nulla a che fare con le femmine.

Sembrava un tizio assai giulivo. Forse aveva preso già da bere, ma non ne stava cercando ancora. Era piuttosto il carlino a bere, da una ciotola tenuta a ridosso della porta, messa a disposizione gratuitamente per i cani dei clienti. L'uomo assonnato si stiracchiò sulla sedia mentre il levriero si avvicinava al carlino. Restò a esaminare il suo fratellino più piccolo e tozzo con la testa piegata in modo affabile.

«Buonasera, Dash», disse il nuovo arrivato, in maniera affettata, al levriero che iniziò ad agitare la coda; al che il carlino smise di bere, dopo averlo fatto con rumorosi sbuffi e schizzi, e prese ad abbaiare al levriero, che si mostrò molto contrariato.

«Tum-Tum!», esclamò l'uomo. «Un po' di decoro, per favore!», e sorridendo all'oste aggiunse: «Non ha molta sete oggi. È da Jubbergate che mangia neve». Il suo sguardo cadde dunque su di me e lì restò per qualche momento, mentre lui si aggiustava la parrucca e si rimetteva in testa il cappello.

«*Allez, mon petit*», disse al carlino, «lasciamo in pace questi gentiluomini», e uscì dalla taverna.

Feci un rapido calcolo. Quanti carlini avevo mai visto nella città di York? Uno: l'esemplare che era appena uscito dalla taverna. Sembrava plausibile che in una città di ventimila anime il proprietario di un carlino conoscesse il proprietario di un altro carlino. L'oste, che di certo conosceva il proprietario del carlino, sembrava scomparso. Uscii dalla taverna e passai nel cortile nella speranza di trovare là quell'uomo, ma c'erano solo i silenziosi cavalli chiusi nelle stalle, una carrozza mezza smantellata, e la neve che continuava a cadere. Tornai di corsa in Coney Street. Orme sbiadite, che scomparivano in fretta sotto la neve fresca, mi condussero a sinistra, poi a destra, indicando che l'uomo e il cane avevano girato verso New Street.

E dunque presi New Street, che sembrava composta interamente di finestre serrate più di quanto fosse necessario. Girai verso Davygate, un'altra stradina di negozietti e chiesette della stessa dimensione, tutti ormai chiusi al termine della giornata lavorativa. Davygate finiva nella piazza del mercato del giovedì, che sembrava abbandonata come sempre, tranne che al giovedì. Iniziai a pensare che quell'uomo rubizzo fosse davvero intrepido ad avventurarsi nella notte. Poi udii un cane abbaiare in lontananza. Odio udire un cane che abbaia in città: il suono rimbalza e riecheggia inutilmente sulle pietre e sui muri; oltretutto non si trattava dell'abbaiare di un carlino.

Il suono lontano e roco si ripeté di nuovo. Un minuto dopo, questa volta più vicino a me, si diffuse nell'aria gelida una parola vera e propria: «*Et voilà!*», un suono sorprendentemente lieto in quella tenebra funerea. Doveva trattarsi del mio amico rubizzo e francofilo. Affrettandomi in direzione della voce, arrivai a due magazzini divisi da un vicolo. In capo al vicolo una cacca nera giaceva nella neve, di sicuro frutto di uno strenuo sforzo del carlino, ed era a quella che si doveva il trionfante «*voilà*» del proprietario. L'escremento fu ricoperto in fretta dalla neve: un tentativo disperato di ristabilire il decoro.

Percorsi il vicolo e sbucai su Back Swinegate, dove c'erano altri negozi, che in contrasto col nome poco forbito della strada, erano più esclusivi, simili a cofanetti di gioielli. Superai un profumiere, poi un fabbricante di parrucche, e sentii di nuovo l'abbaiare del carlino. Il suo proprietario stava togliendo i fermi della porta di un negozio: un'altra profumeria, vidi una volta giunto lì, che fungeva anche da farmacia. In vetrina bruciavano dei grossi ceri che, nella notte solitaria, illuminavano una sfilza variopinta di bottigliette. Lessi il nome sulla vetrina: "M. Garencier". Dovevo essere passato molte volte lì davanti, ma non avevo mai fatto caso a quel Garencier. L'uomo mi stava guardando dall'altro lato del vetro e fu così che mi misi a dire: «Perdoni l'intrusione, signore. Posso rubarle un minuto del suo tempo?».

Sapevo bene che un minuto di tempo di chiunque, richiesto di domenica a tarda ora da uno sconosciuto, non doveva avere un costo basso, tuttavia l'espressione di Garencier mantenne una certa affabilità. Chiaramente, non ero l'ultimo dei predoni o una qualche sorta di ruffiano. Non sembrava dell'idea di farmi entrare.

«A che riguardo?», chiese attraverso la vetrina. «Il negozio è chiuso».

«Sto parlando con il signor Garencier?», chiesi ad alta voce, cercando di avviare la conversazione in maniera civile.

«Il signor Garencier è morto. Io sono il signor Hurst», rispose l'uomo.

Il mio interlocutore era chiaramente indeciso se aprire la porta o meno. Dovevo escogitare qualche espediente. Tirai le sagome fuori dalla tasca e le sfogliai finché non trovai quella che mostrava le tre femmine e il carlino accoccolato in grembo. Il signor Hurst, però, scuoteva la testa, ritirandosi a poco a poco nell'oscurità del negozio.

Rimasto solo in strada, guardai di nuovo l'insegna. Tendo, in genere, a snobbare questi negozi signorili. Preferisco le sellerie, le armerie e i calzolai, e altri più indicati per la vita del gentiluomo di campagna.

Dando le spalle a Garencier, mi misi a riflettere sulle mie debolezze e le mie leziosità. Era vero, guardavo le vetrine delle sellerie, però andare a cavallo mi lasciava del tutto indifferente. Per quanto riguardava le armerie ero stato a caccia di fagiani e lepri non più di una mezza dozzina di volte – e anche lì non mi ero certo distinto. Mi figurai assorto febbrilmente nello studio, una settimana dopo il suicidio di mio padre, chino sulla mia copia delle *Cento regole d'oro dell'accoppiamento animale*, che a malapena riuscivo a comprendere due parole in fila, visto che ero un *falso* gentiluomo di campagna.

Rimettendomi in tasca le sagome, feci ritorno a Ogleforth, alla mia gelida stanza da letto, e alla scrittura di questo diario.

Diario di Esther, domenica 18 novembre

Sono seduta qui di domenica sera con il mio brandy e la mia valigetta da scrittura. In questa casa prima delle sei il brandy si mesce sempre insieme all'acqua e solo dopo quell'ora, puro: una palla di fuoco. Il fuoco vero e proprio brucia nel camino (perché in questa casa non manca mai il carbone) ma ho paura che mi stia venendo un malanno, perciò ho ancora indosso il cappello e il cappotto. Il capitano è al piano di sopra nella vasca piena d'acqua bollente vicino a un altro fuoco e di tanto in tanto lo si sente cantare. Stephen sta sdraiato sul divano proprio di fronte a me. Per lui è giunta l'ora di mettersi il soprabito e recarsi allo Spread Eagle a Micklegate a prendersi la sua tintura notturna, e anche l'agnello che prima ha portato lì ad arrostire. Ma invece se ne sta a leggere, vestito soltanto di una camicia – perché è così che si agghinda tutte le sere – da sotto la quale fa capolino a intermittenza il prepuzio del suo membro. Ai vecchi tempi, mi avrebbe invitata a trastullarlo un po', e io avrei pure acconsentito, non fosse altro che per compiacere il capitano, che si sarebbe trastullato a sua volta da solo sul divano gustandosi la scena. Ma ora Stephen deve trastullarsi da solo, quando colmo di buona volontà non lo aiuta lo stesso capitano.

Conosco bene il tomo che lo sta avvincendo: è un elenco delle prostitute di Londra chiamato *L'indice Taylor delle gentildonne di Covent Garden*. Senza dubbio un indice dei *gentiluomini* di Covent Garden non sortirebbe in lui minor interesse.

Andrò su a controllare il capitano tra un minuto. In passato mi sarei fatta il bagno assieme a lui, il che, viste le ridotte dimensioni della vasca, avrebbe richiesto di sedergli direttamente sopra, fatto quantomeno provvidenziale per il capitano. Ma di recente è più semplice che accada che mi ritrovi a insaponargli la schiena da fuori. Quell'aspetto delle cose mano a mano si è andato spegnendo. Voglio dire, il capitano non è più così avvezzo a quelli che chiama i miei Paesi Bassi come lo era un tempo. È sciocco pensare che prima o poi lo abbandonerò, ma a dire il vero ci penso – capita anche spesso – sebbene all'epoca mi abbia salvata da una esistenza intollerabile.

In quei giorni era molto più bello. Stavo notando ieri sera, mentre si chinava ad accendere uno stoppino nel fuoco, quanto gli si siano diradati i capelli; a tratti sembrano addirittura il ricordo dei suoi capelli, uno schizzo abbozzato in fretta e senza troppa attenzione. Ma è un uomo arguto, e quando ci siamo incontrati a Londra mi ha detto senza troppe cerimonie che io – figlia di un gentiluomo sofisticato (se così si può descrivere un parroco di campagna) – dovevo avere un consorte arguto. E oggi, mentre teneva il punto davanti al suo nuovo amico signor Rigge, mi sono ritrovata a domandarmi quanto realmente sia arguto il capitano, e se nel giovane Rigge non abbia davvero trovato pane per i suoi denti. Mi sono dunque sorpresa a soppesare il mio amante, a fare paragoni, con una obiettività che nei giorni della mia prima gioventù sarebbe stata praticamente impossibile.

Lui mi ha dato stabilità, da un certo punto di vista. Mi ha sistemata in una casa enorme, anche se ora sta cadendo a pezzi. Mi ha fatta tuffare in un mondo di libri – anche se quasi tutti del tipo più indecoroso – e di penne e carta… ma a Londra ho potuto vedere che uso faceva di quegli articoli e credo che ora stia facendo la stessa cosa. Cammina senza sosta avanti e indietro nella sua stanza da letto per tutta la notte e ha rimesso in uso il suo piccolo scrittoio. Mentre scrive, tiene vicino ai fogli una pistola. Credo che questa sia il segnale del contenuto periglioso di quella scrittura, che prende la forma di una corrispondenza. Non sono autorizzata a leggere quelle lettere o a sapere chi le riceve. Fa un salto lui stesso all'ufficio postale, anche se per lui arrivare così lontano è un'impresa; oppure dà le lettere a Stephen, o agli scaricatori di carbone che lavorano sul molo.

Interrompo un attimo per annotare che Stephen deve aver trovato una baldracca specializzata in qualcosa di suo massimo gradimento. Mi sorride, e mi interroga con gli occhi, ma *solo* con gli occhi. È al corrente delle mie più profonde angosce ed è curioso di vedere come le risolverò, anche se sotto sotto è convinto che non ci riuscirò mai. Lui stesso è una contraddizione che cammina: un servitore che di frequente è compagno di letto del suo padrone, un uomo con notevoli conoscenze... di fatti che nessuno si sognerebbe mai di menzionare in buona compagnia.

Ho appena preso un altro bicchiere, per farmi forza contro le innumerevoli e imbattibili angosce. Eccone una. Ogni volta che apro il cassetto di questa scrivania per prendere la penna, mi torna in mente che contiene tutti i miei tesori, tutto quello che amo davvero, e sono tutte cose che risalgono al lasso della mia vita precedente all'incontro con il capitano: questo diario, la medaglia con la treccia di capelli di mia madre, la mia spilla d'oro, le mie poesie, chiuse da un fiocco di seta blu (fiocco che, ovviamente, ha più merito artistico del merito letterario di ciò che lega insieme) e la lettera di referenze della signora Griffin. Se non fosse stato assurdamente pomposo, mi sarebbe piaciuto dire al signor Rigge che un tempo ero stata giudicata un'ottima istitutrice di tre bambini presso un rispettabile casato, perché mi sono accorta che è rimasto sorpreso trovandomi in possesso di un romanzo, anche se con nobiltà d'animo ha cercato di dissimulare lo stupore. Vorrei che il signor Rigge si facesse di me una buona impressione, e non solo perché, come Stephen ha già sottolineato, è «un ragazzo di una bellezza provocante, vestito con gusto senza sembrare un vanesio».

Il capitano si comporterà bene con lui? Ne dubito, e sono sicura che da quel punto di vista ci sono guai in arrivo. È stato il capitano a uccidere suo padre? Non riesco a credere che possa essere un assassino, ma in quanto a essere la ragione per cui una persona *sia stata uccisa*, o quella per cui *si sia uccisa*... be', è tutta un'altra storia. In ogni caso, di recente l'ho visto molto annoiato, e temo che il signor Rigge finisca per diventare vittima della sua pericolosa noia.

Sento il calpestio aritmico del capitano che scende le scale. Se solo non conoscessi la causa della sua zoppia... perché mi fa ridere perfino adesso a dispetto di qualsiasi cosa se ne pensi. Tra qualche istante, entrerà nella stanza nella sua veste da notte e vestaglia, col bicchiere di vino in mano. Dopo una breve pausa verrà verso il mio divano anziché quello dov'è Stephen, e io ne sarò compiaciuta, anche se spesso, di recente, mi sono chiesta se questo bicchiere di brandy, per me, non sia più significativo della presenza ravvicinata dell'uomo che un tempo ero così ben disposta a chiamare «mio capitano».

Promemoria del signor Erskine, avvocato, per il signor Taylor, magistrato. Precentor's Court, York

L'indomani, il lunedì, il nostro signor Rigge è stato parecchio indaffarato a svolgere il suo incarico. È andato prima da Bainbridge, la modista di Nessgate, cercando informazioni sul tipo di cappello indossato dalla donna ritratta da Harvey. Ha poi fatto visita al Registro di York, alla ricerca del testamento di Harvey. Dopo, ha fatto ritorno al negozio chiamato Garencier, la qual visita ha fruttato una ricerca culminata in un posto famoso della città, come presto andrà a leggere. Qualche ora dopo, si è recato alla libreria di Skelton a Stonegate, dove un tempo lavorava.

A sera, ha partecipato al ballo, dopo il quale ha avuto luogo uno sconvolgente incidente, del tipo che avrebbe potuto beccarsi mezza frase sul «Courant», anche se così non è stato. (Anche se la mia vista peggiora allo stesso passo in cui il carattere di stampa di quel giornale si rimpicciolisce, perciò forse sto rendendo un disservizio all'editore con queste mie parole).

Il nostro giovane protagonista sembra aver trascorso buona parte della giornata successiva a trascrivere questi eventi nel suo diario. Ma nel caso delle sue visite dalla signora Bainbridge, al Registro e da Skelton ho scelto di introdurre altre voci. Così le vado a presentare la signora Bainbridge in persona, seguita dal signor Thaddeus Myers, addetto al registro del Registro di York; e poi il giovane Bob Richmond, bollato a malincuore come il "ragazzetto" della principale libreria della nostra città. Le assicuro, mio caro Taylor, che i loro resoconti corrispondono in tutti i dettagli importanti a quelli riportati nel diario di

Rigge, e hanno l'indubbio beneficio di spargere un poco più di luce sul carattere di quest'ultimo.

È comunque necessario menzionare che buona parte del resoconto di Rigge della visita alla signora Bainbridge è martoriato dalla pena di aver dovuto mentire alla formidabile proprietaria del negozio. Ha dovuto far finta che sua madre fosse ancora viva, quando la signora Rigge, in realtà, è morta di cancro una dozzina di anni fa nella tenuta di famiglia. (È stato, come ha scritto lui, "un sordido stratagemma", assolutamente irrispettoso della memoria della sua cara madre).

Ma qui trova il resoconto della signora Bainbridge, così come è stato trascritto dal signor Bright, che ha cura anche di far precedere il tutto dalle sue caratteristiche annotazioni.

Signora Bainbridge, modista, interrogata dal signor Bright

Nota introduttiva del signor Bright: la signora Bainbridge si è sottoposta con estrema riluttanza alla mia intervista. Quando sono arrivato al suo negozio a Nessgate, stava facendo l'inventario, vale a dire che stava tirando fuori una quantità infinita di cuffie, turbanti e tricorni, per poi rimetterli dentro una serie di scatole. A quanto diceva, erano tutti cappelli della stagione passata, ma dal quantitativo di polvere che si librava nell'aria si capiva che risalivano a *molte* stagioni fa, e in conclusione d'intervista ho avuto un orrendo attacco di tosse al quale, mi è parso, la signora Bainbridge ha assistito con molta soddisfazione.

Il vostro signor Rigge è arrivato in negozio alle undici del mattino circa di quel lunedì, e se lei mi dice che era il 19, signor Bright, vuol dire che è così. Allora non ero impegnata come lo sono adesso, ma di lavoro ce n'è sempre. Quando ho sentito suonare la campanella, ero di sotto – in cantina, ma noi diciamo sempre "di sotto" – a preparare un nuovo ordine con la ragazza. La ragazza si chiama Peg, se proprio vuole saperlo.

«Mi interessa un cappello come quello», ha detto il signor Rigge, indicando uno dei cappelli a tricorno che abbiamo in vetrina.

«È un cappello da donna», gli ho detto.

Mi ha detto che lo sapeva.

«Non vendiamo cappelli da uomo», gli ho fatto notare, e lui mi ha detto che sapeva anche quello. Era abbastanza educato e si vedeva che era una persona distinta, ma non mi dava fiducia, perché sembrava imbarazzato, e non si comportava come in genere si comporta un gentiluomo in un negozio per signore.

«È un cappello da equitazione», gli ho detto e quello, immagino, *non* lo sapeva.

«Dunque», mi ha suggerito, «probabilmente interesserebbe un'appassionata cavallerizza».

Gli ho detto che non era mica obbligatorio andare a cavallo, con un cappello come quello.

«Pensavo di regalarlo a mia madre, signora», ha risposto. «Ma non sono sicuro che le stia bene».

«È una donna graziosa, immagino».

«Assai», ha risposto, che è quello che tutti gli uomini dicono delle loro madri, ma ho voluto comunque credergli.

«Ha una linea molto austera», ho aggiunto, «ma in testa a una bella donna fa un effetto splendido».

E lui mi ha detto: «Mi sarebbe di enorme aiuto se potesse farmi il nome di qualche bella donna che indossa questo tipo di cappello».

«E perché mai?»

«Servirebbe a… poter raccomandare il cappello a mia madre».

Pensando che sua madre dovesse essere una creatura di carattere debole, gli ho chiesto: «Ma sua madre segue la moda?»

«Certo che sì».

«E allora lo conoscerà senz'altro, no?».

Ha fatto un veloce inchino, e stava per andarsene, quando la ragazza – sì, parlo della stessa ragazza, qui ne lavora soltanto una – è salita su dalle scale ed è apparsa sulla porta. Ci può giurare che si mette lì a squadrare per bene ogni giovanotto che entra in questo negozio. Stavo per dirle di tornarsene di sotto, ma prima che potessi farlo il vostro signor Rigge è stato così sfrontato da chiederle se le venissero in mente delle signore di York che avessero scelto un cappello di quel tipo. Non potevo permettere una simile impertinenza e allora ho risposto io per la ragazza. «No che non le vengono in mente», ho detto. «E nemmeno a me».

Ha fatto un altro inchino rispettoso e se n'è andato via.

Lettera del signor Thaddeus Myers, vice cancelliere del Registro di York, al signor Erskine, avvocato. Registro dei testamenti e delle successioni, presso la cattedrale, York

Grazie per la sua comunicazione riguardante tale signor Fletcher Rigge. Purtroppo la data della sua missiva è illeggibile, perciò, se questa risposta le giunge in ritardo, la prego di tenere a mente la grande quantità di corrispondenza che questo ufficio deve di norma sbrigare.

Mi dispiace informarla che il Registro non ha la possibilità di tenere traccia di tutte le visite che riceve, e che non sono stato in grado di trovare il nome del signor Rigge nell'agenda delle ricerche effettuate. Posso però confermarle che il signor Rigge ha avuto occasione di fare visita all'ufficio ricerche nella data da lei menzionata, vale a dire nella tarda mattinata di lunedì 19 novembre, perché l'ho accolto io di persona. Anche se stavo svolgendo un importante incarico per conto del Rettore, mi trovavo in quel momento nell'ufficio ricerche, per dare una mano al capo impiegato, il signor Wilkinson, a svolgere in tutta fretta una serie di commissioni.

Ricordo la visita del signor Rigge poiché ha richiesto l'accesso al testamento del signor Matthew Harvey, l'artista che è stato assassinato. Per rispondere alla sua domanda, il signore non ha detto perché voleva consultare quel documento, e io ho creduto che volesse farlo solo a causa di una curiosità morbosa, o forse perché era un parente alla lontana speranzoso di aver ricevuto una qualche sorta di lascito. Ho incaricato, quindi, il signor Wilkinson di svolgere quella ricerca, ma questi non è stato in grado di mettere subito le mani sull'atto richiesto.

Ricordo che il signor Wilkinson spiegava al signor Rigge che sarebbe stata necessaria una ricerca completa applicando le usuali condizioni. In primo luogo, sarebbe stata richiesta una ghinea di cauzione. In secondo luogo, doveva sapere che spesso potevano essere necessari uno o due mesi a ritrovare un testamento; e terzo, non c'era alcuna garanzia di un esito positivo. Il signor Rigge ha dunque rifiutato di commissionare detta ricerca e ha chiesto invece di poter dare lui un'occhiata agli scaffali per vedere se gli riuscisse di trovarlo. A quel punto sono dovuto intervenire di nuovo, sottolineando l'impossibilità di permettere a qualsivoglia membro del pubblico l'accesso all'archivio. Nemmeno l'arcivescovo in persona oserebbe avanzare una simile richiesta. Il signor Rigge ha detto al signor Wilkinson che sarebbe probabilmente tornato a «tentare di nuovo la fortuna» (un'immagine quantomeno beffarda) in seguito. Non serve nemmeno che io le dica che quando si tratta del Registro la fortuna c'entra poco, perché si tratta di un lavoro metodico che gli addetti portano avanti sprezzanti della grande impazienza dimostrata da buona parte dei richiedenti.

Non sono in grado di dirle se il signor Rigge abbia mai fatto ritorno. Nell'agenda delle ricerche il suo nome non compare di nuovo, ma questo potrebbe non voler dire nulla. Non ho avuto occasione di chiedere al signor Wilkinson se abbia incontrato di nuovo il signor Rigge in una data successiva, visto che tale gentiluomo, da tempo versante in uno stato di salute precario a causa dell'enorme quantità di mansioni svolte per il Registro, non riesce ormai più a svolgere alcun lavoro, e ritengo improbabile che torni a farlo nell'immediato futuro, posto che mai torni.

[**Poscritto del signor Erskine:** L'inadeguatezza della missiva del signor Myers risulterà quantomeno sconcertante a qualsivoglia lettore in possesso delle proprie facoltà mentali: a chiunque, insomma, non sia mai stato così presuntuoso da richiedere la ricerca di un testamento al Registro, il cui antiquato labirinto di cunicoli saremo costretti a rivisitare].

Diario di Fletcher Rigge, lunedì 19 novembre

Il campanile della cattedrale batteva le due e una neve leggera – come composta di innumerevoli piume – turbinava nell'aria, mentre percorrevo la strada dal Registro a Back Swinegate per far ritorno al negozio chiamato Garencier. Le strade erano gremite al pari del Registro e dopo la mia futile mattinata, non mi sembrava plausibile riuscire a scovare le sei persone che mi interessavano in una folla di ventimila.

Per quanto riguarda il Registro, la domanda che sorge spontanea è se io sia stato mandato via innocentemente o a causa di una congiura che vuole tenere nascosto quel testamento. Ho scoperto che un impiegato deve sempre fare da mediatore tra il pubblico e i testamenti, ma intorno al Registro girano voci di corruzione. Forse quel testamento non è stato mai depositato? Ma se così fosse non sarebbe mai stato autenticato e Susan Harvey non avrebbe ottenuto la casa. Il capitano mi aveva forse spinto a cercare quello che sapeva che non avrei mai trovato? Al di là della sua spavalderia, non lo penso capace di un simile gesto.

Mentre entravo nell'accogliente e profumato negozio di Garencier, il campanello alla porta ha trillato delicatamente e tuttavia il carlino mi è venuto subito incontro abbaiando, seguito a stretto giro da Hurst che cercava di zittirlo, prendendolo in braccio e coprendolo di baci. L'animale accettò a malincuore quelle coccole, continuando a ringhiarmi, mentre io facevo finta di esaminare una bottiglia di qualcosa chiamata Crema di Cordoba.

«Per ammorbidire e nettare i guanti di pelle», ha detto Hurst, indicando la bottiglia. E poi mi ha riconosciuto: «Non era lei il giovane gentiluomo che mi ha seguito qui, ieri notte?»

«Non volevo allarmarla, signore; sono soltanto interessato al suo cane».

«Al mio cane? Vuole dire a Tum-Tum!».

«Un piccolo, delizioso diavoletto», ho detto, mentre Tum-Tum riprendeva a guaire.

«Trent'anni fa», ha ripreso Hurst, «questa specie era quasi scomparsa. Immagini di che disastro si sarebbe trattato! Noti la coda», ha proseguito abbassando la voce, col cane che nel frattempo si era calmato, «il doppio ricciolo».

Quella, ho pensato, anticipava la forma delle feci che ne sarebbero emerse da sotto.

«E le gambe», ha ripreso Hurst. «Guardi come sono regolari».

Sembra che il posto giusto per le zampe di un carlino sia *sotto* l'animale.

Guardai il negozio, che consideravo obbrobrioso. Vendeva buona parte degli articoli che una nobildonna poteva desiderare, inclusi quel tipo di cosmetici come la Tintura di perle, utile a eliminare le lentiggini; acqua profumata dai colori più bizzarri, ma chiamata sempre *Eau de Charme*… e poi saponi, tabacco da fiuto e tabacchiere, cipria per capelli. Quasi sobbalzai leggendo lo slogan di una crema per la pelle: "L'autoconservazione è la prima legge di Natura". Il destino di mio padre sembrava suggerire una verità diversa. (Di nuovo odo l'eco dello sparo risuonare giù per le scale della casa. Mi vedo correre *su* per quelle stesse scale ed entrare nella stanza da letto vedendo mio padre riverso in una posizione bislacca. Quell'uomo esile dagli occhi tristi, quando ha tirato il grilletto, sedeva a gambe incrociate come un indù dell'India).

Hurst mi invitò a carezzare l'orecchio del cane. Era piacevolmente vellutato, come una ciabatta di pregiata fattura.

«L'orecchio rosa», disse Hurst, fiero. «In armonia con il muso rugoso».

«Davvero fascinoso anche il naso schiacciato», azzardai.

«*Retroussé*», s'affrettò a correggermi Hurst.

«Ha qualcosa dell'aspetto di un bulldog», suggerii.

Hurst scosse la testa quasi piccato. «Il carlino è l'opposto di quella razza di animali selvatici».

Eravamo in piedi di fronte alla vetrina, a meno di quattro piedi di distanza. Ciò permetteva una vista nitida della strada resa immacolata dalla neve, che si estendeva in tutte e due le direzioni, col risultato che le persone che vedevo sfilare, visto che la finestra era socchiusa, erano una successione di cappelli calcati e baveri alzati.

Il carlino si divincolava tra le braccia del padrone.

«Mi sono sempre chiesto quali fossero le origini del suo nome volgare», dissi, e non stavo mentendo, «*Pug*. Deve avere qualcosa a che fare con il latino *pugnus*, pugno chiuso?», (perché il profilo della testa è assai simile a un pugno chiuso).

«Mi sono sempre parse delle farneticazioni da persona poco istruita», obiettò Hurst. «Credo che venga così chiamato perché è piccolo e tozzo. È il tipo di nome che si dà a una creaturina beneamata. Noti il neo e i tre peli». Hurst indicò la guancia del cane. «Questi sono importanti per il riconoscimento ufficiale del Club del Carlino… il collo non è una parte importante dell'anatomia».

In quel caso si poteva difficilmente affermare il contrario.

«Sono rinomati per la loro pulizia», aggiunse Hurst. «Non hanno praticamente odore».

Ma non sentiresti la presenza di un cane in questo posto nemmeno se puzzasse davvero, pensai, visto che il negozio era saturo di profumi.

Era ora di concentrarsi sul carlino ritratto da Harvey. Ponderai di estrarre la sagoma dalla tasca del cappotto per mostrargliela e chiedergli se conosceva quel cane, ma avendo deciso di non voler stabilire collegamenti tra le mie domande e l'assassinio, decisi di procedere in maniera ellittica.

«Quanti carlini ci sono qui a York, secondo lei?»

«Difficile dirlo. Non molti comunque. Dovrebbe consultare gli alberi genealogici».

«Spesso sono neri, se non erro».

«Sì, o neri solo per metà. L'imbastardimento della razza, tra questi animali, è un problema molto comune... Il nero della faccia riveste il resto del corpo».

«Invece questo...».

«Tum-Tum, si chiama».

«Tum-Tum, giusto, lui è giallognolo».

Sapevo di aver usato la parola sbagliata e non l'avrei pronunciata se in quel momento non avessi visto passare alla finestra una persona che catturò la mia attenzione. Si trattava di un uomo abbastanza giovane, che indossava un parrucchino legato dietro con un nastro scuro. Il soprabito aveva asole sul bavero. Aveva ben poco mento.

«Giallognolo?», stava esclamando esterrefatto Hurst. «Tum-Tum è *fulvo albicocca*!».

«Ma certo, non è mica giallognolo», dissi, restando con gli occhi incollati alla figura di passaggio. «Quello che volevo dire è che...», e lì esitai. Che volevo dire?

Il giovane privo di mento sarebbe presto arrivato alla biforcazione della strada, da dove sarebbe scomparso, molto probabilmente per sempre. Già gli vedevo soltanto la schiena. Aveva un passo fiero e ballonzolante, simile a quello di una gallina e muoveva anche troppo i gomiti. Quando mi costrinsi a distogliere lo sguardo dalla vetrina, vidi che Hurst aveva avvicinato la faccia a un palmo dalla mia e che era rimasto in attesa. Mi resi conto che si doveva pettinare le sopracciglia, oppure gli sarebbero cresciute verticalmente. Di sicuro in quel suo assurdo emporio vendeva pettinini per le sopracciglia.

«Stavo per dire... *caramello chiaro*», improvvisai, il che apparentemente rabbonì Hurst, perché rilassò le sopracciglia. Allungai il collo in direzione della vetrina. L'uomo senza mento si era fermato prima della biforcazione a guardare una vetrina, quella di un calzolaio, a quanto pareva, visto che sulla sua testa pendeva uno stivale gigante.

Il carlino riprese a mugolare e io mi cimentai – mi spiace ammetterlo – nell'ennesima bugia: «Signor Hurst, vorrei tanto entrare in possesso di una di queste dilettevoli creature. Sa dirmi dove posso acquistare un cucciolo fulvo albicocca?»

«Ne conosco solo un altro in questi paraggi, di carlino di questo colore», Hurst cominciò... ma proprio mentre stava per continuare, la dannata campanella del negozio si mise a suonare, annunciando l'arrivo di una donna dall'aspetto pedante. Hurst le rivolse un inchino e lei glielo restituì.

«Mi hanno detto che vende essenza di mirra», disse la donna, «per mantenere sani e belli i denti».

Hurst si lanciò con la donna in uno scambio di opinioni sulla salute dei denti che minacciava di dilungarsi parecchio. Sbirciai di nuovo fuori dalla vetrina. L'uomo senza mento era ancora visibile, ma dall'estrema destra era in arrivo il carretto di un mastro birraio. Dieci a uno che il suo passaggio avrebbe costretto l'uomo a spostarsi e dunque a riprendere a camminare, sottraendomelo. Non potevo essere sicuro che si trattasse dell'uomo che aveva dipinto Harvey. A York dovevano esserci decine di giovani senza mento – molti di più dei carlini bianchi, e Hurst non mi aveva ancora rivelato l'informazione vitale della quale ero a caccia. Dovevo dunque attendere che Hurst mettesse le mani sull'essenza di mirra.

Si ritirò nella stanza sul retro per cercarla.

Io rimasi davanti alla vetrina. Il carretto aveva fatto spostare il giovane che si stava allontanando e Hurst rientrò dalla stanza sul retro, tenendo tra le braccia, assieme a Tum-Tum, un pacchetto ben incartato. Ne mostrò alla cliente il contenuto e questa annuì, confermando che si trattava proprio dell'essenza che andava cercando. Ma il loro scambio non accennò a spegnersi.

«Questa va conservata in una scatola di legno di rosa rivestita con un foglio di alluminio», stava dicendo Hurst, annunciando l'inizio della ricerca di un simile articolo in quel dedalo. Invece no! Avendo localizzato subito la scatola in vetrina, Hurst esclamò: «*Comme ça!*», e mentre si allungava per prenderla, gli poggiai la mano sulla manica.

«Il carlino fulvo albicocca, signore».

«Sì, sì», disse Hurst. «Un momento, se può attendere. Sto per...».

Raddoppiai il mio impeto. «Andrei di fretta, signore. Mi serve soltanto il nome».

«I Kendall», disse Hurst, visibilmente infastidito. «Hanno una casa nuova a Clifton Green, davanti all'abbeveratoio dei cavalli. Immagino che conosca quel posto. Hanno un tale Swizzle».

«Hanno cosa?»

«Un cane di nome Swizzle».

«Ma è chiaro?»

«Grigio chiaro. Color pietra, per così dire».

«Nella famiglia ci sono anche delle figliole?»

«Due bambine, sì». Hurst esitò. «E le sarei grato se potesse evitare di menzionare il mio nome, signore... Ora che ci penso devo consigliarle di andarci con i piedi di piombo. Sono personaggi ben bislacchi, quei Kendall».

Feci un inchino a vuoto, visto che Hurst s'era già volto altrove, e mi precipitai in strada. Arrivai alla biforcazione e un attimo dopo mi ero lasciato Back Swinegate alle spalle e mi ritrovavo, senza sapere bene dove andare, nella strada successiva, Stonegate. Subito a destra c'era la libreria di Skelton. Le campane della cattedrale cominciavano a suonare tutte insieme e mentre la neve riprendeva a cadere e i pedoni allungavano il passo, tutti quegli eventi presero a sembrarmi in qualche modo connessi tra loro. Guardai dall'altra parte e vidi l'uomo senza mento che procedeva nella direzione opposta al flusso dei pedoni; camminava, difatti, in circolo, facendo irritare oltremodo quelli che si trovavano a incrociarlo. Teneva in mano un foglio e borbottava qualcosa tra sé e sé, ignorando la neve che lo ricopriva. A un certo punto del suo vagabondare in tondo si trovò faccia a faccia con me e vidi che il nodo della sua cravatta era di quelli ampi e sgargianti che vengono chiamati Osbaldeston. Notai anche il panciotto nero, che al pari del soprabito era stato cucito in una foggia particolare, pieno di pieghe e asole. Era tutto troppo elaborato. Aveva un volto lungo e affusolato, di quelli vecchio stampo… E poi si girò di nuovo.

Mentre continuavo a guardare, l'uomo senza mento abbandonò la sua orbita, dirigendosi in fretta verso il lato occidentale di Stonegate, là dove cedeva il passo a Blake Street. Lo seguii per tutta quella via fino al posto chiamato St. Leonard, dove superò il vecchio ospedale fatiscente e arrivò a un palazzo che spiegava molte cose, se non addirittura tutto.

Fletcher Rigge, seguito

Il Theatre Royal di York mi era sempre sembrato un ammasso di chiese troppo grandi. Sul prato verde innevato a lato c'era un cavallo che in qualche modo era collegato al teatro. Tra il prato e il teatro c'era una passerella coperta. L'uomo senza mento la imboccò e lo seguii, e nonostante i miei stivali facessero molto rumore sui lastroni del selciato, l'uomo non provò nemmeno a girarsi. Gli spettatori del teatro usavano quello spazio per raccogliersi durante gli intervalli, a bere vino caldo e a mangiare leccornie varie; e lì era anche sito il botteghino dei biglietti. Intravidi delle silhouette dipinte su un cartellone che annunciava uno spettacolo di ombre cinesi. Il senza mento, che non gli aveva prestato attenzione, si fermò al botteghino a chiedere qualcosa, e alla risposta (quale che fosse) proruppe in una risata fragorosa e amareggiata, prima di proseguire con aria da padrone, facendo di tanto in tanto una pausa per declamare quelli che sembravano versi del Bardo Immortale. Si dirigeva verso una porta spalancata che io – essendo stato una o due volte in vita mia a teatro – non avevo mai visto prima. Portava nell'auditorium principale.

Mentre seguivo l'uomo oltre quella porta, sentii sbattere quella della biglietteria. L'occhialuto impiegato, che indossava un piccolo berretto di scoiattolo e teneva sotto il braccio una scatola sicuramente piena di danaro, ne uscì per venire nella mia direzione.

«Signore», mi disse, «il teatro in questo momento è chiuso».

Nell'auditorium, un altro uomo dall'aspetto più burbero stava raccogliendo l'immondizia dalla buca per l'orchestra: mele e arance marce, tozzi raffermi di pane e cocci di bottiglia. Senza la folla che li riempiva, i palchi su entrambi i lati sembravano dare le vertigini: due torri di babele stipate di cibo andato a male. L'ambiente puzzava di vernice. Sul palco c'erano i resti di uno scenario arcadico: un paio di rudimentali alberi di legno. (Be', gli alberi *sono* di legno, pensai distrattamente). Una grande porta in fondo – in genere, credo, chiusa e nascosta dalla scenografia – era aperta ed esposta allo sguardo, e rivelava un muro alto di mattoni e l'immancabile nevicata. La meno attesa delle visitatrici, per quel luogo, la luce del giorno, arrivava da lì; e assieme a lei il gelo.

L'uomo senza mento camminava imperterrito lungo l'auditorium continuando a declamare. Restai a guardarlo mentre usciva dall'ennesima porta, che gli sbatté alle spalle facendolo scomparire – sbatté così rumorosamente che potei rivolgere all'impiegato la mia domanda al passato.

«Sia così gentile da rendermi edotto, buon uomo: chi era?»

«Quel gentiluomo, signore?», chiese. «Be'... questa non è Liberty Hall, signore. Al pubblico l'accesso è permesso soltanto durante gli spettacoli».

«Dunque non si trattava di un membro del pubblico?», chiesi, indicando la porta dalla quale l'uomo era appena uscito.

«No, signore. Ma lei lo è».

Presi una moneta dalla tasca delle braghe. Avevo provato a pescare uno scellino, ma era saltato fuori mezzo sovrano. Lo diedi comunque all'impiegato, che rimase a fissarlo sbalordito. Sembrava che si stesse chiedendo se metterlo nella scatola di soldi che teneva sottobraccio.

«Il nome del gentiluomo è Jeremiah Smith. Ora posso chiederle lei chi è?»

«È un attore, presumo», dissi, pensando che questo dettaglio avrebbe spiegato sia l'aspetto bislacco che tutto quel declamare al vento.

L'uomo che raccoglieva l'immondizia, felice di poter prendere una breve pausa da quel compito ingrato, si intromise.

«Non solo un attore», disse. «Membro della seconda Compagnia. Quella che fa spettacoli fuori città».

Gli risposi che pensavo che i giorni degli spettacoli itineranti fossero finiti da tempo.

«Non per lui», disse il raccoglitore d'immondizia, indicando la porta dalla quale l'uomo si era dileguato. «È proprio un girovago. Non ha visto com'è arrivato *qui* girovagando?»

«Che tipo di attore è?», chiesi.

«Che intende dire?», domandò l'impiegato con una certa asprezza.

«Un Garrick in erba?», suggerii.

«In questo teatro, vedrà, il livello è altissimo...».

«È *stentoreo*», stabilì il raccoglitore. «Ieri sera qui c'è stata una mezza rivolta – a causa di una battuta di spirito – e volavano bottiglie, frutta e bicchieri. Ma il giovane Smith si sentiva forte e chiaro come una campana della cattedrale».

«Ma lei ha detto che era un girovago».

L'impiegato, palesemente irritato dagli interventi del raccoglitore d'immondizia, provò a spingermi con fermezza verso la porta. «Non ci sono spettacoli itineranti, al momento», disse. «Per via del brutto tempo. E perciò per ora recita un ruolo qui».

«In che spettacolo?», chiesi.

«Importa poco», rispose. «Le repliche sono terminate».

E diceva il vero, visto che in quel momento comparve un terzo uomo a togliere uno degli alberi finti.

«Ce l'avrà pure *avuto* un titolo», sbottò il raccoglitore, «ma che io sia dannato se riesco a ricordarlo... Le racconto la storia, però». Prima di continuare si soffiò il naso. «La bella Clarissa...».

«Celia», lo corresse l'impiegato stizzito.

«La bella Celia», riprese l'altro, «sta per sposare il delinquente Squire Badger…».

«Signor George *Trifle*», lo corresse di nuovo l'impiegato.

«Quando il giovane e fedele… com'è che si chiamava?»

«Il giovane signor Lovermore», disse l'impiegato esasperato, «quando arriva è travestito da servitore…».

«Pensavo fosse un buffone di campagna», disse il raccoglitore di immondizia, che nel frattempo era salito sul palco e stava guardando verso il basso qualcosa che lo disgustava. «Dannati cani da palcoscenico», commentò.

Mi ero fatto un'idea: doveva essere qualcosa di simile a *Ella si umilia per vincere*, dell'inestimabile Goldsmith, una qualche pallida imitazione.

«Smith», riprese l'impiegato, «interpreta il giovane signor Lovermore. O meglio, lo *interpretava*».

«Perché sono finite le repliche?»

«Sì».

«Questo tale Smith», dissi, «si trovava fuori York la settimana delle gare di corsa, vero?».

Calò il silenzio, ma io incalzai comunque. «Quella settimana era in tournée nelle campagne, giusto?»

«Dovrei consultare l'agenda per dirglielo», disse l'impiegato. «Ma perché le interessa?»

«La compagnia itinerante quella settimana resta a York a beneficio del pubblico», si intromise di nuovo il raccoglitore d'immondizia. «Alloggia alla Taverna del gallo, a fare…».

Da dietro la porta da cui era uscito Smith provenne un gran tonfo, e poi subito un altro, che ricordava da vicino il rumore del legno che si spezza, accompagnato da una serie di grida.

«*Ma come*? Perché proprio adesso, signore!», si udì da una voce che suonava giovanile, presumibilmente di Smith, e «per Dio, signore, se continua così la faccio stramazzare a terra!», da una voce più adulta. Poi si sentirono ripetere più volte le due parole: «Quella signora». A occhio, dovevano riferirsi al dubbio su chi fosse quella signora.

La porta venne spalancata e riapparve Jeremiah Smith, che ora aveva il volto paonazzo e la cravatta, il soprabito e persino il panciotto in disordine. Portava anche un bastone da passeggio, che doveva aver preso nel baule degli oggetti di scena e mentre camminava lo agitava in aria, ignorando i nostri sguardi attoniti, anche se non sembrava ne fosse completamente inconsapevole – era un attore, dopotutto – mentre procedeva spedito, prendendo a calci l'immondizia che ancora non era stata raccolta, e urlando: «Quel *gentiluomo*! Quel *gentiluomo*!».

Sbattendo i piedi per tutto l'auditorium, ritenne opportuno ampliare il discorso: «Quel *gentiluomo*! Quello che mi ha spedito a sudare nelle campagne come uno zingaro, a dormire in un carro tra i bagagli mentre tutte le sere in questo posto la musa esala l'ultimo respiro!».

Mi avvicinai ma solo per essere scansato. «Si tolga dai piedi, signore».

«Vorrei parlarle di...».

Alzò il bastone da passeggio con fare minaccioso e io mi preparai al colpo. «Se vuole consultarsi con me per una recita privata o per una audizione, oppure...», e qui fece una pausa per scrutarmi più attentamente, rilevando, a quanto pare, una qualche predisposizione letteraria nella mia figura, «...o per una valutazione del vostro copione... Lasci gentilmente un messaggio al signor Hardcastle». (Indicò l'impiegato). «C'è un dazio di cinque scellini per le letture», aggiunse.

Vidi che sull'occhio sinistro di questo tale Smith c'era un taglio fresco. Riprese a camminare dando ancora più spettacolo. «Quell'infernale Cork... che si accerta di far fallire tutti quelli che lavorano con lui! Copioni stantii e recite di moribondi! E getta via tutte le cose argute!». Al che picchiò forte col bastone contro uno dei pilastri che sostenevano la galleria inferiore. Il bastone si ruppe di netto in due e la punta volò proprio dove mi trovavo. Smith gettò via il moncherino che gli era rimasto in mano, poi proseguì spedito fuori dalla porta, sbattendo i piedi sul lastricato della passerella, diretto verso la città che man mano scivolava nella tenebra.

Nel silenzio attonito che seguì, ragionai sui seguenti punti: un uomo chiamato Cork, impresario di quel teatro, era stato amico del pittore di ombre Harvey, uno dei pochi a piangerlo al suo funerale. Tra Jeremiah Smith e questo Cork non correva buon sangue. Fuor di dubbio pareva che si fossero scontrati solo qualche minuto prima.

Provai a riferire tutto questo ad Hardcastle. L'impiegato sembrò annaspare alla ricerca di una risposta, farfugliando qualcosa a proposito di «...un disaccordo tra artisti». Mi sembrò che Jeremiah Smith, nonostante avesse di certo voluto dare quell'impressione, non avesse poi molto a sostegno delle sue proteste. Pensai al ritratto in miniatura che Smith aveva commissionato a Matthew Harvey. Era tra quelli che avrebbero potuto essere inseriti in un medaglione: un regalo per una amante, dunque.

Chiesi ad Hardcastle: «Il signor Smith è un uomo sposato, signore?».

La domanda riecheggiò ma nella sua eco non si udì risposta alcuna. Soltanto uno sguardo mortificato, non solo dall'impiegato ma anche, mi avvidi, dal raccoglitore d'immondizia.

Ciò nonostante, insistei con la domanda: «E il signor Cork? Lui ce l'ha una moglie, immagino», che spinse Hardcastle a rispondere: «Devo chiederle di andarsene, signore. Qui non siamo a Liberty Hall».

«Questo me lo ha già fatto notare, signore», replicai.

Avanzò verso di me, tenendo tra le dita il mezzo sovrano.

«Temo che per me sia impossibile accettarlo», disse.

«Lo metta nella sua scatola di denaro, signore», dissi. «Lo consideri una donazione al teatro».

«Tutte le donazioni devono essere accompagnate da una lettera», rispose l'uomo, che era il meno teatrale tra i *teatrali* che avessi mai incontrato.

Ripresi la moneta che mi porgeva, solo per lanciarla, facendola roteare, al raccoglitore di immondizia che si affrettò ad afferrarla.

Rivolgendo a tutti una serie di inchini, mi congedai e uscii dall'edificio.

Nota introduttiva del signor Erskine, riguardante una lettera ricevuta dal signor Bob Richmond.

Una settimana dopo l'epilogo al quale siamo ormai prossimi, ho ricevuto una missiva dal signor Bob Richmond, un tempo collega di Rigge alla libreria di Skelton, che descriveva con dovizia di dettagli la visita fatta dallo stesso Rigge al negozio – il luogo dove in precedenza era impiegato – nella prima serata del lunedì di cui stiamo parlando. Richmond mi ha anche rivelato un altro gesto di Rigge, compiuto tre settimane dopo quella visita, e mi sono riservato di metterla a parte del fatto secondo il giusto ordine cronologico.

Il racconto della visita alla libreria consta a tutti gli effetti di due missive, spedite assieme ma scritte, almeno credo, a qualche ora di distanza. Gliele presento in questa sede nella impeccabile trascrizione dell'eccellente signor Bright, ma sugli originali va notato che la grafia della seconda differisce in qualche misura da quella della prima, dando a intendere una rinnovata urgenza, un maggior coinvolgimento, se paragonata al tentato raccoglimento della prima – e forse anche il consumo di un bel quantitativo di porto al quale, differenze caratteriali a parte, il giovane Richmond e il giovane Rigge erano egualmente dediti.

Estratto di una lettera spedita dal signor Bob Richmond, assistente libraio, al signor Erskine, avvocato. Libreria di Skelton, Stonegate, York

«Ebbene, mi sembra soltanto una grossa perdita di tempo», dissi dopo che Fletcher Rigge mi ebbe descritto il compito bizzarro che gli era stato assegnato. Non so dire se mi avesse raccontato tutto quello che era accaduto dal suo rilascio dalla prigione del Castello in poi, ma quello che so è che mi rivelò quelle informazioni non proprio a malincuore – Rigge era sempre troppo gentile ed educato per abbandonarsi a simili manifestazioni – ma con moderazione, così che ci ritrovammo nei nostri soliti ruoli: io, il postulante disperato, e lui, l'indulgente oggetto della mia fascinazione.

Erano quasi le cinque e mezzo e da Skelton eravamo rimasti solo io e quel gentiluomo. Fuori era calata la tenebra, ma il negozio, che sarebbe rimasto aperto ancora per un'altra ora, brillava delle fiammelle di centinaia di candele che tutti i santi giorni dovevo accendere. Alla luce di uno di quei moccoli, Rigge stava sbirciando la prima pagina di Un resoconto del Regno del Nepal, *scritto da un certo colonnello Kirkpatrick. Il titolo è irrilevante, ma cercavo sempre di annotare quali libri catturassero la sua attenzione, pensando che così facendo avrei potuto imparare qualcosa, visto che – per dirlo chiaro e tondo – ero molto affascinato da Rigge; cosa che non mi piaceva affatto, come si vedrà a breve.*

Come sa, il negozio di Skelton è in realtà una sola stanza alta e lunga con le pareti coperte da scaffali che arrivano fino in fondo e due gallerie di libri al piano superiore. In una ci sono i libri vecchi, e nell'altra i nuovi. La porta che dà su strada, su Stonegate, è a un capo del locale, e proprio sopra quella è appesa una

Bibbia di pietra. La sera di cui stiamo parlando, nell'ampio camino all'altro capo del negozio divampava un fuoco vivace. Ero io che mi curavo di farlo divampare con tanto vigore, non appena Skelton il taccagno si allontanava. C'era soltanto un cliente, in quel momento, un uomo con un cappotto nero rattoppato, perso alla ricerca di chissà cosa nella galleria superiore, un mercante di libri usati caduto in miseria chiamato Martin Andrews.

Rigge e io eravamo seduti al tavolo lungo che gravava proprio al centro del negozio, e davanti a noi c'erano due tazze di tè.

«Credo di aver sentito parlare di questo capitano Harvey», dissi, continuando a parlare a voce bassa, per far sì che l'unico cliente non potesse ascoltarci.

«Cos'hai sentito dire?», chiese Rigge nel suo solito modo languido, prendendo un volume di Storia della Scozia che – fece notare – Skelton aveva ritenuto opportuno prezzare a due scellini, anche se stava praticamente cadendo a pezzi.

«Certe storie ben scandalose», risposi.

Devo far notare che in quel momento stavo bluffando, poiché, anche se sapevo che il nome di Harvey era spesso riferito come quello di un debosciato, ignoravo completamente qualsiasi plausibile motivo per quell'etichetta.

Probabilmente, Rigge si era reso conto del mio bluff ma non si degnò di farmelo notare o anche di dar seguito al mio appunto. Aveva afferrato la copia di un sermone che un parroco si era fatto stampare da Skelton pagando cinque ghinee: Lettera aperta ai metodisti di York. Iniziò a leggerlo… ed era capace di leggere più velocemente di chiunque conoscessi. Dopo un po', irritato dal suo silenzio, gli chiesi un giudizio su quel tomo.

«Sembra che l'autore abbia opinioni molto decise», disse, sfogliando le pagine, «bigotte a tratti. Sembra che consigli i metodisti di abbandonare il metodismo…».

Mi venne in mente di chiedergli della sua prigionia al Castello: «Com'era dunque tra quelle mura?»

«Abbastanza disdicevole».

«Be', sono assai contento di rivederti», dissi, cosa che non corrispondeva all'esatta verità, ma Rigge mi fece comunque un cenno del capo per ringraziarmi. In teoria noi due eravamo amici, ma Rigge sapeva che ce l'avevo con lui per via delle sue credenziali da gentiluomo. Doveva anche aver immaginato che avevo goduto non poco quand'ero venuto a sapere che era stato imprigionato per debiti.

*Prese un altro volume. Il titolo parve divertirlo, tanto che lo lesse ad alta voce: «*Trattato sulla coltivazione dell'ananasso e la gestione della serra, corredato di una descrizione di ogni tipo di insetto che infesta le serre, con i metodi più efficaci per distruggerlo. *Seconda edizione, completa di emendamenti. Di William Speechly».*

«Dunque, per questo capitano sei una sorta di acciuffa-ladri», osservai. «Non vuoi di certo farti la fama di informatore, sei d'accordo?».

Rigge si limitò ad annuire, livido di rabbia.

«Sarebbe opportuno che ti portassi dietro una pistola», dissi, anche se per quanto ne sapevo Rigge non possedeva tale oggetto, visto che le armi di suo padre avevano fatto la fine della casa e delle terre di famiglia.

«E ora andrai a Londra?», chiesi, perché mi aveva detto che il suo incarico lo richiedeva.

Annuì.

«È la stagione migliore», continuai, come se avessi già visitato Londra. «Il Parlamento è ancora in sessione e tutte le principali famiglie sono in città. Possiedi già una lettera di presentazione per questo tipo? Credo che senza non ti darà nemmeno retta. E poi c'è da vedere se riesci ad arrivarci a Londra, perché le strade saranno in una condizione…».

Rigge si alzò. Sembrò essersi ricordato del motivo che lo aveva portato in negozio.

«Abbiamo niente di Gowers?», chiese. Prendemmo entrambi dei candelabri e passammo i minuti successivi a cercare in giro per il negozio. (Fu lì che Martin Andrews se ne andò, senza dubbio dopo aver letto il capitolo o il poema che voleva leggere, senza prendersi il disturbo di acquistare il tomo che lo conteneva, come al suo solito).

Fui io a trovare il libro di Gowers che Rigge aveva menzionato: I motivi, riferiti senza mezzi termini, per i quali non acquistare le opere di Samuel Johnson. *Era stato realizzato malamente a Londra. I caratteri erano sbiaditi e la rilegatura lasciava a desiderare. Rigge accese altre candele e passò a ispezionarlo, mentre io gli stavo alle spalle. Sul frontespizio, sotto il nome dell'autore, c'era una minuscola incisione: un gioiello, dal quale si irradiavano delle linee, forse a indicare lo splendore della gemma. Lo stesso gioiello era colorato, nel senso che era tutto nero. Rigge sfogliò le pagine leggendo dei passaggi a caso. Si trattava di un infaticabile attacco contro l'altro più famoso Samuel.*

«"Se Sam Johnson"», lesse Rigge ad alta voce, «"avesse saputo tenere bene in mano la penna quanto tiene la bottiglia, avremmo potuto osservare all'opera la mano di un maestro"». Oppure: «"Una volta giunta al termine la sua breve fase di notorietà, riusciremo tutti a vederlo nella giusta prospettiva"».

«Livoroso, eh?», commentai. «Non mi sorprenderebbe affatto sapere che è stato lui a uccidere quel povero pittore».

L'idea che Fletcher Rigge fosse diretto a incontrare una persona così pericolosa a Londra mi rallegrava a tal punto che dissi: «Ti va un sorso, Fletch? Il buon Skelton può pure fare a meno di una bottiglia di buon rosso».

Mentre mi dirigevo in cantina, Rigge mi chiese: «Che ne pensi del ballo del lunedì?».

Esitai. «Oggi che giorno è?»

«È lunedì», rispose, «per tutto il dì». Un classico modo di dire di Rigge, che di sicuro gli sembrava spassoso.

Mi fermai sulla porta della cantina. «Pensavo di andare», dissi, «ma Skelton ha trattenuto due scellini dalla paga, la settimana scorsa. Ho fatto cadere del tè su un opuscoletto de I nemici di Sansone. *Sono a corto di pecunia».*

«Te li anticipo io», disse Rigge, e mi tornò in mente che il capitano Harvey gli aveva versato un anticipo.

«Be', dai», risposi, «mi imbarazza chiedertelo...».

«Non me lo hai mica chiesto», disse Rigge, magnanimo e irritante come al suo solito.

«Allora accetto», conclusi. «È... molto cortese da parte tua, Fletch. Apriamo le danze con un po' di vino, che ne dici?».

Bob Richmond, seguito

Alle sei e mezzo chiusi la porta del negozio e mi voltai a guardare le migliaia di volumi taciti e assonnati. Oggigiorno, quello degli autori non è affatto un circolo esclusivo, eppure sempre mi era parso che l'accesso al medesimo fosse impedito al suo umile servitore, quando invece Fletcher Rigge era stato invitato a unirsi ai ranghi con una certa urgenza, e quando in risposta non aveva dimostrato interesse alcuno a farlo, era stato proverbialmente trascinato oltre la soglia.

Mi irritava non poco che i suoi libri per Skelton li avesse scritti con tanto di quello spregio, nemmeno si fosse trattato di lustrare le grate del caminetto. E pure che l'avesse compilati con assurda velocità, a dispetto degli interminabili interludi nei quali non lo si vedeva muovere né parlare, solo sedere a guardare fisso la fiamma del camino, con una tazza di tè ormai freddo poggiata in grembo, assorto in qualche profonda e, senza dubbio, poetica mortificazione dell'animo di una portata che quel sempliciotto di Bob Richmond mai e poi mai sarebbe stato in grado di afferrare, quel "languire" di cui tanto si discorre nei circoli letterari.

Cominciai a spegnere le candele nel negozio, maledicendomi sottovoce per aver accettato che Rigge mi pagasse il biglietto d'ammissione al ballo, poiché per tutta la sera sarebbe stato meglio vestito e avrebbe ballato meglio di me, e tutto sotto lo sguardo della signorina Lucy Spink, poiché eravamo in competizione per il suo cuore. Non che Rigge ne fosse a conoscenza. Non gli sarebbe mai nemmeno passato per la testa che io potessi assurgere a suo rivale. Anche in un momento così avverso sarebbe comunque andato a riprendere al banco dei pegni di Bulmer le sue scarpe da ballo e avrebbe dedicato tempo a lisciare le pieghe della sua camicia con una bottiglia su un vassoio poggiato al lavello, perché così gli avevo visto fare nel suo tugurio a Ogleforth.

Devo ammetterlo: avrei voluto seppellire tutta quella sua affettazione nel mucchio di letame davanti al ponte di Layerthorpe, pur anche bruciarla nel falò di trucioli di legna che sembra ardere sempiterno sull'altra riva del fiume. Avrei bruciato per prime quelle dannate scarpe. Rigge non avrebbe mai indossato stivali a un ballo, come era costume di tutti gli altri abitanti di York. Era sua opinione che chiunque s'abbigliasse così, dava l'idea di aver lasciato il cavallo imbrigliato fuori dalla sala; anche se poi, per tutto il tempo, sembrava voler dare proprio l'impressione di averlo appena fatto, mettendo in scena con modi, abiti e maniere, la pretesa che fosse appena tornato da una battuta di caccia con gli York Harriers.

E se io, Bob Richmond, sono a malapena mezzo belloccio, Rigge era solo un mezzo signorotto; e nemmeno quello. Sì, era nato in una grande fattoria. E va bene, diciamo pure in una tenuta e sì, si era allontanato da lì per studiare, andando a frequentare chissà che blasonata scuola nelle Midlands. Ma l'università l'aveva frequentata solo per un semestre, che non lo mise in grado di apporre alcun titolo vicino al suo nome sul frontespizio dei libri che aveva scritto per Skelton e di non farlo finché non avesse completato gli studi o avesse ottenuto, chissà come, un diploma onorifico. (Sì, mi sono informato). Ma Rigge, anche se avesse avuto facoltà di scriverci qualcosa, più probabilmente non ci avrebbe scritto nulla. Non sarebbe stato affatto un gesto da gentiluomo. Il suo codice d'onore glielo avrebbe impedito.

Spensi le candele più piccole davanti alle vetrine e accesi i ceri che avrebbero permesso di vedere i libri esposti durante la notte, illuminando anche i biglietti appesi, come quello che recitava: "I periodici e le nuove pubblicazioni vi verranno spediti". Quel biglietto era la maledizione della mia vita. "Spediti da Bob Ri-

chmond", avrebbero dovuto scriverci, "a ogni costo, non importa cos'altro abbia da fare".

E poi c'era il biglietto con scritto: "Cercasi: un giovane di buon carattere", messo lì per cercare un rimpiazzo per Rigge. Erano giunte una serie di candidature, nessuna delle quali risultò soddisfacente per Skelton. Allora, lo spostai in un punto più visibile. Era molto importante che Skelton assumesse un nuovo assistente, prima che si mettesse a prendere in considerazione di riassumere di nuovo Rigge. La persona più adatta al compito, dal mio punto di vista, sarebbe stata un gran lettore – così da poterci condurre conversazioni interessanti – e mai e poi mai un altro scrittore. Non che credessi plausibile una riassunzione di Rigge, visto che era stato in prigione per debiti.

Tornai al tavolo e mi scolai il resto del vino rosso che avevo condiviso con Rigge. Di solito non mi appassiona l'ubriacarmi, ma avevo in mente di far fuori perlomeno un'altra bottiglia al ballo, visto che le bevande erano comprese nel prezzo d'ingresso. Faccio menzione di tutto questo soltanto per sottolineare che effetto dilaniante avesse su di me Rigge. Ero curioso di vedere come avrebbe reagito la signorina Lucy Spink nel rivederlo, alla luce del suo soggiorno al Castello. Di sicuro doveva averne sentito parlare, e se così non fosse stato si sarebbe assicurato di riferirglielo, visto che era a favore dell'onestà, anche se sempre in maniera artefatta.

Il negozio era ormai al buio eccetto per il bagliore giallognolo che proveniva dalle vetrine e per il rosso più vivo del camino. L'ultimo mio compito del giorno era quello di caricarlo, secondo le istruzioni di Skelton, che aborriva il costo di quell'operazione ma si rendeva conto di quanto fosse inevitabile dover scaldare una libreria per tenere a bada il più temibile dei nemici, la muffa. Mi veniva spesso in mente che se una notte la libreria avesse dovuto prendere fuoco, la dinamica sarebbe stata spiegabile con semplicità: un tizzone scagliato via da un camino troppo carico.

Oppure la fuliggine che prendeva fuoco nella canna fumaria, visto che Skelton la faceva pulire ben di rado, e visto che non si degnava di spillare mezzo quattrino per l'assicurazione antincendio, non sarebbero venuti nemmeno i pompieri. Si sarebbe forse pensato a Rigge come a un potenziale artefice, animato da livore per essere stato licenziato?

Sì, signor Erskine, so quanto sia sconveniente, non pensi che ne sia all'oscuro. Ma tutto ciò dovrebbe farle comprendere che presa avesse Rigge sulla mia immaginazione, anche se ero perfettamente consapevole di quanto poco mi tenesse in considerazione. Fermo là, in piedi, nel buio, mi sentivo come una creatura della tenebra, un'anima ignorante, e così, temo, presto si sarebbe dimostrato.

Diario di Fletcher Rigge, annotazione di lunedì 19 novembre, riprende

Nel chiacchiericcio spensierato che di solito precede le danze udii una giovane donna esclamare: «Questa è eleganza! Questo è buon gusto!». Be', era davvero *molto* giovane, e piccolina (quasi per intero avviluppata dalla sua stessa veste); inoltre, senza dubbio, una nuova arrivata. Era un ballo del lunedì ordinario; c'erano tutti i dandy di York e più o meno nessun intruso. Le danze venivano sempre condotte con correttezza, i convenuti erano sempre vestiti a modo. Ma al nostro arrivo, dai bracieri del portico arrivava troppo fumo.

Bob – un poco ubriaco, secondo me – marciava con i suoi stivali sulla neve ghiacciata mentre io mi facevo strada con più delicatezza con le scarpe da ballo in pelle di capretto. (So che a Bob non piacevano affatto quelle scarpe, e dal mio canto nemmeno a me piaceva quel suo panciotto rosso e verde, ma ovviamente nessuno dei due si azzardava a palesare quei giudizi). Non pareva meglio attrezzato alla vita in una libreria di qualsiasi altro giovane vivace. E la cosa sembrava averlo messo di pessimo umore.

Anche la sala principale appariva più piccola di quanto la ricordassi, forse perché la pista da ballo, illuminata da una dozzina di lampadari dondolanti e delimitata da pilastri di marmo della stessa altezza che si usava nella Grecia antica, era circondata dal buio. Ai bordi erano disposti i servitori che badavano a chi danzava o più semplicemente stavano a guardare, cosa che non avevano il permesso di fare. Per aprire le danze, la signorina Tale o Tal'altra – figlia di signor Chicchessia – ballò un bolero e lo fece anche impeccabilmente, rivolgendo occasionali occhiatacce interdette all'orchestra che non era perfettamente accordata. Finii per dispiacermi per quella donna, e così applaudii con ancor più vigore.

Lì era raccolta la *crème de la crème*. Mercanti, manifatturieri, signorotti e reverendi (classe, quest'ultima, persino troppo affaccendata, soprattutto sulle panche delle aule di Giustizia), e altri più sotto, intenti a giocare nel sotterraneo. Poco dopo il mio arrivo, si diffuse un chiacchiericcio nelle sale, all'ingresso di figuri che parevano sicuri di sé e abbastanza insoddisfatti per essere veramente personaggi in voga. Risultarono poi essere la famiglia di un vescovo senza il vescovo, come attestò una seconda, sprezzante ondata di bisbigli.

Occasionalmente notavo un volto nella folla che si soffermava a scrutarmi, e ricevetti cauti, solenni cenni del capo da uomini che avevano conosciuto mio padre e che erano al corrente di cosa gli era accaduto. Forse si sentivano incapaci di affrontare col necessario tatto sia il suicidio del padre che l'incarcerazione del figlio, e per questo nessuno di loro finì per avvicinarsi. Il suicidio non è cosa a modo, e probabilmente è anche contagioso, e per quel motivo io stesso avrei potuto rappresentare un pericolo, poiché forse la follia scorreva nel sangue della mia famiglia.

Bob Richmond si allontanò a cercare del vino e io non avevo ancora posato gli occhi sulla signorina Spink, ma continuavano ad arrivare nuovi ospiti.

La danza di apertura fu una quadriglia. Mi feci da parte, per osservare come veniva eseguita sui muri dalla stanza, eseguita dalle ombre là dipinte che fluivano senza tregua sugli incavi delle nicchie. Vidi l'ombra di un uomo senza mento piroettare, ma non si trattava del giovane teatrante Jeremiah Smith. Vidi una giovane donna dotata d'una grazia vera, fluttuante, ma non si trattava della signorina Spink; e poi il mio occhio cadde sull'ombra di un uomo che *non* stava danzando: era invece poggiato a un bastone. Mi girai di scatto per verificare quello che credevo implausibile. Il capitano Harvey in mezzo ai dandy? Ma no; era solo un belloccio dal sorriso sciocco con un piede fasciato.

Poi sentii il picchiettare di un ventaglio sulla mia spalla. Mi girai e vidi la moglie di uno dei compagni di caccia di mio padre. Avevano una tenuta da qualche parte a ovest di York. Mi chiese: «E come se la passa il giovane signor Rigge?», ma si allontanò subito e non restò ad attendere la mia risposta, probabilmente perché già la conosceva.

Ancora nessun segno della signorina Spink; eppure, per quanto ne sapevo, non perdeva mai un ballo. Pensai a una ipotesi peggiore della sua assenza: la sua presenza in compagnia di un buon partito.

Avevo bisogno di bere del porto. Camminai lungo i margini della sala, passando in mezzo ai servi intenti a sbirciare e a spettegolare. Sentivo i giovani maschi chiassosi parlare al di sopra della musica: «Un flirt, vergognoso... non avrebbe dovuto disturbarsi a venire... mi riaffaccio alle dieci...».

Entrai nella sala rinfreschi, dove il vapore del vino caldo si batteva con quelli della cannella, del caffè e del tabacco. Presi un bicchiere e finalmente vidi la signorina Spink. Era dall'altro capo del tavolo dei rinfreschi in compagnia di sua sorella Jenny. Indossavano tutte e due delle vesti semplici di mussola bianca con delle cinture, quella di Lucy blu e quella di Jenny rossa – due Veneri tascabili, o emanazioni idealizzate della Rivoluzione francese. Le loro chiome del color della nocciola erano adorne di morbidi boccoli. Anche il padre e la madre erano presenti, assieme a un uomo calvo e ossuto che non conoscevo.

La signorina Spink notò la mia presenza e parve tirare un profondo sospiro. Pure il mio cuore stava battendo forte, come se avessi smesso proprio in quell'istante di danzare. Ci scambiammo uno sguardo lungo e intenso, ma poi la gente che la circondava finì per occultarla alla vista, come se me ne volessero impedire la visione. Lei, tuttavia, continuava a fissarmi imperturbabile, mentre la masnada che la circondava sembrava sperticarsi in una animata discussione della quale evidentemente ero io il soggetto. «Te ne vai via in questo istante, tu», sentii, o forse immaginai solo di sentir dire alla madre. Poi ci fu un inaspettato colpo di scena: la barricata umana si dileguò e Lucy, sorridendo, cominciò a camminare nella mia direzione. Fu un momento di piacere così possente che quasi mi sentii aggredito, restando vieppiù confuso.

Mi porse la mano; io feci un inchino.

«Non ci vediamo da quattro mesi», disse, «eppure sembra sul punto di sfuggirmi di nuovo».

«Pensavo che i suoi accompagnatori avessero da obiettare a un nostro incontro».

«Non vedo cosa avrebbero da obiettare».

«Forse che ho trascorso qualche tempo in gattabuia?»

«Vedo che non ha perso la sua inconfondibile vivacità», disse sorridendo, quasi ridendo. Aveva gli occhi pieni di luce. Le orecchie, quasi completamente nascoste dai boccoli, erano forse un pizzico troppo grandi, e dunque perfette.

«Mio padre è un uomo rispettabile, non è d'accordo?».

Ero d'accordo: suo padre (che vedevo parlare, dietro le spalle di Lucy, con l'ometto calvo che di tanto in tanto dardeggiava sguardi nella nostra direzione) possedeva una catena di opulenti mobilifici e una magione a Wellington Row.

«E sa quanti amici di mio padre sono rimasti indietro con i pagamenti, fatto che li ha portati a soggiornare nello stesso posto dov'è stato lei?»

«Nessuno, immagino».

«Due. E crede che lui, ora che quella difficoltà è soltanto un ricordo, li abbia disconosciuti? Le è mai sovvenuto, signor

Rigge, che il suo soggiorno al Castello sia stato soltanto un insignificante interludio?»

«Se poi gli fan seguito cose ben peggiori, intende dire?».

Nella sala principale, il maestro cerimoniere stava annunciando una quadriglia.

«Andiamo a fare due salti», disse Lucy sorridendo. Mi stava suggerendo che avremmo dovuto ballare, credo, ma con quella frase rievocava anche le circostanze del nostro primo incontro.

Fu circa un anno fa, mio padre era morto da poco, e la più greve delle mie stagioni s'apprestava a cominciare. Intuendo vagamente la mia necessità di svago, un tizio di nome Tom Milner, che aveva frequentato con me l'università, mi aveva invitato a trascorrere qualche giorno da lui a Pocklington. Il padre di Milner era un latifondista, e Tom – una persona quantomeno amabile – conosceva ogni contadino a est di York.

In quell'assolata domenica mattina i cavalli erano stati imbrigliati poco dopo colazione, e una dozzina di noi, divisi in tre carrozze con Tom in testa alla fila, si era messa in viaggio pur senza una meta predefinita. Facemmo visita in diversi caseggiati, in alcuni casi passando a prendere chi lo occupava, inclusa la signorina Spink (della quale mi innamorai nell'esatto istante in cui poggiò piede nella mia carrozza). Dopo il passaggio in una delle abitazioni, si rese necessario un riarrangiamento dei posti, che la portò a sedere proprio di fronte a me e così, per il resto della giornata, dimenticai tutti i miei guai. Avevo guadagnato l'accesso a un regno magico e tutto aveva cambiato prospettiva. Le case che visitammo, connesse da un reticolo di stradine bianche, erano tutte più vicine di quanto fosse lecito aspettarsi, proprio come la signorina Spink – che con enorme ardire si volgeva di frequente a parlare con me – era più vicina di quanto avessi diritto d'aspettarmi.

Ma anche se le case erano contigue, talvolta sembrava ci perdessimo ad attraversare frutteti che si estendevano per miglia e miglia (erano tutte terre non recintate) e le farfalle che svolazzavano in mezzo a quegli alberi sembravano eccezionalmente giganti.

L'obiettivo principale di Tom era raggiungere la casa di alcune persone che, ci informò uno dei loro servi mentre ci fermavano nel viale, erano a loro volta uscite a fare un giro in carrozza. Tom, dunque, decise di far visita a tale signora Aspinall, che scoprimmo essere un'esile vedova seduta in un circolo di attempati amici non proprio piacevoli, nel salottino sul retro di un casolare diroccato.

Vennero serviti dei rinfreschi e anche se tutto doveva sembrare solenne, nulla in realtà riusciva ad esserlo. La conversazione procedeva a spizzichi e bocconi. Uno degli uomini continuava a tirare tabacco col naso, cercando di non starnutire. Un altro – che avrà avuto una settantina d'anni e indossava una logora parrucca di un colorito ormai verdastro, e che per qualche motivo era chiaramente un avversario della signora Aspinall – continuava a proporsi per un'esibizione musicale.

La signora Aspinall disse: «Vorrei che lasciasse cadere quest'argomento, signor Lazenby. La spinetta è chiusa a chiave».

«Non può aprirla?»

«Con cosa?»

«Con la chiave».

«La chiave è andata perduta».

A un certo punto il signor Lazenby lasciò la stanza e la signora Aspinall disse: «Chi ha voglia di un po' di musica? Mettiamolo ai voti. Vi devo avvertire che signor Lazenby ha portato con sé il suo controfagotto».

Si votò e la musica venne promossa dalla maggioranza di quelli che, fece notare la signora Aspinall, non avevano mai sentito suonare il signor Lazenby.

Quando questi fece ritorno, la signora Aspinall aprì con riluttanza la spinetta, senza darsi il disturbo di nascondere il fatto che la chiave era sempre stata addosso a lei. In tutte queste vicende, Lucy Spink continuava a rivolgermi sguardi colmi della più deliziata incredulità.

Fu mandato a prendere il controfagotto – una sorta di pezzo di grondaia nera con dei risvolti sinuosi – e il signor Lazenby prese posto vicino alla signora Aspinall, che tentò per un'ultima volta di dissuaderlo dal suonare. «Signor Lazenby», disse, «mi sono presa il disturbo di apprendere uno strumento che non ha bisogno di accompagnamento».

Ma quello sembrava assai determinato, e quando la signora Aspinall si lanciò in una bagattella lenta, lui diede il via a un accompagnamento errabondo di note esageratamente basse e pressoché funeree, e a conclusione del siparietto applaudirono tutti e una minuta giovanetta chiese: «Mamma, posso cantare?», rivelando in tal modo di essere la figlia della signora Aspinall.

Dopo un duetto con sua madre, dal quale il signor Lazenby e il suo controfagotto vennero esclusi, la giovane iniziò a cantare una ballata, che andò decisamente storta.

Lucy Spink, che mi guardava con un'espressione coloritamente allarmata, sussurrò: «Credo che abbia iniziato con la nota sbagliata».

Scuotendo la testa con espressione mortalmente seria (poiché avevo stimato che la signorina Spink, a complemento della sua esuberanza, ben accogliesse la sagacia), dissi: «Temo che abbia iniziato nella *chiave* sbagliata, e che ci sia poco che possa fare per rimediare all'errore».

Ma si corresse, con un tuffo improvviso (la signorina Aspinall aveva iniziato su una tonalità troppo alta) che fece sobbalzare Lucy, la quale involontariamente mi strinse il ginocchio, mortificata per la ragazza. Quel tocco mi fece alzare appena un sopracciglio, così da esacerbare l'ilarità del momento. La signora

Aspinall non commentò in alcun modo la performance di sua figlia, ma si limitò a pronunciare le famose parole: «Andiamo a fare due salti».

Ne seguì uno degli intervalli più lieti di tutta la mia vita. Il vino iniziò a scorrere a fiumi; una carrozza portò gente più giovane; la signora Aspinall dimostrò di essere un'ottima suonatrice ritmica – e fragorosa, a dispetto della sua taglia minuta – mentre la grazia elefantina delle note del signor Lazenby contrappuntava la gioiosa commedia della danza, durante la quale Lucy Spink fu mia costante compagna.

Dopo tante liete reminiscenze, entrammo nella sala principale dove la quadriglia aveva ceduto il passo alla contraddanza. E non c'erano biglietti da visita che contassero con la contraddanza. Si trattava soltanto di attirare l'attenzione del maestro di cerimonia. Si stava per annunciare il Verme di York, che richiedeva soltanto tre coppie, e già erano in molti a farsi largo, aspettando di essere chiamati, ma Lucy Spink si mise a bisbigliare nell'orecchio del maestro di cerimonie, e per farlo dovette sollevarsi in punta di piedi. Fu molto toccante notare la disparità tra le loro altezze, e forse fece questo effetto anche al maestro, poiché mi convocò al fianco della signorina Spink, e fummo ammessi alla danza, per quanto all'inizio separati.

Io ero nella coppia designata come prima: Lucy, invece, nella terza. Il suo partner di apertura, notai con indignazione, era Bob Richmond, che si era allontanato da me non appena entrati nelle sale, e che poi avevo notato guardarmi in cagnesco mentre parlavo con la signorina Spink nell'altra sala. La mia prima compagna di danze era una donna troppo alta e troppo pittata di bianco. Ma importava poco, perché secondo lo schema del Verme di York, il primo uomo e la terza donna convergevano più di frequente di tutte le altre coppie.

Ci fu un momento di silenzio sospeso, come quando qualcuno sta per starnutire; ma era l'intera sala da ballo a essere come sospesa. Era il momento ottimale: tutti avevano bevuto abbastanza ma ancora non troppo, e per la prima volta nel corso della serata, i due violinisti dell'orchestra si alzarono in piedi, si rivolsero un sorriso e poi, quando questo si trasformò in risata, iniziarono a suonare.

Tenni le mani della prima donna e iniziammo a girare. Ci incontrammo al centro, le mie due mani tra le sue, in quello che era il loro posto legittimo, e tutti e due volteggiavamo e sorridevamo, e la signorina Spink, senza alcun dubbio, stava addirittura *ridendo*. Era così minuta; sarebbe stato molto facile abbracciarla.

Ci rincontrammo di nuovo al centro e a passo di danza mi sarebbe piaciuto portarla via dalla porta principale e lontano dall'edificio, ma dovevamo di nuovo cambiare, e mi ritrovai a non stringere le mani della signorina Spink, ma quelle di un'altra persona. E mi infastidiva enormemente che lei si trovasse dall'altro capo della fila, a diversi metri di distanza. Gli sguardi livorosi che mi rivolgeva Bob Richmond mi disturbavano molto meno. E comunque, era un bene che il Verme di York non richiedesse che mi ritrovassi a tenere le mani di Bob Richmond. Doveva avere un debole per Lucy Spink. Questo avrebbe spiegato tante cose.

Due giri dopo, lei e io ci ritrovammo di nuovo assieme; io le sorridevo con un'aria davvero idiota, il ricordo del Castello di York sembrava quasi svanito... Ma poi lei si allontanò di nuovo... e di nuovo tornò a me...

Mentre ci muovevamo, rivolsi ancora lo sguardo alle ombre che si agitavano e ballavano sui muri – tutte proseguivano nelle danze imperterrite, nessuna somigliante a quelle dipinte da Matthew Harvey, nessuna indicava una persona che avrei dovuto affrontare, e che indubbiamente avrebbe avuto piacere di affrontarmi, se solo avesse saputo di che compito ero stato insignito. Intravidi il padre della signorina Spink tra la folla.

Non riuscii a decifrare la sua espressione. Non era certo indicatrice di pura delizia, ma questo poteva non voler dire nulla. Aveva un volto accigliato per natura, essendo un uomo magro, pallido, bello, anche se dall'aspetto rapace: una sorta di uomo falco.

La musica finì tra uno scroscio di applausi. Uscii dalla pista a fianco della signorina Spink: fummo l'unica coppia ad andarsene assieme. La sua famiglia, con il piccolo uomo misterioso e calvo, era raccolta in un circolo ristretto e di nuovo ci dardeggiava occhiate, il cui significato non avevo modo di dedurre.

«Si rende conto che c'è sempre qualcuno che parla di lei, signor Rigge?»

«È ciò che temevo».

«Credo che ora sia sul punto di imbarcarsi in una nuova avventura...».

«Cosa intende dire con nuova?»

«Deve recarsi a Londra?»

«Solo per qualche giorno. Ma chi gliel'ha detto?»

«Bob Richmond, della libreria, me lo ha confidato».

«Quando?»

«Proprio adesso, mentre eravamo in fila per il ballo. Ha detto che deve svolgere una missione segreta per conto di un tale capitano storpio. Un uomo che risiede a First Water Lane, e che ha pagato il suo debito, almeno in parte... È vero? E se sì, come fa un uomo che abita a First Water Lane a poterselo permettere?».

Ero lieto che dubitasse della parola di Bob Richmond, anche se in questo caso corrispondeva a verità.

«Vado a Londra a interrogare un uomo per conto... di un certo capitano, è vero».

«E di chi si tratta, esattamente?»

«Non è una persona nota».

«E si tratta di una missione segreta?»

«Evidentemente no», dissi, e in quel momento notai Bob Richmond con la coda dell'occhio, che prima di girarsi mi lanciò un altro sguardo livido di rabbia.

«Bene», disse la signorina Spink, «dovevo immaginarlo che non si sarebbe messo a fare nulla di tedioso come ad esempio...».

«Ad esempio cosa?»

«Insegnare latino. Andare a fare lunghe passeggiate. Praticare modestia e risparmio. Lei è passato dallo scrivere romanzi a viverli in prima persona, signor Rigge».

«Non ho mai scritto un romanzo».

«Ma sta sempre lì a scribacchiare. È sicuro di non averne sfornato uno firmandolo col suo *nom de guerre*?»

«*Non de plume. Nom de guerre* è il nome che un uomo usa per combattere».

«Forse è proprio quello che intendevo».

«Può dire semplicemente cos'è che intendeva, signorina Spink».

«Sono pienamente convinta, signor Rigge, che non ha nessun bisogno di affidarsi alla beneficenza – se è questa la parola giusta – di questo capitano storpio. So che tramite il suo impegno può riuscire a disfarsi dei guai che la affliggono al momento, ma per farlo ha bisogno di crederci; deve credere che possa esserci un lieto fine».

«Be', come sa, io sono notoriamente un ottimista».

Lei rimase per un po' ad agitare il ventaglio, guardandosi intorno, facendomi venire in mente la tremenda possibilità che la conversazione che avevamo appena avuto, per quanto assurda, potesse essere sul punto di concludersi. Ma dopo aver fatto cenno col capo a un paio di amiche dall'altro lato della sala, la signorina Spink mi chiese: «Mi dica, signor Rigge, ci sono notizie della tenuta di suo padre?»

«Non è più di mio padre, quella tenuta», dissi. «Per il momento la gestisce l'amministratore di mio padre, il signor Stewart. Ma presto entrerà in possesso del signor Corrigan, che probabilmente è presente qui, stasera. L'avvocato di mio padre, il signor Pullman, ha già provveduto a trasferire gli atti».

«Ma tutto ciò è intollerabile. Non si può fare qualcosa per impedirlo?».

Sorrisi, evitando di rispondere, riflettendo sul fatto che la signorina Spink riteneva che la mia vita fosse un romanzetto d'appendice... E in quel caso, il recupero della tenuta non sarebbe stato un finale più che adeguato? (È possibile che si vedesse al mio fianco in quel lieto fine?).

«Mi racconti di nuovo», disse, «la storia di suo padre e dell'uomo tremendo che ha costruito il muro. Stavo dicendo a mia sorella che era come la fiaba di Robert e il ragno, solo al contrario, ma non riuscivo a ricordare tutti i dettagli».

«Sir Patrick Procter...», iniziai.

«Che era vostro vicino, per così dire?»

«Casa sua era distante cinque miglia, dunque sì... Circa quindici anni fa, costruì un parco e lo recintò con un muro, impedendo il passaggio tra due villaggi sulla tenuta di mio padre e la strada per York. Una volta l'anno mio padre, accompagnato da abitanti di quel villaggio, prendeva la carrozza, arrivava al muro e lo abbatteva prima di passare nella parte demolita».

«Lo demoliva?»

«Era un muro a secco».

«Molto bene. Poi che succedeva?»

«Poi andavano tutti alla taverna e si ubriacavano».

«Tutti, tranne suo padre?»

«No, anche lui».

«E Sir Patrick?»

«Si metteva a ricostruire il muro».

«E oggi come stanno le cose?»

«Il muro è in piedi. Non c'è più nessuno che lo demolisca».

«E il diritto di passaggio?»

«È caduto in disuso».

«E gli abitanti del villaggio come fanno ad arrivare a York?»

«Passano per un'altra strada».

Si guardò la punta delle scarpe, sorridendo. «Quale triste diminuendo – non si azzardi a dire che non è la parola giusta – eppure, quanto è tipico del narratore».

Si voltò. Al suo fianco era comparsa la sorella. La famiglia, a quanto pareva, se ne stava andando, e si portava dietro anche Lucy Spink.

«Sono dispiaciuta, signor Rigge. Mia sorella ha le vampe, e deve andarsene di filato a letto».

«E cosa sarebbero le vampe?»

«Una cosa che viene a mia sorella quando un certo idiota di nome Jack Bennworth non viene al ballo».

«Va ancora a camminare alla New Walk il giovedì?»

«Le stavo proprio per dire che ci vado ancora. Il giovedì con mia madre, che ha un udito eccellente, e il venerdì con mia zia, che è sorda come una campana – purtroppo per lei», aggiunse.

Sorrisi, e la signorina Spink mi diede un bel buffetto sul braccio con il ventaglio. «Non so cosa ci trovi di così divertente», disse.

Ma ci eravamo capiti alla perfezione, e fu ben inteso che avrei passeggiato anche io lungo il fiume il venerdì della settimana successiva, per far sì di incontrare casualmente la signorina Spink e sua zia, in compagnia della quale le nostre chiacchiere non avrebbero avuto bisogno di essere circospette.

«Per quel giorno avrò fatto ritorno dai Bennworth», disse.

«I Bennworth?»

«Sì, si trovano a Thirsk. Quella famiglia ha un vasto assortimento di figli scialbi. Mia madre ne vuole uno ciascuno per me e per mia sorella».

«Quale è riservato a lei?», chiesi sconfortato.

«Oh, per lei non fa differenza alcuna, visto che hanno tutti almeno duemila anni. Oltre al ragazzo ci sono tre candidati più adulti, e vengono tutti su da Oxford la settimana prossima».

Giù da Oxford, pensai, con la morte nel cuore, mentre baciavo la mano a Lucy prima che se ne andasse; ma lei rimandò, mettendosi di fronte a me e guardandomi con aria cospiratoria.

«Signor Rigge», disse, «venerdì prossimo le dirò come riprendersi la tenuta».

Si girò, e l'istante dopo era scomparsa. Fosse stata sua intenzione lasciarmi in uno stato di sconcerto, con la gioia e l'abbacchiamento che facevano a pugni, non avrebbe potuto riuscirci meglio. Di sicuro non avrei dovuto dare peso a quello che aveva detto riguardo la tenuta, eppure mi scoprii incapace di farlo; ancora meno capace di togliermi dalla testa la visione della dinastia di signorotti dei Bennworth. Dovevo tenermi saldo all'uso che aveva fatto di quell'epiteto, *scialbi.* Era forse compatibile con una qualche forma di apprezzamento?

Non avendo più alcun interesse a danzare, mi spostai velocemente lungo i margini della pista e discesi la scalinata sul retro che portava al piano inferiore delle sale, nel sotterraneo.

Fletcher Rigge, seguito

L'illuminazione principale era fornita da due grossi fuochi e non era affatto abbagliante. Al centro di ognuno dei due tavoli verdi, due o tre candele lasciavano cadere stancamente rivoli di cera, come annoiate dalle piccole scene ripetute che andavano a rischiarare. Ognuno degli uomini era intento a fumare e a giocare come ne dovesse andare della sua stessa vita; tanti cappelli erano calcati bassi su quelle teste, per nascondere le facce. Notai quali giocatori prendevano le carte con mani tremanti, non appena venivano loro servite. Mio padre era diventato così. Altri invece aspettavano prima di raccogliere le carte, forse nel frattempo sorseggiando dal bicchiere, o facendo qualche commento su cose che non c'entravano nulla col gioco in corso. In nove su dieci casi, tanta noncuranza era una farsa. I suoni della musica e delle danze riverberavano dal piano di sopra dando l'impressione di accompagnare una folle frenesia.

Mi ritrovai a fianco del tavolo dove giocavano a faro: le carte dell'acchito erano disposte come tombe in un cimitero. Nessuno parlava e si sentivano solo gli schiocchi delle carte, simili a quelli di tanti lucchetti che si chiudevano per sempre, mentre il banco le prendeva dalle scatole che le contenevano.

Dovevo andarmene dal sotterraneo, ma quel posto mi affascinava. Era un luogo dove alla ragione veniva rifiutato l'ingresso, e proprio al cuore della città. Guardai di nuovo i tavoli verdi. Erano tutti affollati, perché oltre ai giocatori c'erano uomini che scommettevano sugli stessi giocatori, che venivano chiamati "picchi", e sembravano semplici spettatori, che ogni tanto facevano un intervento importante. C'erano anche uomini di pattuglia che mantenevano l'ordine: gli Impiegati, com'erano rinomati, che portavano in tasca pistole.

In particolare stavo cercando la nemesi di mio padre, il signor Corrigan. Bastava trovare il tavolo del *vingt-et-un*... ed eccolo là, nell'angolo più nascosto, era lui a fare da banco. Lo guardai con la coda dell'occhio e fu come se Corrigan notasse il gravare di quello sguardo, visto che mentre toglieva la fascetta a un nuovo mazzo di carte si volse verso di me. Ci fissammo per cinque secondi e fu Corrigan a distogliere lo sguardo per primo, visto che aveva buon diritto di farlo. Il suo nome di battesimo, ricordai, era Victor e sembrava quantomeno azzeccato. Era un uomo grande e pallido, la faccia una macchia bianca indistinta, i lineamenti minuti e sghembi, in buona parte difficili da interpretare. Stava mischiando le carte, con la stessa levità con la quale stava per mescolare anche le vite degli abitanti dei villaggi, dei lavoratori e dei fattori di Adenwold, Contemplai l'idea di andare da lui ad abbatterlo. Invece presi un bicchiere di porto, lo scolai d'un fiato e lo misi giù; e immediatamente feci lo stesso con un secondo. Corrigan era tornato con gli occhi al gioco, ma da quell'angolo un altro uomo aveva preso a guardarmi, uno che stava in piedi alle spalle di Corrigan a osservarne le mosse. Era l'uomo piccolo e calvo che prima era in compagnia degli Spink.

Ne avevo abbastanza di quel mondo sotterraneo e mi diressi verso le scale che mi portarono al portico, dove mi ritrovai di nuovo di fronte ai bracieri fumosi. La loro fiamma esitante, sconvolta dal vento, scagliava le ombre tremule della gente che aspettava le carrozze private e quelle pubbliche. Mi concentrai su un'ombra in particolare: quella di un cappello. Era un impertinente tricorno che veniva di solito associato a Robin Hood, ed ero sicuro di averlo già visto prima: nell'ombra dipinta da Matthew Harvey.

Fletcher Rigge, seguito

Girai la testa per vedere l'originale. Una bella donna... lineamenti regolari con un nasino delicato... capelli castani che le ricadevano a boccoli sulle spalle... e tutto il resto nascosto da quel cappello. Era più vecchia di quello che la sua sagoma dipinta mi aveva dato a intendere: poco più di quaranta anni invece che poco più di trenta come avevo immaginato. Negli occhi vispi azzurro scuro, lo stesso colore della notte, serbava uno sguardo compiaciuto. Le rivolsi un inchino, mormorando la parola: «Signora», della quale non parve importargliene nulla.

Di là dal portico stava cadendo ancora la neve, un flusso diagonale dinanzi la cattedrale. La donna stava guardando intenta la strada, chiaramente in attesa della sua carrozza. Diresse gli occhi su di me e, dopo aver esaminato il mio volto, abbassò lo sguardo alle mie scarpe di capretto e disse: «Non vorrà camminare con quelle, spero?».

Fu in qualche modo inevitabile che finissimo a conversare.

Le dissi: «Alloggio a mezzo miglio da qui».

«Con mezzo miglio le manda in malora, quelle scarpe. Attendo una carrozza da un momento all'altro – o così mi stanno dicendo da almeno *dieci* minuti. Forse posso darle un passaggio?».

Dalla scala dell'inferno dei giocatori di azzardo saliva un uomo corpulento, con la parrucca storta, che sbuffava e ansimava non poco; doveva avere almeno vent'anni in più della donna, la quale, trattandosi evidentemente di suo marito, gli rivolse la parola. «Hai vinto o hai perso, caro?»

«Ho perso quindici ghinee», disse l'uomo.

«Ah, bene», commentò la donna, «è il prezzo che si paga a mescolarsi con gente di qualità», e tutto quel sarcasmo era inteso a mio beneficio. Sorrise all'uomo, ma certo non era compiaciuta che avesse perso quei soldi.

Una carrozza si accostò al portico. Un servitore teneva aperta la porta. La donna disse al marito: «Questo giovane gentiluomo viene con noi, Harry», e lui si limitò a fare un cenno di assenso distratto, concentrato com'era a fissare una bella giovinetta che stava ritirando il mantello al guardaroba.

«Oh?», disse Harry. Un altro servitore lo stava aiutando a infilarsi il cappotto, e tra questo e la giovinetta sembrava sempre più distratto.

Nell'approssimarci alla carrozza, ci furono presentazioni confuse mentre mi profondevo in ringraziamenti vari. Il nome della coppia era signor e signora Sampson. Mentre salivamo a bordo, si udì un familiare grido idiota che proveniva da un vicolo: «Come stanno i tuoi piedi?», seguito dal rumore di vetri infranti.

«È un posto pericoloso, questo», disse il signor Sampson, ancora distratto, mentre si frugava nelle tasche. Non era raffinato come la moglie e aveva un accento molto marcato. «Solo quest'anno già tre assassinii».

Il servitore gridò al vetturino: «Monk Street, al numero 3».

Presi nota dell'indirizzo: era rispettabile, ma nulla più, un poco fuori dalle mura della città; e la coppia, visto che non possedeva una carrozza propria, doveva usarne una pubblica.

«Facciamo una fermata lungo la strada», disse al cocchiere la signora Sampson attraverso il finestrino, «a...».

«Ogleforth», le risposi.

La donna ripeté il nome della strada al cocchiere. Mi sorrise, forse per schernirmi, poiché doveva pur sapere che Ogleforth era ben lungi dall'essere un posto alla moda. Aveva una dentatura perfetta. Forse usava essenza di mirra, anche se dubitavo che avrebbe ceduto a una scemenza di quel tipo.

Si udì di nuovo il grido dal vicolo, altro vetro che si rompeva.

Il signor Sampson mi stava osservando. «Dove sono i gentiluomini della cosiddetta Guardia?», si chiese. «Mi piacerebbe saperlo. Dovrebbero esserci quando finisce il ballo».

Non lo diceva con livore. Era decisamente una persona bonaria.

La sfrontatezza, e, temo, anche la disonestà richieste dall'incarico assegnatomi dal capitano, a quel punto entrarono in gioco.

«So di un pover'uomo che è stato ucciso quest'anno», dissi, guardando la signora Sampson. «Matthew Harvey, il pittore di ombre».

«Sì», rispose lei, sostenendo il mio sguardo. «È vero. Nella settimana delle gare di corsa, e solo pochi giorni dopo che aveva dipinto il mio profilo».

Il cuore mi batteva all'impazzata.

«Si dice sia stato ucciso da uno dei suoi clienti», dissi.

«Che cosa sta cercando di dire, signore?»

«Lei è uno studente, suppongo», s'intromise a sorpresa il signor Sampson.

«Ho frequentato un semestre a Cambridge».

«Uno studente eccelso, immagino».

«Niente di straordinario».

«Solo un semestre, ha detto?»

«Le circostanze non mi sono state favorevoli e non ho potuto continuare».

«Che tipo di guaio ha avuto?», chiese il signor Sampson.

«Immagino si sia trattato di debiti», disse la signora Sampson, colpendo in pieno nel segno. Era la sua vendetta per l'accusa di assassinio, ma non mi dispiaceva affatto quel diverbio, ne ero anzi assai intrigato. Provavo una vaga attrazione per la signora Sampson.

«Be', non nuotavo esattamente nell'oro», ribattei.

«E non ci nuota nemmeno adesso», ribadì lei. «Le scarpe che ha ai piedi le ho viste in vetrina da Bulmer la settimana scorsa».

«In pegno?», chiese sorpreso il signor Sampson.

«Tutto quello che c'è da Bulmer è in pegno, mio caro. È un banco dei pegni».

«Temo di sì», dissi. «E temo anche che presto le rivedrà in quella vetrina».

La signora Sampson, che evidentemente di quel posto era un'avventrice assai sagace, poggiò la schiena al sedile. Guardò fuori dal finestrino e io osservai le scarpe che aveva ai piedi. Erano da ballo, gialle e bianche, di buona qualità; o comunque lo erano state. Sul collo del piede era cucito un cuore dorato, e questo cuore – che donava alla scarpa un aspetto fanciullesco – era incompatibile non solo con la sua età, ma anche col suo caratterino, per il poco che avevo avuto occasione di valutarlo. Tornai a guardarle il volto e incontrai di nuovo quello sguardo fermo che mi soppesava.

«Le piace il mio cappello?», mi chiese.

«Lo trovo molto grazioso», risposi.

«Era obbligato a rispondere così, no?», ridacchiò il signor Sampson.

«Credo sia un cappello da equitazione», aggiunsi.

«Sì», mugugnò la donna, «ma a cavallo non ci vado mai. Più che altro passeggio».

Questo spiegava almeno la sua conoscenza delle strade di York, ed ero pronto a scommettere che questa donna autonoma non aveva problemi a passeggiare da sola. D'improvviso si piegò in avanti e mi toccò il ginocchio col guanto. «Stava facendo domande su un cappello simile da Bainbridge, la modista. Lei, o un uomo che corrisponde alla sua descrizione. Me lo ha confidato la signora Bainbridge».

Quell'appunto mi tolse il fiato.

«Cosa le ha raccontato?», chiese la signora Sampson, ridendo.

«Che non le veniva in mente nulla».

La signora Sampson compose un sorriso asciutto e veloce con le labbra, perché ovviamente alla signora Bainbridge veniva sempre in mente tutto con una certa nitidezza, ma si era comportata così per proteggere l'identità di una sua cliente abituale. Tuttavia, mi sembrò che la signora Sampson avesse investigato meglio di quanto non avessi fatto io. Meritava dunque di sapere la verità.

«Le parlerò con onestà, signora Sampson».

«Bene. Era ora».

«Sono stato assoldato per investigare sulle circostanze che hanno portato alla morte di Matthew Harvey».

«Santo cielo!», esclamò il signor Sampson, e un tanfo di vino gli uscì dalla bocca e invase la carrozza.

«Devo scoprire le identità delle persone che hanno posato per lui in quella fatidica settimana».

«Deve fare riferimento al suo libro mastro, nel quale segnava tutti gli appuntamenti».

Le spiegai cosa fosse successo a quel libro e la donna sembrò sorpresa della notizia, mentre il signor Sampson, per contro, era chino in avanti e si era addormentato.

«Dunque, è stato il cappello a farmi identificare», disse la signora Sampson, «sulla copia dell'originale? Lei sta lavorando per conto dei magistrati?»

«Io lavoro per conto del figlio di Matthew Harvey, il capitano Harvey».

Stavamo passando per Petergate. La neve vorticava in tutte le direzioni, intrappolata tra i tetti sorgenti delle case.

«Il *capitano*», replicò la donna. «È quello che vive vicino al molo del carbone a First Water Lane, vero? Non è una persona granché rispettabile – a voler essere clementi. Ha preso in considerazione la possibilità che ad assassinare il padre possa essere stato lui?»

«...e l'indagine che mi ha chiesto di svolgere, dunque, sarebbe soltanto un'elaborata farsa?»

«Esatto».

«Sì, ho preso in considerazione la possibilità».

Su Petergate c'erano in giro soltanto un paio di ubriaconi, ma a Goodramgate, dove avevamo appena girato, non c'era proprio nessuno, e udii di nuovo il grido di prima: «Come stanno i tuoi poveri piedi?». Veniva dalla direzione della cattedrale. Doveva essere il grido ripetuto di un folle abitudinario che girava per le strade di notte, e che a volte veniva scimmiottato dagli ubriaconi di passaggio. Anche la signora Sampson lo aveva sentito, e sorrise, ma in maniera piuttosto tesa. College Street – un vuoto ricoperto di bianco – sfilava alla nostra sinistra. La prossima traversa sarebbe stata Ogleforth.

«Non c'è alcun bisogno di entrare nella mia strada», dissi. «Scendo qui».

La signora Sampson aprì il finestrino e disse al cocchiere di fermarsi. Il signor Sampson restò beato a dormire. Scesi dalla carrozza.

«Possiamo parlare un po' di più di Harvey?», chiesi, fermo in piedi sotto la neve, attraverso il finestrino aperto della carrozza.

«Di quale dei due?»

«Del padre».

«Va bene».

«Allora posso farle visita?».

«Sì, non ci sarebbe nulla di strano, visto che si tratta di una cosa professionale... supponendo, cioè, che il capitano l'abbia messa sotto contratto; voglio dire, credo che abbiate messo qualcosa nero su bianco... nel qual caso non ci sarebbe nulla di strano se fossi io a far visita a *lei*».

Lo aveva detto per spiazzarmi, credo, e *non* mi sarei fatto spiazzare da lei. «Sarei ben onorato di accoglierla», risposi, gesticolando verso Ogleforth, indicando la parata cadente di case irregolari e negozi. «Il mio alloggio si trova sopra al liutaio di violini, alla fine della strada».

La signora Sampson teneva in mano un biglietto e sorrideva. Non avrebbe potuto essere più chiaro: «Signora Maria Sampson, numero 3, Monk Street, York».

«I pomeriggi del giovedì e del venerdì sono ideali», disse. «Ma si sbrighi! Pensi ai suoi poveri piedi!».

La carrozza si allontanò e io non mi misi a correre. Mi girai e restai a guardare la neve in caduta libera su Ogleforth.

M'incamminai verso il mio alloggio, finendo di distruggere le mie scarpe e riflettendo che, se così fosse stato, mi sarei almeno risparmiato l'umiliazione di provare a darle di nuovo in pegno. C'è forse dentro di me una tendenza oscura che vuole condurre tutto alla medesima, disastrosa fine? Probabilmente Lucy Spink si era avveduta di quella tendenza, che sembrava persino stuzzicarla meglio di qualsiasi smanceria e sdolcinatezza. Anche la signora Sampson era parsa stuzzicata e se lo poteva permettere. Sapeva che non avrei potuto sospettarla seriamente di assassinio. Ma avevo anche motivo di credere che non mi stesse dicendo tutto quello che c'era da dire…

Come buona parte delle convenute al ballo, anch'ella portava con sé un reticolo, la minuscola borsetta che sembrava andare molto di moda tra le donne di un certo ceto. All'algida Maria Sampson mal s'accordavano le frivolezze: bastava un quadruccio di velluto nero, una sorta di piccola tasca indipendente dall'abito che si indossava. L'aveva poggiata sul sedile al suo fianco non appena salita in carrozza, e quando si era resa conto che ero io la persona che aveva fatto domande sul suo cappello alla signora Bainbridge, se l'era poggiata in grembo e là l'aveva tenuta, come fosse in pericolo di essere spazzata via. Quando le avevo dichiarato il mio vero legame con il capitano Harvey, l'aveva stretta tra le mani dandole il tormento. Non doveva trattarsi d'un gesto per lei consueto, visto che anche suo marito glielo aveva fatto notare, con una eloquente alzata di sopracciglio… prima di soccombere al sopore indotto dal troppo alcol.

Quanto al fatto che avesse visto le mie scarpe in vetrina da Bulmer… come mai le aveva viste? Convenientemente per la sua pudica clientela, al negozio si ha accesso tramite un cortile riservato – chiamato Lady Peckitt's Yard – dunque la vetrina non è di quelle che capita casualmente di sbirciare facendo una passeggiata.

E per quanto riguardava le sue scarpette da ballo, non versavano in ottime condizioni. Credo che quelle toppe nascondessero dei buchi, e doveva essere passato molto tempo dall'ultima volta che le aveva usate per danzare.

Fletcher Rigge, seguito

Le osservazioni quantomeno impietose sul carattere della signora Sampson avrebbero potuto segnare la conclusione del mio appunto nel diario sulla giornata di lunedì 19 novembre, ma c'è ancora un episodio da raccontare.

(Per puro caso, scrivo questo il martedì, con un'intera giornata a disposizione prima di salire a bordo della carrozza che mi porterà a Londra. Sono seduto con la penna e il diario nello spazio riservato al coro della cattedrale che al momento è deserto. Il calamaio è poggiato su una mensola al mio fianco, che in genere tiene lo spartito al direttore del coro. L'inchiostro l'ho diluito con la neve e sto scrivendo col rovescio del pennino, e già questo dovrebbe dirla lunga. Fa freddo, c'è un silenzio di tomba e mi sento in vena di scrivere. Lo sarò ancor più quando mi sposterò al Tiger Inn di Jubbergate a bere un bicchiere di porto).

La notte scorsa, prima di entrare nel mio alloggio, ho fatto visita alla latrina nel cortile sul retro del liutaio di violini. Non penso di aver mai menzionato questo tipo, sino ad ora. È una persona piacevole, ma non è certo un violinista, a giudicare dall'insopportabile gracchiare che proviene talvolta dal suo laboratorio. Si chiama Buckley, e ogni mattina alle sette sua moglie mi porta una brocca di acqua calda, e ogni sera, sempre alle sette, un buon pasto caldo. È lei che pulisce ogni giorno la mia stanza; mi porta la corrispondenza dall'ufficio postale e a volte consegna anche quella in uscita.

I Buckley alloggiano a fianco del negozio e dormivano profondamente quando ho fatto ritorno a casa, a giudicare dal vuoto nero che inghiottiva la vetrina. La latrina è una baracca dall'aspetto ridicolo, pieno di vecchi numeri dello «York Courant», di cui alcune pagine sono bruciate, visto che il signor Buckley le usa spesso come candele di emergenza per leggere *altre* pagine di giornale mentre esegue le sue abluzioni serali.

[**Appunto del signor Erskine:** Il paragrafo seguente era stato cancellato nel documento originale].

Ebbene, in quel luogo per altro essenziale, ho compiuto due azioni necessarie, la seconda delle quali – ancor più vergognosa della prima – accompagnata da un duello di immagini mentali di Lucy Spink e della signora Maria Sampson. Il risultato di quell'atto è stato che tutte e due le donne sono state temporaneamente rimosse dal palcoscenico del mio cervello.

Poi mi recai alla fontana del cortile e mi lavai le mani. L'attrezzo non era del tutto congelato ma faceva comunque un rumore infernale, e per tutto il tempo rimasi a scrutare con apprensione le finestre dei Buckley. Da lontano udii il grido della guardia: «È l'una della notte e tutto va bene!», e mi venne in mente che il tizio si stava beccando una quantità non indifferente di neve. Vicino alla fontana c'erano delle brocche. Riempii quella che conteneva il minor quantitativo di ghiaccio e la portai su per le scale – che producevano lo stesso scricchiolio della fontana ghiacciata – e aprii la porta della stanza. La prima è la stanza da letto, che contiene appunto il mio letto, così che, se mai mi dovesse capitare di ricevere la signora Sampson, dovrò soffrire l'agghiacciante umiliazione di condurla attraverso quella camera nell'ambiente che suppongo debba essere chiamato salotto, almeno stando all'unico divanetto che ospita. (Ad Aden Park, ci si riferiva alla mia stanza da letto col nome di stanza dei tappeti, ovvero ciò che era stata trecento anni prima. Il mio ampio letto a baldacchino era come una stanza dentro a un'altra stanza. Ci volevano esattamente venti soffici passi di mia madre per coprire la distanza tra la porta e il letto, e quando lo raggiungeva – negli anni della mia infanzia – vi si sedeva sopra e mi leggeva delle pagine di uno dei suoi libri preferiti di sempre, *Robinson Crusoe*).

Mi accasciai, dunque, sull'umile giaciglio di Ogleforth e accesi una candela. Mi tolsi le scarpe e presi dalla tasca alcune vecchie pagine del «Courant» che avevo portato dalla latrina, per infilarle nelle scarpe, che dovevano essere lasciate ad asciugare in quel modo, e mai e poi mai messe nei pressi di un fuoco vivo – non che abbia mai avuto un fuoco vivo nel mio attuale alloggio. Poggiai il cappotto, la camicia, la cravatta e le braghe sul letto e come mio solito ispezionai tutto al lume di candela alla ricerca di qualche macchia. Gli abiti se l'erano cavata bene, così li riposi nel guardaroba. Mi lavai in fretta con l'acqua ghiacciata e mi misi la veste da notte, che ancora serbava l'odore della tempera usata sulle mura del Castello, anche se avevo pagato prima mezzo scellino alla signora Buckley per lavarla, e poi un altro mezzo per farla lavare di nuovo. Con la candela in mano contemplai il mio riflesso nello specchio, che era uno dei pezzi d'arredamento più lussuosi di quella stanza. E vidi quello che sembrava il fantasma di un giovane gentiluomo.

Sulla mensola del camino c'era una brocca di porto. Ne bevvi circa metà, spensi la candela e mi rimisi a letto. Faceva freddo.

[**Nota del signor Erskine:** la frase seguente era stata cancellata].

Speravo che il porto mi avrebbe scaldato, ma non fece che portare di nuovo la signorina Spink e la signora Sampson alla ribalta nella mia testa. Mi rimisi seduto e riaccesi la candela. Presi una pagina del «Courant» ma c'erano soltanto annunci di bancarotta e tenute messe all'asta. Non c'era tenda alla finestra e la neve che cadeva catturò la mia attenzione. Mi alzai, mi recai al guardaroba e tirai fuori il cappotto per usarlo come coperta. Non riuscii a trovare il mio berretto da notte e iniziai a pensare di averlo lasciato per sbaglio al Castello. Immaginai che a quel punto il carceriere doveva averlo venduto all'asta. Mentre provavo a rimettermi giù, udii un grido in lontananza – non si trattava del solito folle che faceva domande sui piedi, ma di una voce oltremodo più agitata. Comunque era molto lontana. Spensi la candela e scivolai in uno stato che era in parti uguali sonno, sogno e ricordi.

...quando avevo circa otto anni, c'era stato un ottobre molto strano alla tenuta. Avevo insistito per aiutare uno dei fittavoli, Ned Brown, ad arare, e mi ero messo lì a sgobbare dietro l'aratro mentre mi riempivo le tasche di pietre perché volevo usarle – così perlomeno continuavo a ripetere – per migliorare la strada. A un certo punto, Ned Brown mi costrinse a svuotare le tasche (visto che sapeva che quelle pietre mi avrebbero rovinato i vestiti) e mi mandò a casa. Ma non feci subito ritorno al parco, perché, per qualche ignoto motivo, avevo deciso che avrei "dormito sotto le stelle", e cercai dunque riparo dietro una siepe. Sulle prime dormii come un sasso, mentre i miei genitori e il resto della tenuta si erano messi sulle mie tracce. Ma dopo un'ora mi svegliai e scoprii – affascinato e terrorizzato a un tempo – di essere diventato Padre Inverno. Ero difatti coperto di ghiaccio ovunque, anche sui capelli e sul volto.

Nel mio stato onirico, la coperta bianca che avevo in dotazione lì a Ogleforth era in qualche modo diventata analoga allo strato di ghiaccio di quand'ero bambino.

Mi rimisi seduto sul letto ma non riuscivo a scacciare quell'episodio dalla mente. Il guardacaccia di mio padre non mi aveva lasciato dubbi sul fatto che quella notte, se a un certo punto non mi fossi svegliato, sarei morto assiderato prima dell'arrivo del mattino. Ma cos'era stato a svegliarmi mentre dormivo sotto quella siepe? Si concluse, nel corso di una specie d'indagine svolta a posteriori, mentre facevo un bagno caldo di fronte al camino della cucina, che ero stato svegliato dalle urla dei tassi nei boschi, visto che quelle bestie posseggono la facoltà di urlare in modo simile alle donne quando sono in pericolo.

Anche in quel momento li sentivo urlare.

Balzai alla finestra e la aprii; la neve entrò nella stanza, assieme ad altre urla. Mi allontanai dalla finestra. Non riuscii a individuare i miei stivali, così tolsi le pagine di giornale dalle scarpe di capretto e me le infilai ai piedi. Mettendo il soprabito direttamente sulla veste da notte, mi fiondai in strada e iniziai a correre, girando a sinistra, visto che pensavo che le urla venissero da Goodramgate. Ma forse provenivano da un punto ancora più lontano. Forse da Monk Street? Era forse la compita signora Sampson che stava urlando? Non avevo ragioni per crederlo. A Goodramgate, girai a destra: mi sembrava di correre in un torrente di neve, di sfrecciare in un candore assoluto.

Alla fine di Goodramgate, potevo scegliere tra Petergate e i mattatoi. Le urla sembravano indicare questi ultimi. Girai a sinistra e stavo ancora correndo nella neve quando vidi un uomo venirmi incontro velocemente, come sospinto dal vento e dalla neve. Non riuscii a distinguere i suoi lineamenti, ma indossava un cappotto con tre mantelle, che gli svolazzavano dietro come tre paia di ali. Aveva qualcosa a che fare con le urla? Doveva averle udite per forza, eppure correva nella direzione opposta. Avvicinandomi per affrontarlo, scivolai e sbattei la testa sul selciato. Giacqui confuso a terra mentre la neve faceva del suo meglio per iniziare a seppellirmi. Mi rialzai, confuso e mezzo congelato. Le urla erano state rimpiazzate da grida: le grida inefficaci di due membri della Guardia di York. Bisognava soltanto seguire il suono e all'inizio dei mattatoi capii da dove proveniva.

In quella strada di macellai che al momento erano tutti chiusi, una macellazione aveva avuto luogo indipendentemente dai negozi. A terra era disteso un uomo che doveva avere più di cinquanta anni. Il suo cappello a falde larghe era schiacciato sotto la testa e la parrucca giaceva da una parte come la carogna di un animaletto, e l'uomo stesso era morto, anche se aveva gli occhi ancora aperti, come se stesse ispezionando con attenzione il selciato. Mi resi conto che il soprabito marrone dell'uomo coperto di neve aveva una macchia cremisi che si andava espandendo all'altezza dello stomaco. Il corpo era sorvegliato da una guardia; lì vicino, parimenti inutilmente, c'era una seconda figura, una giovane donna, che cacciò l'ennesimo urlo, come se in quel modo volesse confermare che era stata lei a urlare dall'inizio. La prima guardia stava togliendo dalla tasca del cappotto del morto un portafogli. Dunque, non si era trattato di una rapina. Nel portafogli erano ripiegate una serie di carte. La guardia, mestamente, me le passò, e lessi il seguente testo: "Al Theatre Royal di York verrà rappresentata la commedia dal titolo *I rivali*", una pièce scritta da Sheridan. La rappresentavano di continuo. Il foglio successivo annunciava: "Una commedia nuova di zecca per il nuovo anno, *L'ora di mezzanotte*", e quello dopo ancora parlava di una farsa, *Gli umori della stanza verde*, la cui frivolezza contrastava orrendamente col pallore sul volto del morto, che man mano si andava confondendo con la neve che lo contornava: il colore era svanito persino dalle sue labbra.

«Questo tipo si chiamava Cork», annunciò la guardia, avendo probabilmente scoperto il nome nel portafogli. Ma avevo già indovinato l'identità dell'uomo. Il sipario, con quest'ultimo gesto, era calato sull'inimicizia tra l'attore Smith – la cui ombra era stata dipinta da Harvey, e che avrebbe benissimo potuto essere l'uomo che avevo visto fuggir via – e Cork, il manager teatrale. Mi chiesi se davvero fosse valsa la pena di perder tempo a cercare chissà dove l'assassino del pittore di ombre. Dissi alla guardia che lui e il suo collega avrebbero fatto bene a cercare un certo Jeremiah Smith, che era collegato al Theatre Royal.

«Perché mai?», mi chiese l'idiota.

«Scommetto che è stato lui».

La neve vorticante sembrò portar via la nostra conversazione, ma diedi al tipo il mio indirizzo e gli dissi che mi sarei volentieri presentato di fronte a un magistrato a spiegare quello che sapevo. (Tuttavia dubito che verrò mai convocato, a meno che qualche individuo correlato a Cork non richieda un'azione penale, e a quanto mi è dato di capire, quell'individuo non sarà certo sua moglie).

La giovane donna aveva finalmente smesso di urlare, perché si era messa a correre per fuggire, essendo riuscita a liberarsi dalle grinfie della seconda guardia. Provai a inseguirla per un po', ma scomparì tra le tenebre del mercato. Quando ritornai sul luogo del delitto, le due guardie stavano ferme in silenzio sopra il morto come due becchini inesperti. Sembravano sconcertate da quello spettacolo e mi rivolsero appena uno sguardo fugace mentre cercavo di strappargli informazioni sulla giovane, che a quanto pareva era l'unica testimone del delitto. Tutto quello che riuscii a ottenere dalle guardie fu che il suo nome era Melissa, e che era una donna di strada, «una sfortunata».

Ma non era di certo sfortunata quanto il signor Cork.

Nota introduttiva del signor Erskine riguardante una lettera a lui spedita dal signor Saul Handley

Segue una missiva speditami dal mio vecchio amico, il signor Saul Handley. Riporto anche la data poiché è un elemento importante della nostra storia. Come dimostra questa lettera, Handley e io all'epoca eravamo a conoscenza della perdita subita da Rigge e ne avevamo già discusso a lungo tra di noi. È qui che inizia il coinvolgimento diretto, mio e del signor Bright, nelle vicende del giovane.

Il signor Saul Handley ha quarant'anni più del nostro giovane signor Rigge, ed è un uomo molto meno raffinato (lo dico solo perché so che a lui non dispiacerà se lo faccio notare), ma nella sua personalità si rinvengono echi delle caratteristiche di Rigge. Al pari del giovane, il signor Handley – per nascita un semplice gentiluomo di campagna – è di fatto impegnato in lavori agricoli a Wetherby, ma la sua innata intelligenza lo spinge di frequente verso le attrazioni della città, come andremo subito a vedere.

Lettera del signor Handley al signor Erskine.
Libreria di Skelton, Wetherby.
Martedì 20 novembre

Non t'aspetterai certo che un povero contadino conosca la differenza tra calunnia e diffamazione, ma ti avviso, John, che sono in procinto di compiere l'una o l'altra; dunque, non appena avrai terminato di leggere questa lettera, abbi l'accortezza di gettarla nel fuoco. Come sai, qualche volta mi do al gioco, e per questo motivo ieri sera mi trovavo nel sotterraneo, al ballo. All'inizio mi spostavo tra i tavoli, sorseggiando vino e piazzando qualche scommessa mentre Ruth e le ragazze si pavoneggiavano al piano di sopra.

Di lì a poco, il maledetto Corrigan ha fatto la sua apparizione, accompagnato dal suo lacchè dall'aspetto maligno, Cracknell. Tutto, come al solito, senza nessun clamore; la coppia ha semplicemente preso posto a un tavolo di vingt-et-un. *Mi sono diretto anche io lì a osservare la partita. Niente di anomalo, per quanto potevo vedere… e cosa dovrebbe esserci d'anomalo, ti chiederai, visto che, per essere un avvocato, sei un tipo assai indulgente? E qui passiamo alla parte della diffamazione che già ti avevo annunciato.*

In città si fa un gran parlare di Corrigan, come ben sai. Quando ha spennato Rigge padre… ebbene, è stato l'inizio di un periodo davvero fortunato per lui. Non credo che abbia vinto un'altra tenuta di campagna, ma ha dissanguato non pochi ricconi con estrema facilità. Inoltre va ricordata la sua rapida ascesa da cerusico a medico, e tutto questo senza l'ombra di un paziente. Si dice che dietro a quella rapida promozione ci sia stato uno scambio di soldi e dunque eccomi qui, a repentaglio di una qualche denuncia dal Collegio Reale dei Chirurghi, o come diavolo si chiami quell'assemblea di truffatori. Si è detto che desiderava diventare medico solo per avere la targa di bronzo sulla porta della sua nuova enorme magione a Micklegate, e per le porte altrettanto enormi che quella qualifica gli può aprire.

Mi ripeto: non ho visto nulla di strano al tavolo del vingt-et-un, *ieri sera. Corrigan e Cracknell sulle prime sono andati un po' sotto, se ho contato bene. Poi si sono spostati al tavolo del faro e anche lì hanno perso un po'. In effetti giurerei che Corrigan, tenendo il banco, stesse giocando proprio per perdere. Vedi, mio caro amico, credo che tu sappia che la chiacchiera che gira ormai un po' ovunque – e sia dannata la diffamazione – è che sia un arguto baro. Ci sono tanti giocatori scadenti in città, e quelli che sanno di essere giocatori scadenti – una minoranza, va detto – ormai stanno in guardia quando siedono allo stesso tavolo di Corrigan e del suo viscido compagno, visto che Cracknell di certo non è uno spettatore innocuo. Quei due non girano certo accoppiati in società. Corrigan non imporrebbe mai il rozzo Cracknell alle raffinate padrone di casa di York, ma quando si tratta di giocare fanno sempre coppia.*

L'ultima che ho sentito dice che Corrigan vuole aprire una banca, ma la sua crescente impopolarità non gli gioca a favore, e che questo sarebbe il motivo delle recenti perdite al tavolo da gioco. Ma questa farsa viene rappresentata con troppo ritardo per il giovane sfortunato di cui abbiamo discusso, ovvero, il povero figlio di Rigge. Ho sentito dire che è stato imprigionato al Castello per un debito ingente, ma deve aver trovato il modo di uscire, visto che ieri sera c'era anche lui al ballo, e per caso l'ho intravisto poco dopo nella sala dei rinfreschi, dove era tenuto sotto stretta osservazione dalla famiglia di Carl Spink, il proprietario di quei mobilifici, in compagnia del quale ho trascorso buona parte della serata. Sembra che la figlia maggiore di Spink, Lucy (una creatura davvero incantevole, va detto), si era in precedenza affezionata al giovane Rigge. Ammetto che dopo qualche bicchiere di vino di troppo ho riportato loro la mia opinione su Corrigan, parlando con tanta libertà quanta ne sto usando in questa missiva, e che sembravano molto interessati a quello che avevo da dire. In seguito, una volta che gli Spink sono andati via, ho visto di nuovo il giovane nel sotterraneo, mentre riprendevo a sorvegliare Corrigan. Non si è unito al gioco, ma è rimasto a osservare con una sorta di pallida mortificazione, sorseggiando di tanto in tanto del vino da un bicchiere, nel tentativo, credo, di tirarsi un po' su di morale. I nostri sguardi si sono incrociati, ma lui non sapeva chi fossi. Tuttavia conosceva Corrigan, e guardava con aria minacciosa nella sua direzione. Io ero dietro a lui e non potevo vedere come lo guardasse lui di rimando, o se lo stesse facendo, ma in genere gli sguardi torvi li lascia fare a Cracknell, e non ho idea se Rigge sia consapevole dell'esistenza di quel gangbero.

Ora mi dici che il tuo amico avvocato, il signor Pullman, si occupava degli affari del compianto signor Rigge e che era in procinto di trasferire gli atti delle terre di Adenwold a Corrigan. Mi hai detto che lo faceva a malincuore, ma non trovava nemmeno il modo di uscirne. E ora non ne abbiamo forse trovato uno?

Non conosco il giovane Rigge, ma ti dico che se facciamo qualcosa per lui – tenendo a bada Corrigan – faremo qualcosa per tutta la città di York.

Lettera del signor Erskine al signor Handley.
Precentor's Court, York.
Martedì 20 novembre

La tua lettera mi intriga ma non posso certo dire che mi lascia sorpreso. Mi piacerebbe poter fare qualcosa per il povero Rigge. Era noto che suo padre fosse un uomo rispettabile che aveva a cuore le sorti della sua gente, là ad Adenwold. Ti assicuro anche che il mio amico avvocato, il signor Pullman, sarebbe lieto di veder decadere questo contratto d'onore apparentemente ineccepibile, poiché devi sapere, caro Saul, che i due contraenti sono obbligati soltanto dall'onore, visto che un debito di gioco superiore alle dieci sterline non è esigibile per legge. Per quanto riguarda l'attività di bari di Corrigan e Cracknell, devi fornirmi ulteriori dettagli, altrimenti si fa presto a restare a corto di prove.

Ti prego di non preoccuparti di calunnie o diffamazioni varie. Si parla di diffamazione quando il fatto viene riportato per iscritto e di calunnia quando se ne parla e basta. Ma sto scrivendo come un avvocato e me ne scuso, e nell'evento improbabile in cui la tua lettera finisca nelle mani sbagliate, la fondatezza di quanto affermi sarà la migliore delle difese possibili.

Lettera del signor Handley al signor Erskine. Magione di Lintor, Wetherby. Mercoledì 21 novembre

Stavo proprio per arrivare al punto di come agiscano nel barare, quando è entrato il mio domestico dicendo che il pozzo era congelato e che quel cocciuto dello stalliere cercava di risolvere il problema scagliandoci dentro massi enormi. E così mi sono dimenticato di aggiungere il dettaglio più importante.

Molti non fanno caso al modo peculiare di tirar fuori il dado dalla scatola di Corrigan. Lo osservano sbatterlo sul tavolo e basta, ma il fatto è che i dadi non sono al centro della sua misfatta. Credo dunque che sia ai giochi delle carte che dobbiamo guardare, a quelli che non sono controllati dai gentiluomini – talvolta persino onesti – che pattugliano i tavoli al ballo o agli altri eventi pubblici.

Per due volte ho avuto modo di osservare Corrigan e Cracknell all'opera nelle magioni di York. Dove questo sia avvenuto forse non è importante, ma tanto vale che ti dica che la prima occasione si presentò sotto il tetto dei Sanderson a Walmgate e la seconda a casa dei Parker su Tadcaster Road. Tutte e due le volte era solo Corrigan a giocare, mentre il suo sinistro collega restava a guardare.

In entrambi i casi si giocava a lanterloo, *che richiede di norma cinque giocatori, anche se pare sia uso qui a York vedere solo tre persone sedute al tavolo, peculiarità che sono propenso a credere sia, per Corrigan e il suo socio, ampiamente conveniente. Le mani, a* lanterloo, *sono scarse, constano solo di cinque carte, e chiunque si trovi alle spalle dei giocatori non ha difficoltà a memorizzarle. C'è sempre qualche spettatore, e tra questi Cracknell non spiccava in particolar modo, se non per il suo spavaldo con-*

tegno, e per certe sue abitudini che mi colpirono disgustandomi forse più di quanto non fosse necessario. Io non sono – e su questo troverò il tuo accordo – particolarmente signorile, e mentre guardavo, la tosse di Cracknell, il suo continuo soffiarsi il naso, succhiare di pipa e fiutar prese di tabacco sembravano più adatti a un cesso che a un salotto, e col procedere della serata, credo di aver iniziato a rendermi conto di un codice di segnali; una sorta di messa in scena tra lui e il suo signore. Se la tosse ad esempio corrispondesse a una buona o brutta mano in pugno all'avversario di Corrigan ora non lo ricordo. Forse le prese di tabacco indicavano colore pieno, il caricare della pipa colore parziale, ma sono pronto a scommettere la vita che qualche specie d'inganno venisse perpetrato, e credo non serva aggiungere che in tutte e due le occasioni è stato Corrigan a far piazza pulita del tavolo.

E non sono il solo ad aver sospettato di una cosa del genere. Diamine, non solo l'ho sospettato, ne sono certo, come ne erano certi sia Sanderson che Parker, tutti e due grandi giocatori e di certo difficilmente scoraggiati dalle perdite, e nessuno dei due ha di nuovo invitato Corrigan nelle occasioni successive. Non sono particolarmente appassionato di contromisure così passive, comunque. Ho intenzione di andarglielo a dire, ma sappiamo tutti e due che manco di diplomazia e andrebbe probabilmente a finire che mi sfiderebbe a duello. Ci incontreremmo all'alba allo Knavesmire e io sarei obbligato a fargli saltare all'aria le cervella, ma (e qui ti prego di darmi la tua opinione professionale) sospetto che nemmeno questo basterebbe a impedire il trasferimento della proprietà delle terre di Adenwold ai suoi eredi, chiunque siano. Corrigan non è sposato e non ha figli e la prospettiva più agghiacciante è che quelle terre finiscano in possesso del sordido Cracknell, un esito se possibile ancor più nefasto, per le genti di Adenwold, dell'ipotesi che Corrigan diventi il nuovo proprietario.

Lettera del signor Erskine al signor Handley.
Precentor's Court, York.
Mercoledì 21 novembre

La tua corrispondenza odierna mi ha persuaso che valga la pena fare una breve chiacchierata – o due, a dire il vero. Cercherò di persuadere il signor Corrigan a farmi visita qui nel mio ufficio, ma credo che prima ancora dovremmo convocare il giovane Rigge. Ho scoperto che vive ad Ogleforth, e all'una e mezzo di oggi ho scritto e gli ho fatto pervenire una nota, o meglio, è stato il signor Bright a farlo. (Lo sai bene, caro Saul, che nove volte su dieci, quando dico di aver fatto qualcosa, è stato sempre il buon signor Bright a compiere quell'azione).

Il signor Bright ha fatto ritorno alle due, col cappello carico di neve, recando la notizia (ricevuta dalla padrona di casa di Rigge) che il nostro è partito stamane alla volta di Londra. Dovrebbe tornare verso la fine della settimana.

Promemoria del signor Erskine al signor Taylor, riguardante la partenza per Londra di Fletcher Rigge

Giungiamo ora, mio caro Taylor, agli scritti del signor Villiers, autore londinese e membro dei "Diamanti Neri", una società letteraria. Certo non è un uomo piacente, ma credo che sia una persona onesta. La seguente lettera, la prima di tre scritte da lui, è stata ricevuta dopo la conclusione della vicenda, in risposta a una mia richiesta scritta.

Lettera del signor Villiers, autore, al signor Erskine. 4 Bride Lane, Londra

La persona che è soggetto della nostra indagine si è presentata al nostro solito punto di incontro alla Cuthbert's Ale House, venerdì 23 novembre in compagnia di signor Samuel Gowers.

Sulle prime non mi è stato dato di comprendere come si fossero incontrati, ma chiunque si fosse trovato a chiedere informazioni su Gowers negli ambienti letterari di Londra nei pressi dello Strand, sarebbe stato immediatamente indirizzato al nostro illustre personaggio; e dunque non restai affatto sorpreso che al suo seguito vi fosse un giovane gentiluomo. Di non facile approccio, Gowers poteva attrarre tra i suoi accoliti ogni sorta di studioso: giovani solitamente ambiziosi, quando non addirittura vili che, avendo forse ricevuto pessime recensioni e critiche per i loro saggi su Johnson, si erano dunque messi alla ricerca dell'anti-Johnson per eccellenza, autore di un libro che ne condannava l'opera.

Va da sé che nessun altro membro del nostro club ha il diritto di invitare un estraneo. Samuel Gowers si è riservato quel privilegio, in quanto membro fondatore della nostra società, i Diamanti Neri, e più brillante di tutti questi diamanti, come senza alcun dubbio si stima. In questo caso specifico, scoprii di non essere turbato dall'intrusione. Il nuovo arrivato, di cui mi fu fatto il nome, era Fletcher Rigge. Sembrava un uomo in possesso di requisiti, non particolarmente supponente, e il suo approccio verso lo stesso Gowers era originale, in quanto interessato, certo, ma senza essere servile. Poco dopo il mio arrivo da Cuthbert, stava confessando la sua stima per il Tristam Shandy *di Sterne, del quale non aveva da dire nulla di troppo interessante, fatto che in Gowers sembrò destare solo un leggero nervosismo.*

«Ma non pensa, signore», chiese Gowers, «che anche se quell'opera si discosta dal resto, vada soffrendo della mancanza d'un qualsivoglia personaggio nobile o dignitoso?»

«Che quell'opera si discosti, signore, è cosa assai rara, che non merita soltanto una menzione passeggera». Quella replica sembrò confondere il suo interlocutore.

Bisogna ora che illustri che a quelle riunioni ero disposto di rado a parlare, visto che qualsivoglia replica finiva per provocare qualche fastidioso responso del nostro borioso fondatore. Avevo già in cuor mio il pensiero di lasciare i Diamanti Neri (come successivamente ho fatto), le cui riunioni si tenevano sempre da Cuthbert, che è sito in un vialetto a ridosso dello Strand. Faccio notare che la sua fama non è giunta fino a York, dunque voglio far presente che la facciata di quella taverna sporge un poco tra i negozi che la circondano, come fosse la prua di una nave, ponendosi di traverso ai venti che salgono dal fiume e fan tremare i vetri delle finestrelle delle sale al piano di sopra, parte delle quali sono decorate a piombo con disegni di navi, e altre direttamente mancanti – così da permettere di vedere in quei buchi delle navi vere; e danno anche, questi buchi, via libera agli spifferi che nel camino vanno a disturbar la fiamma.

Il piccolo Edwin Bird, un altro membro del nostro circolo, iniziò a canzonare il nuovo arrivato, continuando a versare porto dalla brocca nel bicchiere. «Congratulazioni, signore», disse, con un ampio sorriso. «Lei è al cospetto dell'intera costellazione del genio raccolta in un singolo luogo».

«Posso chiederle il perché di questo nome, i Diamanti Neri?», domandò Rigge.

«Ho inventato io quel nome», disse Gowers, sorseggiando del vino. (Era di norma sprezzante del porto di pessima qualità del Cuthbert e preferiva consumare vino). «Denota persone di talento dall'esteriorità gretta e squallida, come diamanti grezzi… il nero

suggerisce adeguatamente le eminenze oscure del mondo letterario».

Sembrava modestia, ma si trattava di falsa modestia, ovviamente.

«Si trattava di scegliere quello o le Guardie Nere», aggiunse Edwin Bird, «che però non avrebbe affatto reso l'idea».

Anche Bird sembrava parecchio affascinato dal giovane, e ciò spiegava le sue frequenti frecciate satiriche, alle quali il nuovo arrivato rispondeva con un garbato cenno del capo.

Bird sedeva sullo stesso lato del tavolo di un altro membro dei Diamanti, tale signor Noble. Gowers, ovviamente, sedeva a capotavola. Chiese a Rigge: «E come vanno le cose negli ambienti della stampa e della pubblicazione a York, in questi tempi difficili?»

«In maniera abbastanza miserabile, signore», rispose Rigge, dando quella che senza dubbio era la risposta giusta, poiché ovviamente, senza Gowers a gestirle, le cose a York non potevano andare che male.

Sembrava che Fletcher Rigge fosse originario di York, e che quello fosse il fondamento del suo legame con Gowers – che si era stretto proprio quel pomeriggio – visto che Gowers, in gioventù, aveva trascorso più di qualche anno a York, a fare non so cosa, e dunque ora si comportava come una sorta di ambasciatore di quella città, sempre pronto a ricevere, e più che altro a elargire, opinioni in proposito... E se Gowers era l'ambasciatore di York, casa sua, che sorgeva in un cortile tranquillo vicino Fleet Street, era l'ambasciata di York, ed era risaputo che in passato vi aveva ospitato diversi randagi della contea di York con qualche inclinazione letteraria.

Mentre il giovane descriveva le ingiustizie delle librerie e dei club letterari di York (che a quanto pareva avevano preso l'abitudine di chiedere forti sconti ai fornitori), Gowers continuava ad annuire solennemente, o in alternativa si limitava a guarda-

re fisso nel vuoto, com'era suo costume fare quando gli toccava subire le farneticazioni di un intelletto inferiore al suo. O forse Gowers non guardava mai in faccia gli altri poiché non voleva essere riguardato da loro.

«Tuttavia confido», dichiarò Gowers, «che i bravi cittadini di York si oppongano ai falsi insegnamenti del defunto ciarlatano Johnson...».

«Il suo Dizionario *sta riscuotendo un certo qual successo», rispose Rigge, vagliando in quel modo – almeno così mi pareva – la portata del pregiudizio di Gowers.*

«Se così è, la città è condannata all'inferno», sbottò Gowers picchiando il pugno sul tavolo.

«Molto probabilmente», commentò Rigge, quando cessarono le vibrazioni del colpo. Aveva trovato la risposta che cercava.

«Credo», continuò Rigge, dopo un intervallo silenzioso, «che voi gentiluomini facciate menzione della vostra società letteraria nei frontespizi delle vostre pubblicazioni?».

Gowers annuì severo. «Sopra i nostri nomi compare sempre un diamante nero inciso».

La conversazione, a quel punto, aveva preso una svolta che mi pareva davvero interessante e così alfine intervenni: «Il diamante è quasi sempre accompagnato dalla silhouette dell'autore... le posso mostrare un esempio. Credo di avere qui con me uno dei miei lavori».

«Non si dica che non se li porta sempre dietro!», mi canzonò Bird.

Misi la mano in tasca e tirai fuori una delle mie ultime fatiche: Commentario alle opere di Pope, *il cui merito letterario esula dal nostro discorso. Lo aprii sul frontespizio e mostrai a Rigge la silhouette della mia persona, come l'aveva dipinta un tipo di Seven Dials. L'avevo portata dal tipografo assieme al manoscritto. Si trattava di un profilo ben realizzato, penso, e mi girai a mia volta di profilo per dimostrare a Rigge quanto fosse accurato.*

Al che Gowers si girò furbescamente verso Noble. «Signore», disse, «ricordo che al termine della riunione della settimana scorsa, stava per darci una sua interessante opinione sul più grande dei nostri poeti».

Era un palese tentativo di cambiare argomento. Sfortunatamente, Noble – degno personaggio, credo, ma certo non troppo brillante – abboccò all'amo e iniziò il suo piccolo discorso. «Ero sul punto di dire che quando ho letto il Paradiso Perduto *sono rimasto così sconcertato dal genio e dall'immaginazione di Milton da sentirmi disperato ripensando ai miei sforzi artistici».*

«Senza dubbio», disse Gowers annuendo, sempre felice di poter confermare l'inferiorità di Noble.

Ma Rigge sembrava più interessato alla questione delle silhouette.

«Signore», disse, rivolgendosi a Gowers, «ho avuto il piacere di scorrere il suo lavoro, lo studio su Johnson, e sul frontespizio non ho notato alcun profilo, ma solo un diamante inciso».

Trovai quell'osservazione molto interessante. Era verissimo che ogni membro del nostro circolo aveva commissionato un profilo che lo ritraeva – quello di Bird, ad esempio, era comparso nella piccola raccolta di versi umoristici che aveva pubblicato da poco – ma Gowers non lo aveva ancora fatto. Oppure, se lo aveva fatto, aveva tralasciato di parlarne. Sulle prime questa mancanza mi aveva avvilito, poiché mentre era stato lui a suggerire il nome di Diamanti Neri, ero stato io a proporre di ampliare il concetto unendo all'incisione le nostre silhouette, per far sì che i nostri lavori fossero istantaneamente riconoscibili, e forse nel tempo anche d'interesse per i collezionisti.

Gowers, arrossendo appena (soprattutto sul naso), disse: «Il mio libro su Johnson risale a un periodo antecedente alla nostra adozione dei profili».

Era una bugia bella e buona. Il primo libro a includere un profilo era stato Il canto degli uccelli, *il volumetto di Edwin di ver-*

setti umoristici, pubblicato quasi un anno prima della filippica su Johnson.

Gowers finì il vino che aveva nel bicchiere e si alzò in piedi, diretto alla latrina nel cortile sul retro. I suoi preparativi per tale visita non erano mai garbati, e restai a osservarlo disgustato mentre si tirava su le maniche del camicione spiegazzato ed estraeva dalla tasca del cappotto un minuscolo volume, prima di prendere una candela dal tavolo e andarsene.

Edwin Bird e io ci girammo verso Rigge.

«Si sarà reso conto...», iniziai.

Ma proprio in quel momento Gowers tornò per prendere un piccolo borsello di pelle dal cappotto. Poi si allontanò di nuovo.

«Ha dimenticato gli occhiali», spiegai, indovinando il motivo del suo ritorno.

«Le sue patelle, com'è solito chiamarli», aggiunse Bird.

«Si sarà reso conto...», ripresi.

«Dimenticherebbe pure il fondoschiena se non era attaccato alle gambe», disse Bird.

«Se non fosse *attaccato alle gambe, Edwin», lo corressi. «Siamo un circolo letterario, dopo tutto».*

(Uno scambio da veri villani, me ne avvedo, ma l'ho riportato in quanto indicativo del livore che Gowers riusciva a istillare nel nostro circolo).

«Si sarà accorto della proboscide», riuscii finalmente a dire a Rigge.

Rigge annuì e disse: «È un difetto che lo tormenta?».

Bird annuì. «Il suo tallone di Achille, proprio al centro della faccia... Se non altro lo ha messo in salvo dai pericoli del matrimonio».

«In casa sua non ci sono specchi», aggiunsi. «Si fermerà in casa sua, immagino».

Rigge annuì di nuovo. «Soltanto per questa notte», disse, prima di aggiungere qualche parola di spiegazione, anche se non molte, visto che non era un gran chiacchierone. Aveva fatto visita a Gowers quel pomeriggio, dicendo che era appena arrivato da York e che aveva sentito dire che nell'augusto signor Samuel Gowers avrebbe trovato un grande amico dei suoi concittadini.

Potevo provare a indovinare come erano andate le cose. Gowers si era lasciato sfuggire un sospiro e qualche obiezione e il giovane si era senza dubbio sentito dire che in quel momento era oltremodo impegnato, visto che stava scrivendo un importante articolo per il «London Magazine» oppure stava rivedendo le bozze del suo (inesistente) prossimo libro. Il giovane Rigge si era scusato con un inchino, chiedendo a Gowers di perdonarlo per quell'intrusione, che non era poi molto diversa da quelle che di frequente dovevano capitargli, visto che era probabilmente il personaggio letterario più noto dei dintorni. Al che, ovviamente, la porta doveva essersi spalancata e Gowers gli aveva versato un bicchiere del suo sherry scadente e a buon mercato.

«Ha letto il libro su Johnson?», chiesi a Rigge.

«Gli ho dato un'occhiata. Ha avuto molto successo, immagino».

«Assolutamente no», risposi.

«È quello che tecnicamente si definisce un fuori catalogo», illustrò Bird.

«Ma perché serba tutto quel livore contro Johnson?», indagò Rigge. «È morto nell'84, se ricordo bene. E Gowers, pure se non ha raggiunto il livello di fama di Johnson, se non altro è ancora in vita».

«Non è abbastanza per lui», disse Bird.

«Ha iniziato a scrivere quel libro quando Johnson era ancora vivo», spiegai. «Ha detto che gli si è spezzato il cuore quando è morto, visto che si era risparmiato di veder stampate nero su bianco le sue mancanze».

«Ma noi pensiamo che Gowers fosse soddisfatto, perché a causa della morte di Johnson si è risparmiato una bella denunzia per diffamazione».

«C'è stato un qualche evento particolare che ha scatenato tutto quell'odio per Johnson?».

«È una bella domanda», risposi. «I due si sono incontrati soltanto una volta, per quanto ne so».

«Da Lackington», spiegò Bird, «la libreria di Finsbury Square».

«Un vero e proprio tempio delle muse», aggiunsi. (Confido che l'eccitazione di poter parlare male così liberamente di Gowers mi aveva fatto diventare quantomeno faceto).

«Dopo le otto, chiunque si trovi in quei locali è ubriaco fradicio», disse Bird, «visto che vendono il porto a un prezzo irrisorio».

«E che cosa è accaduto tra loro?», chiese Rigge.

«Non lo indovina?», dissi, e capii che l'alta stima che provavo per il nuovo arrivato era ben riposta quando rispose: «Johnson, immagino, deve aver fatto un qualche commento sul suo...».

«Ha menzionato l'innominabile», disse Bird.

«O almeno così crediamo», aggiunsi.

«Ma questo non quadra con quanto sappiamo di Johnson dalla biografia di Boswell», rifletté Rigge. «Si tratta praticamente di un'agiografia, ma è risaputo che Johnson fosse un uomo oltremodo gentile, molto sensibile alle infermità e alle afflizioni altrui. Lui stesso era rimasto fortemente segnato dalla...».

«Dalla scrofola», dissi. «Così pare. E dunque noi abbiamo sempre immaginato che sia andata in questo modo: provi a immaginare la scena. Johnson e Gowers brindano. Stanno cenando e bevendo assieme nella stanza sul retro di Lackington e le cose vanno alla grande. Volano affermazioni di stima reciproca. Johnson suggerisce che hanno molte cose in comune: delle menti ben poderose...».

«I parrucchini spettinati», aggiunse Bird sorridendo.

«Un gusto raffinato in fatto di prosa e poesia... una dedizione prodigiosa alla propria opera, l'importante esperienza della vita in provincia... e tutto questo, si azzarda ad aggiungere Johnson,

ha permesso loro di superare una certa carenza di prestanza fisica. "Io", dice il dottor Johnson, "devo trascinarmi la croce del mio fisico cagionevole, mentre lei deve sfidare gli sguardi attoniti diretti al suo..."». Mi guardai attorno, per essere sicuro che non stesse tornando Gowers, prima di pronunciare quelle tremende sillabe.

«Immagino», disse Rigge dopo qualche istante, «che, anche se Gowers sulle prime non ha risposto, quel commento deve averlo scottato».

Mi avvicinai al giovane Rigge. A quel punto stavo praticamente bisbigliando, perché, qualsivoglia evacuazione avesse intrattenuto Gowers negli ultimi minuti, non sarebbe certo andata avanti per sempre. «Se abbia commentato di rimando in quel momento o meno non sappiamo dirlo, ma ci è stato riferito da un testimone affidabile che ha afferrato un coltello dal tavolo e lo ha usato per minacciare il buon Dottore».

In quel momento, Cuthbert Long, il proprietario della taverna, salì dal piano di sotto per caricare il camino e portare altre brocche di birra e porto. Lo seguivano altre persone, tra le quali tre Diamanti Neri che Bird e io conoscevamo da tempo. Tutti e tre tirarono fuori dei libri con le loro silhouette sui frontespizi, particolare che ebbi cura di menzionare quando li presentai a Rigge.

Pochi istanti dopo fece ritorno anche Gowers, e mi resi conto che le parti inferiori del suo camiciotto erano sporche di qualcosa che sembrava tabacco da fiuto. Almeno, speravo che di quello si trattasse.

Signor Villiers, seguito

In breve la conversazione si allargò a tutti i presenti, e io continuai a spostarmi per la stanza per evitare l'orbita discorsiva di Gowers, continuando a osservarlo mentre si lanciava nei suoi interminabili panegirici avvinazzati e pomposi, quasi tutti rivolti al nuovo arrivato. Gowers non aveva ancora incontrato il suo Boswell e forse in cuor suo sperava che il giovane Rigge fosse disposto a calarsi in quel ruolo. Ma Rigge, più che colmo d'ammirazione, pareva guardingo.

«Ma nella sua metropoli del nord, signore», stava chiedendo Gowers a Rigge, «che opinione si è fatto della società? Ci ho vissuto per cinque anni dopo la fine dell'università. Alloggiavo a Godramgate. È un luogo che le è familiare?»

«Viene più spesso chiamato Goodramgate», lo corresse Rigge, e Gowers d'istinto si sfiorò il naso, ammissione inconscia di una fallibilità che si sarebbe ben guardato dall'ammettere consapevolmente. Era un vizio, un gesto che mi era capitato di osservare spesso, e credo che in quel momento ci stesse facendo caso anche Rigge.

«Ho amici e conoscenze tra le famiglie principali», continuò Gowers. «Lei conosce i Peacock? Il vecchio signor Peacock è il cappellano della prigione. Un bravo uomo, autore di alcuni trattati teologici, anche se ovviamente nell'universo letterario nessuno ha mai sentito parlare di lui. L'ultima volta che sono stato a York mi ha invitato a fare visita alle prigioni del Castello, e ho avuto così occasione di scambiare qualche parola con i poveretti confinati nelle celle».

«Nelle celle sotterranee?», si intromise Rigge.

«Certo. Ho fatto notare al buon Peacock che i prigionieri sembravano alquanto digiuni delle più elementari nozioni cristiane. Mi è stato grato per tanta franchezza. Mi ha poi presentato il direttore, che era molto interessato alle mie opinioni, e mi ha chiesto di scrivere qualcosa a proposito. Lui stesso teneva un diario, ma si trattava di poca cosa, alquanto lacunoso dal punto di vista stilistico, e assolutamente inadatto alla pubblicazione, e così ho colto l'occasione per farglielo presente. Be', mi ha tartassato di lettere nei mesi seguenti, ma io avevo l'impressione che il soggetto che mi aveva proposto era ormai stato ben esaminato in passato. Il Castello si era già guadagnato un buon giudizio da parte di molti autori. Defoe, nel suo… non ricordo il titolo…».

«Viaggio attraverso l'intera isola della Gran Bretagna», *disse Rigge con enorme serietà.*

«Giusto», disse Gowers, toccandosi di nuovo il naso. «In quel lavoro ha ben descritto il Castello, dicendo che era il carcere più imponente e compiuto di tutto il Regno».

«Nei compendi sensati di quell'opera, è un'opinione che viene omessa», disse Rigge con improvviso malanimo.

«E Smollett», continuò Gowers, toccandosi di nuovo il naso, «Include una descrizione della prigione ne La spedizione di Humphrey Clinker». *Gowers iniziò a citare, operazione per cui sfoderò la sua espressione da citazione: «"È costruito su un'altura estremamente ben ventilata, e per la salute e il conforto dei prigionieri – tranne quelli nelle celle di maggior sicurezza – all'interno delle mura c'è un'area spaziosa". Credo che lo considerasse la miglior prigione, qui o all'estero, che avesse mai visitato».*

«Deve averne viste tante, di prigioni», osservò Rigge, dando l'impressione di abbandonare la buona educazione quando entrava in ballo l'argomento.

Dopo una pausa silenziosa, Rigge chiese a Gowers: «Ha detto di aver visitato la prigione l'ultima volta che si trovava a York, signore».

«Io...».

«Quando succedeva?»

Vidi Gowers toccarsi il naso non una ma tre volte, prima di rispondere a quella domanda apparentemente semplice. «Oh, saranno almeno sette o otto anni che non salgo su al nord», disse. «Sono assai impegnato... e non ho avuto un momento di svago per...». E dicendo quelle parole, Gowers si allontanò da Rigge.

Alla fine della riunione, comunque, che coincise con l'esaurirsi degli alcolici, i due si avviarono assieme, visto che il desiderio di Gowers di avere un pubblico era più forte di ogni altra considerazione.

Ora è tardi e devo mettermi a letto. Lascio a una seconda lettera il racconto della drammatica appendice agli eventi sopra descritti.

Diario di Fletcher Rigge, venerdì 23 novembre

«Avrà notato», disse Gowers mentre ci incamminavamo lungo lo Strand, «che a dispetto delle frequenti provocazioni, mantengo la mia urbanità. Tale è l'uso di quel branco di uomini di lettere che oltrepassano il comune buon senso. Prenda Edwin…».

«Il tipo scherzoso?», chiesi.

«Perlomeno a vederlo, sarebbe più esatto descriverlo come un uomo da nulla…».

«Il poeta», dissi, ricordando infine.

«Così si proclama. Per me quell'uomo è un bel grattacapo, e la mia più ardente delle speranze è che una sua raccolta di poemetti riesca a vendere più di una dozzina di copie, così da addolcirgli un poco quel suo amareggiato senso dell'umorismo. *Nimium ne crede colori*», aggiunse Gowers, azzardando un raro sguardo diretto nella mia direzione, per vedere se avessi capito. Avevo certo capito, ma evitai di rendergli la traduzione. Sembrava mi fosse richiesta però, visto che Gowers si mise a ripetere la frase in latino.

Lo accontentai con un: «Mai fidarsi troppo delle apparenze».

Gowers annuì, ma quel cenno era rivolto più a se stesso che a me. Forse si stava congratulando per aver offerto vitto e alloggio a un visitatore relativamente istruito, anche se temevo che presto mi sarei dimostrato assai sgradito, visto che dovevo sondare una bugia che mi aveva detto un paio di ore prima, ovvero, che negli ultimi otto anni non era stato a York.

«Per quanto riguarda Villiers», disse Gowers, «che impressione si è fatto?»

«Mi è parso sagace».

«Lei crede?», chiese Gowers. «Nel giro nessuno ha mai sentito parlare dei suoi libri. Lei si sarà avveduto dell'evidente disappunto che lo caratterizza».

Di certo avevo notato quanto poco importasse di Gowers a quel Villiers.

«Ha praticamente smesso di parlare con me, e temo di dover far meno mostra di sagacia, oppure la sua gelosia avrà la meglio. Ha visto i negozi, signore?», chiese Gowers, prima di lanciarsi in una dissertazione sulla dedica che aveva in mente di far precedere al suo nuovo lavoro.

Erano le dieci e mezza, ma le luci di tutti i negozi che passavamo erano ancora accese. Ogni edificio sembrava ospitarne alcuni. E se una linea di prodotti sembrava non funzionare, lasciava subito il posto a un'altra: gioielleria, argenteria, incisioni, stivali, cappe, ricevitorie del lotto e sale da caffè.

[**Appunto del signor Erskine:** nell'originale il seguente paragrafo era stato cancellato].

A giudicare dalla sfrontatezza degli sguardi che mi rivolgevano, anche le donne sembravano in vendita. (Mi tornò alla mente l'unica volta in cui mi ero ritrovato a pagare una donna: ero a Cambridge, per la precisione a Queen's Lane, un posto non esattamente noto per quel tipo di traffici. Stavo andando a ritirare delle camicie che erano state lavate quando dalla loggia del Queen's College uscì una donna e mi fece la proposta, al che mi ritrovai ad accettare senza esitazioni. Mi portò nel palazzo. Sulle prime pensavo che ci stessimo dirigendo nella sua stanza, invece d'improvviso di sdraiò e mi attrasse a lei. Era una bella e tiepida serata estiva... ma non offrii una prestazione encomiabile, e l'imbarazzo di quel ricordo mi ha indotto a non ripetere l'esperienza a Londra, anche se, per un giovane gentiluomo scapolo, sembrava un passo pressoché obbligatorio. Inoltre mi considero consacrato alla signorina Lucy Spink... Una pura assurdità, visto che lei era stata certamente consacrata agli scialbi fratelli di Thirsk).

Verso di noi arrivavano diversi chiassosi gentiluomini, quasi tutti in coppia, e per lo più uno diceva all'altro qualcosa d'incivile come: «Che diavolo vuoi dire?». Tutto il posto sembrava il palcoscenico di una incessante disputa. La strada era ricoperta di ghiaccio scuro. Non c'era neve e scoprii che mi mancava. Durante il viaggio da York, all'altezza di Stanford aveva smesso di cadere. La gente, lì, al pari delle carrozze, dei calessi e dei cocchi che passavano di continuo, sembrava *cigolare* in giro, come le palle di ferro nelle bagattelle o i dadi nella loro scatola. I loro stivali e i loro zoccoli cigolavano sul selciato, le loro voci cigolavano nell'aria gelida. Quella città era un luogo davvero stridente. Vorrei ricoprirne il terreno di grano e vacche e mettere a tutti in mano la vanga.

In quel momento, comunque, mi sentivo di buon umore, e quando passammo davanti a un mendicante feci cadere uno scellino – anziché il penny che questi chiedeva – nella mano tesa del derelitto. Incominciavo a sentirmi munifico – cosa pericolosa, ma avevo l'impressione che dopotutto il compito assegnatomi dal capitano Harvey non fosse impossibile da portare a compimento. Pensavo al poema di Johnson, *La vanità degli umani desideri*, di cui prima aveva provocatoriamente parlato Bird. Sulle prime Gowers si era rifiutato «di sprecare fiato a discutere quell'insulsa accozzaglia di parole», per poi trascorrere una abbondante decina di minuti a dichiarare la sua condanna, concludendo, inevitabilmente: «La più grande vanità era quella dello stesso autore, che tentava di fregiarsi del manto del poeta».

Ma, come feci notare al mio compagno, la questione che poneva l'autore era di una certa consistenza.

«Il pessimismo filosofico del poema non era forse un inconsapevole prodotto del fallimento lirico delle sue rime?»

«Ma certo che lo era», rispose Gowers.

«Se così fosse, possiamo ignorarlo».

«Possiamo ignorare cosa?»

«Il pessimismo».

«Ovviamente», ribatté Gowers deciso. Sembrava fosse concesso solo a lui formular critiche sul Gran Kahn della letteratura, e dunque tenni per me la successiva considerazione sul poeta, che riguardava il verso: “Al dardo tuo che affligge ala di speme il fato dona". E perché mai avrebbe dovuto essere così? Alcune imprese dovranno pur essere destinate al successo, altrimenti nessuno si impegnerebbe a compierle. Quella considerazione era frutto della mia capacità di prevedere un *lieto fine* per l'incarico del capitano.

Sarebbe andata così...

L'assassino di Matthew Harvey doveva sicuramente essere l'attore Jeremiah Smith. Non aveva forse dimostrato proprio davanti ai miei occhi di essere un assassino? Quello che aveva fatto una volta, poteva averlo fatto una seconda, e il metodo era stato lo stesso in tutti e due i casi: l'aggressione brutale. Era pur vero che non ero stato un *effettivo* testimone del fatto, cosa di per sé del tutto relativa, dal momento che non ero stato chiamato a firmare nessuna deposizione giurata davanti a un magistrato. Potevo però fare ordine tra le mie supposizioni, che erano le seguenti: Jeremiah Smith era coinvolto in una relazione romantica con la moglie di Cork, l'impresario teatrale. Quando avevo provato a riferire l'ipotesi ai due uomini in teatro sembrava avessi colpito nel segno. Quell'egoista di Smith aveva deciso di far dono alla donna in questione di un suo ritratto, e aveva dunque fatto visita al pittore di ombre Harvey, che in qualche modo era venuto a sapere di quella relazione illecita. Trattandosi di un uomo pio e moralista, per giunta amico di Cork, l'artista aveva fortemente disapprovato, minacciando al contempo di divulgare il segreto. Ne era scoppiata una lite. L'irascibile Smith aveva preso le forbici speciali e aveva colpito Harvey con conseguenze fatali. Nonostante tutto, anche il signor Cork era venuto a sapere della relazione. Si era scontrato per strada con Smith – e a quell'ora della notte, erano sicuramente tutti e due ubriachi – e Smith si era di nuovo messo all'opera, stavolta con un coltello; uno dei suoi, per cambiare.

Smith era poi fuggito e ora si nascondeva nella città di York, o più probabilmente nello Yorkshire. Ormai la sua carriera di attore era finita, ma sarebbe ancora potuto sfuggire alla cattura. Forse si era già imbarcato alla volta del Continente. Dunque avrei potuto indicare il responsabile al capitano senza diventare io stesso il mandante di una impiccagione.

Rimaneva comunque la possibilità più remota che il responsabile fosse il mio compagno di passeggiata, portato a un accesso di furore da qualche poco accorta menzione della sua bizzarra fisionomia.

Ci eravamo allontanati dallo Strand. Entrammo in uno degli abissali dedali di Londra – abisso dal quale ero emerso comunque tre ore prima, in compagnia del mio ospite. Ci stavamo avvicinando alla sua dimora. Gowers, per quanto mi era dato di capire, viveva tra mercanti, tipografi e avvocati, tutti della lega peggiore. Le case erano scatole grandi e funzionali, ognuna di esse con un'area libera davanti: un quadrato di sei lastroni neri per sei o otto per otto, ricoperti più che altro di bucce d'arancia, vetri rotti, vecchi quotidiani e spazzatura varia, con un accenno di recinzione per tenere a bada la città riottosa.

Negli edifici che avevano le persiane aperte si poteva notare anche a quell'ora una certa industriosità di natura letteraria: uomini occhialuti che leggevano o scrivevano davanti a mozziconi baluginanti di candela o camini quasi spenti, e ogni tanto guardavano esterrefatti i passanti. Occasionalmente, Gowers si lasciava sfuggire qualche commento. «Il tipo che vede là, tale Leadbetter... è riuscito a vendere un suo commentario sulla Bibbia per quindici ghinee. Succedeva oltre vent'anni fa, ma se le capiterà di incontrarlo si accorgerà che ne parla ancora oggi». Oppure: «Guardi là Dashwood, lo scrittore di necrologi. Mi sorprende vederlo in casa».

«E dove dovrebbe essere?»

«Nella prigione di King's Bench, signore. È stato arrestato per venti sterline, la settimana scorsa».

Oltrepassammo una casa nella quale non si vedeva nessuno, ma da una fessura nelle persiane scivolava fuori il bagliore di un fuoco acceso. «Quella è la casa di Fawcett», disse Gowers. «Una volta ha guadagnato cinquanta ghinee vendendo una storia dell'India». Restai in attesa del deludente seguito, ma non arrivò niente. Poteva forse darsi che Gowers ammirasse quel fortunato Fawcett? Ma dopo aver girato l'ennesimo angolo buio, mi confidò: «Ma non è certo con i suoi libri che Fawcett porta il pane sulla tavola».

«Oh?», dissi. «E come, allora?»

«Sua moglie è una baldracca», disse Gowers. «E non dico altro».

Il cappello di Gowers era lo stesso, o perlomeno molto simile, a quello che indossava quando aveva posato per Matthew Harvey. Lo indossava ben calcato, come in quel momento, sul suo naso bitorzoluto. Mi era capitato spesso di osservare che gli uomini vanitosi (e spero di non essere a mia volta così vano da *escludermi* da quella categoria) sono vanitosi in tutti gli aspetti della loro apparenza. Non si vede nessuno in giro con delle braghe ben cucite indossate sotto un soprabito mal messo. Gowers però sembrava fare eccezione. Le sue vesti sgualcite e macchiate sembravano suggerire una mancanza di rispetto di sé, eppure non poteva ignorare con la stessa facilità il suo naso deforme. Era evidente che per lui si trattasse di un grosso tormento. Le dimensioni di quell'arnese sarebbero state normali per un volto grosso tre volte quello da cui spuntava, e con lo sguardo ci andava a cadere sopra di continuo, il che lo portava a incrociare gli occhi.

Mi colpì il pensiero che il naso di Gowers doveva rappresentare il monumento a tutte le sue manchevolezze. Se lo toccava quando era insicuro, e in particolar modo quando mentiva. Stavo per chiedergli di punto in bianco: «Ha ucciso lei il pittore di ombre Matthew Harvey?», visto che così sarebbe stato abbastanza semplice dedurre la verità dal suo comportamento.

Però, per quanto mostruoso potesse essere Gowers, non avevo affatto apprezzato il modo in cui i suoi colleghi dei Diamanti Neri lo avevano offeso alle spalle. In Gowers c'era qualcosa di corroborante, mentre trovavo che i suoi cosiddetti colleghi Villiers ed Edwin fossero contorti, felini, che incarnassero tutta la doppiezza che associavo alla vita nella capitale.

Ci eravamo definitivamente lasciati alle spalle le strade principali ed ormai eravamo persi nel dedalo. Tutte le case che incontravamo sembravano disabitate, oppure semplicemente non illuminate. Presto saremmo giunti alla sua dimora.

Altre due svolte e una lampada che illuminava fioca un'insegna – quella del Blue Lion Place – e giungemmo sul posto. Ci fu un breve lampo di luce dalla porta nera, come se qualcuno avesse acceso uno stoppino. Il servitore di Gowers – un minuto scozzese di nome Duncan – aveva sbirciato dallo spioncino e procedeva ora all'apertura della porta, a giudicare dal clangore di catenacci che s'udiva. Questa buia corte era l'opposto del villaggio di Adenwold, dove a nessuno sarebbe venuto in mente di chiudere a chiave la porta; dove le case non erano nemmeno attrezzate per poter essere chiuse.

La presenza del servitore mi diede coraggio, e mentre eravamo in attesa fuori dalla porta, mi girai verso Gowers: «Signore», dissi, «lei ha detto di non essere stato a York negli ultimi otto anni». Gowers grugnì. Si era già tolto il cappello in attesa di entrare nell'atrio riscaldato, e stava diventando impaziente per l'attesa. «C'è qualche possibilità che ricordi male?»

«Neanche per sogno, signore. Mi prende forse per un idiota?»

«È tutta la sera che volevo dirle...».

«Che cosa, signore?».

La porta si aprì. Duncan fece un inchino; entrammo. Gowers diede ordine al servitore: «Una bottiglia di chiaretto, messere».

Duncan mi prese il soprabito, e io dissi tutto in una volta: «Soltanto che credo di averla vista a York la settimana delle corse, quest'anno».

Gowers si toccò il naso e nei suoi occhi si dipinse un'espressione completamente diversa. Sino ad allora era stato ben disposto nei miei confronti. Ma adesso non più. Cercò di recuperare la sua tonante spavalderia.

«La settimana delle corse, dice? Si tratta delle sette notti che mai e poi mai trascorrerei a York. Che orrore. La città diventa una baraonda. Tutti gli uomini di lettere vengono allontanati, a esclusione forse dei lettori delle cronache sportive!».

«Le udienze si tengono nello stesso periodo, e...».

«Ebbene? Gli avvocati devono pur mangiare, no?»

«Forse mi sbaglio».

«Di sicuro, signore!».

«È solo che ricordo di aver visto qualcuno che le somigliava».

In quel momento, anche se in maniera criptica, avevo portato il suo naso nel discorso, e per questo probabilmente il mio interlocutore mi stava doppiamente maledicendo. (Mi chiedo, mentre scrivo queste righe, se non sia stato io stesso a maledirmi da solo).

Entrammo in salone. Duncan aveva piazzato due sedie davanti al camino e un piccolo tavolo nel mezzo, sul quale era poggiata una bottiglia di vino. Se quella casa era una scatola di mattoni, all'interno c'era una piccola scatola di legno scuro: la stanza infatti era completamente rivestita come si usava un tempo. Non c'erano specchi appesi alle pareti, né quadri, e a dispetto del fuoco nel camino l'ambiente era gelido. Duncan prese altri due ciocchi – che non erano abbastanza – dal piccolo ripostiglio nel pannello vicino al camino e li piazzò sul fuoco. Gowers disse al servitore di tornarsene in corridoio e lo seguì. I due iniziarono a confabulare e poco dopo Gowers tornò a chiudere la porta. Non potevo dunque sentire quello che si dicevano. Sapevo che, se le persiane del salotto fossero state aperte, avrei potuto osservare la partenza di Duncan. Gli era stata appena data la serata libera oppure era stato congedato in un modo simile. Presumibilmente aveva una famiglia cui fare ritorno lì nelle vicinanze. Di certo non viveva tutto il tempo con l'impossibile Gowers. Non c'erano altri servi, e mi ritrovai dunque solo in casa con Gowers – che ancora non era tornato in salotto.

Sentii cigolare le scale. Gowers stava salendo, non scendendo; i suoi movimenti lenti facevano scricchiolare la casa come il pontile di un brigantino sollecitato dalle onde. Oltre al camino, nella stanza c'era solo un altro pezzo di mobilio: una credenza piena di cassetti, e su di essa bruciava una candela, mentre un'altra era appoggiata sulla mensola del camino. Potevo sentire Gowers nella stanza di sopra. Sembrava stesse aprendo dei cassetti. Mi alzai dalla sedia e feci lo stesso.

Nel primo cassetto che aprii vidi una spazzola, piena di capelli di un parrucchino e altri più rossastri che presumibilmente provenivano dalla testa di Gowers. Girai la spazzola e sul retro vidi un piccolo specchio, o meglio, i resti, perché era stato distrutto e rimanevano soltanto un paio di schegge. Mi vergognavo profondamente di aver guardato là dentro; eppure, dopo aver chiuso il cassetto aprii il successivo, che conteneva un ammasso di cartone spiegazzato e strappato, tutto di un solo colore. Ne spiegai un pezzo. Sopra c'erano scritte delle lettere che non riuscivo a leggere. Mi avvicinai alla mensola, presi la seconda candela e la portai vicino alla credenza. Con la luce più viva, lessi: "Ritratto del signor Higgins, Seven Dials". Lo girai e vidi che c'era il profilo di un uomo dal naso enorme.

La stessa immagine ricompariva più o meno nello stesso modo (il cappello andava e veniva, ma il naso era sempre rappresentato nelle sue dimensioni effettive) su tutti i pezzi di cartone. Alcuni erano stati strappati di netto, altri a brandelli. Nessuno era evidentemente stato ritenuto adatto al frontespizio di un libro, e mi chiesi quanti ne dovesse aver gettati nel fuoco. Gowers era stato inchiodato dalla proposta di Villiers di rappresentare gli autori dei Diamanti Neri con le loro silhouette sui libri, e mi chiesi se l'insidioso Villiers non lo avesse proposto proprio per mettere in imbarazzo Gowers. Se così fosse, sarebbe stato quantomeno sconveniente. Un uomo deve essere in grado di affrontare apertamente i suoi nemici, non di indebolirli tramite il sotterfugio.

Gowers, al piano di sopra, continuava a spostarsi. Chiusi il cassetto pieno di profili e aprii il seguente, che serbava una pistola. Era colpa mia se avevo guardato lì. Si risentirono scricchiolare le scale, così chiusi il cassetto e l'istante dopo avevo già riguadagnato il mio posto sulla sedia di fronte al camino. Sentii Gowers chiudere la porta d'ingresso, facendomi prigioniero. Quando finalmente tornò nella stanza, mi resi conto che stupidamente avevo lasciato la candela della mensola sulla credenza, che ora alloggiava due candele che brillavano incriminandomi. A Gowers non sfuggì quel particolare.

Fletcher Rigge, seguito

Passai l'ora successiva nella stanza con Gowers, ma stare da solo sarebbe stata la stessa cosa.

Le fiamme delle candele – Gowers aveva risistemato quella fuori posto sulla mensola senza dire una parola – baluginavano inquiete tra gli spifferi mentre cercavo di riportare Gowers nella conversazione. Provai a nominare Milton, ma Gowers mi interruppe: «È un argomento troppo ampio». Non riuscivo ad adescarlo nemmeno facendogli domande sulle sue opere. Gli chiesi se stesse lavorando a un libro, e in risposta grugnì: «Certo. Un uomo deve pur vivere, no?». Interpellato sul titolo, farfugliò qualcosa come «*Osservazioni*» e dovetti accontentarmi, visto che riprese a guardare nel vuoto o nelle fiamme del camino.

Provai a discutere delle personalità dei Diamanti Neri o degli uomini di lettere dell'ambiente, ma Gowers si limitò a rispondere, a bassa voce: «È un miracolo se siamo tutti ancora vivi».

A quel punto – e bevendo molto più vino del mio ospite – iniziai a parlare del viaggio in carrozza da York, e Gowers mi lasciò discorrere senza guardarmi nemmeno una volta.

Avevamo lasciato York in un banco di nebbia bianca – gli dissi – che grazie al cielo aveva oscurato il Tyburn all'inizio della Great North Road. La terra era stata quasi tutta recintata, ma nel Lincolnshire – dove il vento si era fatto feroce – nei campi non c'erano pecore, visto che probabilmente erano state chiuse negli ovili che talvolta mi era capitato di vedere. La pecora – un animale stupido, eppure amante della libertà – cercava rifugio all'interno solo col più ostile dei climi. Dalle parti di

Peterborough la neve aveva smesso di cadere, e anche gli alberi erano scomparsi alla vista all'altezza di Royston, ed erano stati rimpiazzati da cespugli spinosi e poi, arrivati a Highgate, dalle case.

Gowers non mostrava interesse alcuno per la topografia e tuttavia mi lasciò procedere col resoconto. Gli spiegai, dunque, come fossi rimasto affascinato dal cocchiere, e tentai di trasmettere a Gowers la stessa fascinazione.

Quell'uomo era riuscito a toccare tutte le tappe in tempo, guardando a malapena l'orologio. Chiamava la carrozza «la vettura». Quando ero salito a bordo, a York, avevo notato ogni sorta di graffi sulle fiancate, e mi ero reso conto del motivo più o meno all'altezza di Doncaster. Al cocchiere piaceva sorpassare tutte le vetture che incontrava sul percorso. «La si dovrà sorpassare», diceva, e io restavo teso mentre il tizio frustava i cavalli prima di lanciarli in qualche manovra spericolata. Dopo un po', quasi mi divertivo a quegli improvvisi scatti di velocità.

Il cocchiere conosceva tutte le taverne del percorso e aveva per ognuna un nomignolo specifico, e in ciascuna delle due notti del viaggio, lasciava che fossi io, in qualità di passeggero che viaggiava all'esterno della carrozza, a fare il primo bagno caldo. In quelle taverne beveva gin, che per qualche insondabile motivo chiamava «il nastro». Di solito dividevamo un tavolo: due piatti ciascuno, due brioche e un penny al cameriere. Mangiavamo in un silenzio amichevole. I proprietari delle taverne li chiamava «i tappi». Sembrava avere poco riguardo per la guardia, che chiamava, senza preoccuparsi di venir ascoltato, «quella vescica di lardo», visto che era assai grasso…

Smisi di parlare, poiché Gowers si era alzato in piedi e aveva preso la candela dalla mensola.

«Le mostro la sua stanza da letto, signore».

Proprio in quel momento udii degli schiamazzi dal cortile che però cessarono subito, e mi ritrovai di nuovo da solo con

Gowers. Avrei dato non so cosa per sentire quel folle urlare «Come stanno i tuoi poveri piedi?», poiché avrebbe dimostrato che mi ero svegliato da un brutto sogno e che ero tornato nella città di York, i cui pericoli erano forse più facili da gestire.

Gowers iniziò ad avvicinarsi alla porta e io, scolando il bicchiere, lo seguii mestamente.

Fletcher Rigge, seguito

Scrivo seduto sul letto riservato a me in casa Gowers. Scrivere riesce in qualche modo a calmarmi. Ho appena udito lo strillo della guardia. «È mezzanotte e tutto...», ma non ho sentito il resto, perché il tizio era troppo lontano. I miei pensieri tornano senza sosta alla pistola che ho scoperto nel cassetto al piano di sotto, ma non ho visto polvere da sparo, e credo di aver sentito dire una volta che i londinesi tengono pistole senza polvere soltanto per poterle agitare sotto il naso degli intrusi allo scopo di spaventarli.

È mai possibile che stia aspettando che mi addormenti?

Mostrandomi la stanza, Gowers ha chiuso ben bene le imposte, ha attizzato il fuoco, ha scoperto il letto e se ne è andato dicendomi a malapena buonanotte, lasciandosi dietro con estrema riluttanza una candela. Ora che ci penso, Gowers ha fatto tutto ciò che doveva, salvo forse darmi una tisana per dormire. Mentre se ne andava, ho provato ad accennargli che avrei voluto usare la latrina – che ovviamente si trovava fuori, e una volta *fuori* non avrei avuto bisogno di tornare dentro – ma Gowers mi ha indicato un vaso da notte dietro un paravento.

Quando se n'è andato ho riaperto le imposte e mi sono reso conto che due dei quattro vetri della finestra erano rotti e altri due mancavano del tutto. Fuori, oltre il buio del cortile, non c'era nulla. Come poteva essere così silenzioso il centro di Londra? Sembravo essere capitato nell'occhio di un ciclone.

Sto valutando di chiedere di punto in bianco il permesso di andarmene, ma non mi abbasserò a compiere un gesto così poco dignitoso. Tra l'altro, potrebbe indurre Gowers a compiere un gesto che forse, per ora, sta solo contemplando. A ogni modo, la mia angoscia sembra una meritata punizione per aver creduto, alla luce delle gesta di Jeremiah Smith, che Gowers fosse irrilevante.

È mai possibile che tra i clienti di Matthew Harvey si annidassero ben due assassini?

La candela si spegnerà prima che io riesca a raggiungere la fine di questa pagina.

Il mio ospite, di certo, non si trova già nel suo letto. Lo sento camminare al piano di sotto. Di sicuro sta congegnando qualche azione, a meno che il suo incessante avanti e indietro non sia sintomo di indecisione. Devo forse scendere le scale e affrontarlo direttamente, chiedendogli perché ha mentito sulla sua presenza a York e ha tenuto nascosta la sua visita a Matthew Harvey? Mi lusinga pensare di essere più curioso che impaurito. Vorrei davvero veder risolto il caso, anche a costo di sopravvivere un solo secondo dopo la rivelazione definitiva. Devo anche ammettere di avere freddo. Il fuoco si sta spegnendo come la candela e sto iniziando a tremare.

Se mi infilo sotto le coperte e mi metto a dormire tutto questo tremore cesserà. Forse in quel caso cesserebbe *tutto*; e se così fosse, cosa importerebbe? Il compito assegnatomi dal capitano non mi farà evitare il destino; è servito soltanto ad accelerarlo. Al massimo, arriveranno gli uomini dello sceriffo e mi riporteranno nel Castello, e Harvey dovrà trovarsi un nuovo passatempo. Lucy Spink sposerà l'uomo scialbo di Thirsk; la tenuta verrà recintata e non resterà nemmeno più un fazzoletto di terra non sfruttata e i pascoli delle pecore sorpasseranno l'orizzonte.

Credo di essermi addormentato, anche se per un solo istante – o forse mezz'ora, visto che la candela è spenta da tempo e anche il fuoco. Credo di aver sognato. Mi è parso d'intravedere una brocca di birra scura su di uno scaffale in un angolo in ombra non dissimile da quello che si trova in questa stanza. C'era immersa una forbice speciale e sentivo una voce cavernosa pronunciare una frase che associo agli annunci dei pittori di sagome sul giornale: «Eseguito con particolare precisione», ha ripetuto, diverse volte, ed ecco venire verso di me un'immagine di inchiostro indiano che si riversava e fluiva, e sembrava via via trasformarsi in un fiotto di sangue.

Nel sogno ho poi fatto ritorno al Castello di York, dov'ero davanti alla finestra della sala comune – a parte il fatto che era notte, e non si vedeva nulla – col carceriere Hill vicino a me. Stava puntando il dito grassoccio sul paragrafo fatto inserire nello «York Courant» da un certo eminente gentiluomo, il cui nome non veniva rivelato, ma che era possibile incontrare nella cattedrale.

E dunque mi ritrovai nella cattedrale, in procinto di incontrare detto gentiluomo nello spazio riservato al coro. Era lì che pregava. Gli diedi un colpetto sul parrucchino e da sotto ne spuntò un naso enorme.

Ormai sono completamente sveglio e sento scricchiolare le scale. Il mio ospite si avvicina, e così devo lasciare la mia scri

[**Appunto del signor Erskine:** con questa mezza parola, si chiude il resoconto di venerdì 23 novembre].

Lettera del signor Villiers al signor Erskine. 4 Bride Lane, Londra

La mia prima lettera si concludeva con il congedo del signor Rigge in compagnia del primo tra i pari dei Diamanti Neri, il signor Gowers. Le risparmio, signor Erskine, le mie congetture sugli ipotetici supplizi ai quali il nostro amico dall'aspetto bislacco avrebbe potuto sottoporre il suo nuovo mirmidone. Le mie supposizioni erano del tipo più nefasto e credo che se Rigge si fosse dovuto sorbire una lettura del libro su Johnson, non gli sarebbe andata poi troppo male. Ma non stava a me proteggere il giovane, e dunque andai a casa e mi misi a letto.

Nel mio caso, comunque, quella quotidiana azione notturna dà il via a una procedura incresciosa quanto la sua conclusione, poiché soffro d'insonnia, e nulla l'aggrava quanto una serata trascorsa a subire gli attacchi retorici di Gowers. Quella sera, infatti, ricordo di aver abbandonato ogni speranza di addormentarmi mentre la guardia bandiva la mezzanotte. Uscii di casa e raggiunsi una caffetteria a Chancery Lane, dove un fuoco ben alimentato e un buon cioccolato (non vengono serviti alcolici) attraggono i carrettieri e i facchini più vecchi e malmessi, unitamente a una selezione di forestieri, provenienti dalle province come dall'estero, in special modo gallesi, genti il cui tono di voce trovo piacevolmente soporifero.

Ma una risata molto anomala e assordante, proveniente da un tavolo all'angolo, mi spinse a scappare di lì, e decisi di stancarmi fino al crollo. Avrei fatto una passeggiata, avrei «camminato sulla strada del Signore», intendendo con ciò che avrei raggiunto la casa di Gowers. Lui vive tra uomini di lettere, e ho scoperto che mi fa bene vedere le loro abitazioni buie, che sembrano alludere a una tregua nella guerra dei libri. Mi incuriosiva anche scoprire se avesse tentato qualcosa di improprio con il giovane Rigge. Pensavo, comunque, che fosse più probabile che li avrei intravisti dalla finestra condividere una bottiglia di quel mediocre chiaretto di Gowers, l'uno a pontificare e l'altro a concedere di tanto in tanto il suo cortese ed enigmatico assenso.

Mi avviai verso il cortile a nord di Fleet Street, dove vive Gowers. Anche dopo ripetute visite, a volte penso di non essere in grado di localizzare la sua dimora e che potrebbe venir fuori che Gowers non sia mai esistito e che sia pervenuto alla mia percezione soltanto come il peggiore dei miei incubi. Tuttavia arrivai al cortile, credo, intorno all'una e mezza. Era nella più completa oscurità, come tutte le case del vicinato. Evidentemente, per quella notte, Gowers doveva aver interrotto i suoi discorsi. Eppure, avvicinandomi riuscii a distinguere delle voci, che non venivano dal salotto dove di solito Gowers teneva banco, ma dal piano di sopra. E visto che le imposte erano aperte, i vetri rotti e la notte altrimenti silenziosa, quelle voci erano perfettamente udibili.

Conoscevo bene il suono della voce di Gowers, e una delle due era certamente la sua, ma non si trattava del suo solito tono da conversazione. Parlava sottovoce, cosa per me completamente nuova, con una sorta di sibilo maligno. L'altra voce, più raffinata e calma (anche se si capiva che cercava di restare calma a forza), doveva dunque essere quella del giovane Rigge. Udii per primo Gowers: «E perché, signore, dovrei permetterle di lasciare la mia casa?».

Dopo una breve pausa, Rigge rispose: «La domanda più pertinente, mi pare, è perché non dovrebbe permettermelo».

La risposta di Gowers fu particolarmente infingarda. Di fatto non fu una vera risposta: «Vorrei tanto, signore, che si dedicasse un po' meno agli affari miei».

Di nuovo Rigge: «Mi stavo soltanto chiedendo quando fosse

stata l'ultima sua visita a York». Rigge fece poi qualche altro commento che non riuscii a capire, ma dovette provocare assai Gowers, che in risposta ruggì: «E perché diamine avrei dovuto ucciderlo?»

«Be'…».

«Nessun be', signore. Me lo dica apertamente o va a finire male».

«Può darsi che un gentiluomo del suo mestiere, attento osservatore di…».

«Di cosa, mi dica».

«Delle fisionomie di…».

«Ci sono troppi "di", nella sua spiegazione. Parli apertamente oppure, quanto è vero Iddio, la uccido».

«Potrebbe essere sorta una discussione di natura estetica».

«Continua a essere oscuro. Passo la vita a fare discussioni di natura estetica. Non pensa che se avessi avuto così a cuore l'estetica avrei già ucciso tutta quella marmaglia ignorante alla taverna di Cuthbert?».

Seguì una lunga pausa nella quale, signor Erskine, mi decisi a non frequentare più le riunioni settimanali dei Diamanti Neri.

«Può darsi», riprese Rigge, «che Matthew Harvey abbia ritratto con troppa precisione il suo…».

Fu là che Gowers iniziò ad urlare. «Il mio cosa? Dannazione, lo dica!». Si sentì un suono breve eppure spaventoso: era il clic di una pistola.

«Lo dica!», urlava Gowers, al che Rigge rispose: «Il suo naso».

Sono convinto, signor Erskine, che se Gowers avesse potuto caricare di nuovo la pistola, lo avrebbe fatto, ma ormai il momento di decidere era arrivato e non si poteva attendere oltre.

Udii il grido della guardia: «Sono le due e tutto va bene!».

«Se ne vada, dannazione!», ruggì Gowers dal piano di sopra. «Se ne vada subito, prima che la sua insolenza le procuri ciò che si merita».

Promemoria del signor Erskine al signor Taylor, riguardante i tre giorni seguenti

Riprendiamo il diario di Rigge dal martedì, quando ha fatto ritorno a York. Sembra che abbia trovato alloggio a Londra per il resto della notte di venerdì 23 e per quella di sabato 24 e che il giorno successivo, la domenica, si sia rimesso in viaggio per York. Le sue annotazioni relative a quelle date riportano il confronto con Gowers, che ci è stato già reso dal punto di vista di Villiers. I due resoconti non differiscono di molto e dunque evito di farle leggere anche quello di Rigge, il quale s'imbarca poi in una quantità di speculazioni sul significato del comportamento di Gowers in relazione all'assassinio di Harvey. I suoi pensieri vengono di fatto ricapitolati nell'annotazione del martedì.

Diario di Fletcher Rigge, martedì 27 novembre

Il cocchiere del viaggio di ritorno non era quello del viaggio di andata, e anche se meno piacevole era parimenti interessante. Approvava, ad esempio, tutte le recinzioni che abbiamo incontrato lungo il percorso. Alla mia domanda: «E che mi dice di tutte le persone che sono state scacciate dalla loro terra?», ha risposto che il padre era stato scacciato dalla sua terra e che lui ne era molto contento, visto che il fatto gli aveva permesso di diventare un cocchiere. Era stata una recinzione, dunque, a determinare il suo destino. «Lo ha costretto a rimboccarsi le maniche… Perdere tempo dietro alle vacche porta dritti all'ozio».

Nel corso delle due soste, quel tipo si è dato sempre da fare, e si è pure preso la prima acqua calda per farsi il bagno. Alla guardia andava a genio e i due sembravano amiconi. Passavano il tempo a mettere alla prova le conoscenze reciproche su una serie di soggetti, come ad esempio: «Chi ha scritto *Robinson Crusoe*?». Non sono riuscito a capire se anche io fossi stato invitato a partecipare al gioco. Conoscevo tutte le risposte (se mi si perdona la presunzione), e forse è stato meglio che io sia rimasto in silenzio. Ma ora che ricordo, non conoscevo la risposta alla domanda: «Quale libro della Bibbia tralascia di far menzione di Dio?». La risposta è *Ezra* e il cocchiere la conosceva. Mentre passavano il tempo con quel gioco, io mi sono messo a riconsiderare per la centesima volta i miei più profondi misteri.

Gowers era venuto al piano di sopra con la pistola in mano. Era arrabbiato, ma perché? Perché avevo osato suggerire che di recente era stato a York e che me lo stava tenendo nascosto. E perché avrebbe dovuto offendersi per una cosa del genere? Perché implicava l'accusa che fosse un bugiardo? Certo, ma non era motivo sufficiente. A quale riguardo pensava lo stessi accusando di mentire? Credo che sapesse che Harvey era stato assassinato, o perché era stato lui a compiere la malefatta o perché ne aveva letto sul «Courant», che aveva visto a Londra.

Veniamo dunque alle sue intenzioni nei miei confronti: voleva spaventarmi o uccidermi? Evidentemente non voleva spaventarmi al punto da scacciarmi da casa sua, visto che tra quelle mura mi aveva fatto prigioniero. Poi, però, mi aveva lasciato andare – mi aveva cacciato urlando – in un modo tale che qualsiasi ulteriore tentativo di dialogo sarebbe stato impossibile. Forse aveva avuto intenzione di uccidermi, ma poi aveva desistito, anche se non avevo detto nulla che potesse fargli cambiare idea. Al contrario, anzi, visto che avevo pronunciato la parola proibita che cominciava per "N". Forse si era trattenuto soltanto perché si trovava in casa sua, e se avesse perseguito il suo intento si sarebbe dovuto sbarazzare del mio cadavere. Senza dubbio il colpo di pistola sarebbe stato udito da qualcuno nelle vicinanze, e quando sono stato allontanato dalla casa con la borsa in mano, ho infatti visto una figura che si dileguava rapidamente nell'ombra. Gowers non avrebbe avuto modo di sapere dell'esistenza di quel nottambulo, e mi sono chiesto se per caso non fosse uno dei Diamanti Neri che era venuto a prestargli visita nel cuore della notte e che si era tenuto alla larga per via di tutte quelle urla. (Non va dimenticato che Gowers avrebbe potuto tener conto del fatto che gli altri Diamanti Neri sapevano che avrei trascorso la notte a casa sua).

La mia conclusione provvisoria è la seguente: Gowers non ha ucciso Matthew Harvey. Harvey è stato ucciso da un coltello e Gowers mi si è fatto sotto impugnando una pistola, mentre un coltello avrebbe avuto più senso: vale a dire che avrebbe fatto molto meno rumore. Gowers si era risentito dell'accusa di assassinio, e aveva creduto che io, il suo accusatore, lo avrei condotto al patibolo, cosa che doveva averlo oltremodo provocato, visto che sulle prime aveva pensato che fossi un estimatore dei suoi scritti. Non è improbabile, dunque, data la sua vanità e la sua combattività, che davvero abbia avuto una discussione – anche se dall'esito non letale – con Matthew Harvey, individuo dogmatico e privo di fascino. Credo però che Gowers abbia preso la pistola e si sia fatto accecare dalla rabbia ma senza l'intenzione di uccidermi.

Rimango dell'opinione che Jeremiah Smith, che si è dimostrato un assassino, sia il responsabile, e la scoperta che ho fatto scendendo, assiderato e mezzo morto, dalla carrozza che mi aveva portato a York ha solo rinforzato la mia opinione...

Nel cortile dello stabile del Black Swan, la carrozza proveniente da Londra veniva ricevuta con molto sfarzo: stallieri, camerieri, baristi e cuochi si mettevano in fila per fare l'inchino ai nuovi arrivati, e si creava una sorta di corridoio di genuflessi sorridenti, che portava diritto nella sala da pranzo della taverna, dalla quale l'odore di bacon fritto e di bistecche si diffondeva regolarmente all'arrivo delle carrozze. Avendo fatto colazione a Stamford con un tozzo di pane bruciacchiato e una tazza di tè, fui incapace di resistere a quella palese manipolazione, e dieci minuti dopo il mio arrivo ero seduto con un bicchiere di porto davanti al fuoco del camino, in attesa che mi servissero una zuppa di vitello e una bistecca di manzo.

Come anche l'ultima volta che avevo cenato al Black Swan, presi una copia del «Courant» dalla mensola del camino. Era l'edizione del giorno prima e il mio occhio cadde sulla colonna CERCASI, dove lessi il seguente annuncio:

Signora Kendall di Red House a Clifton cerca subito un PRECETTORE per suo figlio che si sta preparando per Oxford. Si richiede un giovane di buona tempra e pazienza, con delle ottime referenze dell'ultimo posto dove ha lavorato. Si offre un lauto stipendio. Fate pervenire la vostra proposta per lettera.

Questa, pensai, dovrebbe essere la stessa signora Kendall del carlino. L'indirizzo la individuava con precisione. Oltre alle due bambine, quindi, doveva avere anche un figlio.

Avrei dunque dovuto inviare una candidatura ingannevole, ma non avrei mancato di scrivere alla signora. Sarebbe parso insensato non farlo, considerato che stavo ancora cercando un motivo di farle visita; e considerato il mio più pressante obbligo, ovvero portare a termine tutta quella vicenda facendo meno danni possibile. Avevo già una buona lettera di raccomandazione scritta da Skelton (sicuramente per alleggerirsi la coscienza), e il semestre frequentato all'università avrebbe sicuramente giocato a mio favore.

In quel momento arrivarono assieme la zuppa e la bistecca e dunque cedetti al mio appetito con una certa allegria. Le cose stavano procedendo in maniera spedita, ma non potevo dire di esserne propriamente felice. La gita a Londra era stata più dispendiosa di quanto avessi previsto. Avendo già speso tre sterline delle cinque che mi aveva dato il capitano, stavo pensando di chiedergli un altro anticipo, ma non riuscivo nemmeno a pensare a quel gentiluomo senza provare un forte disagio.

Il «Courant» era ancora sul tavolo davanti a me. Mentre stavo per girare pagina, il mio occhio cadde su un altro trafiletto:

Nella serata di domenica è venuto alla luce uno scioccante incidente. Melissa King, una giovane donna senza fissa dimora, è stata ritrovata spiaccicata sul selciato di un cortile sul retro di una casa a Pound Lane. Alloggiava al piano superiore di quella casa da qualche giorno, e si presume che il suicidio sia la causa della sua prematura scomparsa.

Mi ringalluzzii all'istante. Non ci sarebbe stata nessuna indagine per la povera Melissa King, vittima della città e, di sicuro, di Jeremiah Smith. La guardia, la settimana prima, l'aveva definita l'unica testimone dell'assassinio dell'impresario teatrale, il signor Cork. Avrei dovuto prendermi la briga di scoprire la sua identità, per metterla in guardia; e così finii la mia costosa cena provando poco sollievo e una forte pesantezza di cuore.

Fletcher Rigge, seguito

Tornato al mio alloggio trovai ad attendermi la lettera di un avvocato. Non si trattava dell'uomo che seguiva mio padre, il ligio e deprimente signor Pullman, ma di un tale signor Erskine di Precentor's Court, che aveva premura di incontrarmi quanto prima per qualcosa che riguardava la tenuta di mio padre. Scriveva proprio "la tenuta di suo padre" invece che "la tenuta di Corrigan", facendo così crescere il mio tormento. Esisteva forse una qualche remota possibilità che quelle terre mi fossero restituite, e con essa un modo di liberarmi del capitano e del giogo delle sette ombre? E forse Lucy Spink ne sapeva qualcosa, visto che mi aveva promesso che mi avrebbe aiutato a recuperare le mie terre?

Mi rifiutai di credere che potesse trattarsi di quest'ultima ipotesi; eppure mi diressi di buona lena a Precentor's Court (che si trovava proprio nei pressi della cattedrale), dove conferii con lo scrivano del gentiluomo, un tipo schietto che rispondeva al nome di signor Bright, e che sembrava saperne molto sul mio conto, fatto che avrebbe anche potuto darmi fastidio, se non avesse mostrato le migliori intenzioni. Presi dunque appuntamento con il signor Erskine per il venerdì.

A proposito, oggi non ho ancora finito di scrivere quello che dovevo.

Lettera di Fletcher Rigge per la signora Kendall. Sopra al laboratorio del liutaio di violini Buckley, Ogleforth, York. Martedì 27 novembre

Gentile Signora,

la prego di concedermi il permesso di candidarmi come precettore per suo figlio, come riportato sull'annuncio sullo «York Courant». Ho frequentato la Rugby School e il King's College di Cambridge e al momento mi guadagno da vivere con la letteratura, e le potrò mostrare una lettera di raccomandazioni del libraio Skelton che, credo, la aiuterà a farsi una buona opinione del suo più umile e obbediente servitore,

Fletcher Rigge

Risposta della signora Kendall a Fletcher Rigge.
The Red House. Clifton Green, York.
Mercoledì 28 novembre

Signore,

la ringrazio per la sua lettera. Se vorrà essere così cortese da venire domani alle quattro del pomeriggio, vedremo se riusciremo a raggiungere un accordo soddisfacente per ambo le parti.

La sua umile serva,

Signora Louisa Kendall

Nota del signor Bright
riguardante la succitata corrispondenza, con particolare riferimento agli accordi per l'alloggio del signor Rigge

Ho consegnato di persona la lettera del signor Erskine al signor Rigge. L'ho fatto martedì mattina, mentre il signor Rigge stava probabilmente ancora pranzando al Black Swan. È necessario, per motivi che diverranno presto evidenti, che io vi descriva le modalità di questa consegna.

Il signor Rigge vive a Ogleforth, una strada vecchia e malmessa dietro la cattedrale. Il suo alloggio è al piano superiore del laboratorio di un liutaio di violini, tale Buckley. Le stanze sono accessibili dal cortile sul retro del palazzo. Non avendo ottenuto risposta, quando ho bussato alla porta sul retro, ho provato a usare la maniglia e, trovando aperto, mi sono guadagnato l'accesso a un piccolo atrio, dove mi sono ritrovato ai piedi di una ripida scalinata e una porta chiusa da tende alla mia sinistra. Quest'ultima è l'entrata alle stanze del signor e della signora Buckley. Lo so perché da quell'apertura si è affacciata la signora Buckley nel momento in cui sono entrato nell'atrio. Evidentemente, mi aveva sentito entrare. Mi ha chiesto cosa desiderassi con una certa insistenza. Le ho detto che avevo una lettera per il signor Rigge, e a quella notizia si è ammorbidita. Mi ha indicato la scala che portava all'alloggio del signor Rigge. Si è offerta di portare su la lettera al mio posto, ma io le ho detto che ci avrei pensato io, al che mi ha detto di lasciarla sul tavolo.

In cima alla scala ho trovato la porta delle stanze del signor Rigge, che pensavo chiusa, e un piccolo tavolo al suo fianco, sul quale c'era una candela spenta in un candelabro. Ho poggiato la lettera sotto al candelabro.

Subito dopo ho scoperto che la signora Buckley prende tutte le lettere dirette al signor Rigge dall'ufficio postale quando va a ritirare le sue. Se al suo ritorno il signor Rigge non è in casa, gli fa trovare le lettere sotto il candelabro, e accende la candela in caso sia buio. A sua volta, Rigge lascia nello stesso posto le lettere da spedire, assieme ai soldi necessari all'affrancatura.

Mi sembra ancor più significativo questo particolare accordo sulla porta esterna, che viene di norma lasciata aperta, come se fosse priva di una serratura funzionante. È accaduto che io abbia attratto l'attenzione della signora Buckley mentre entravo, ma se quella donna fosse stata a dormire, o se un potenziale visitatore si fosse sforzato di fare meno rumore, sarebbe stato possibile raggiungere le stanze del signor Rigge senza essere notati. Sarebbe stato possibile, appunto, e come vedremo, *è* stato possibile.

Diario di Esther, mercoledì 28 novembre

Il capitano è di nuovo seduto alla sua scrivania, a scrivere. Non mi piace vederlo scrivere. Sono state alcune delle sue lettere a dare inizio a tutti i nostri guai a Londra, il vero motivo per il quale poi siamo tornati qui. Ma credo che presto faremo comunque ritorno a Londra.

Il capitano è impegnato in una delle sue campagne. O meglio, in due, e non rimane più molto tempo per portarle a termine. Primo, c'è quella storia delle ombre. E poi ci sono gli scaricatori di carbone, che sono collegati al capitano sia dal punto di vista personale che da quello degli affari – e sono abbastanza certa che gli affari in questione vadano ben oltre la consegna di carbone ai quattro angoli della città. (Ho sempre sospettato che fosse entrato nel mondo del commercio del carbone per tenersi a stretto contatto con gli scaricatori, e ormai ne sono sicura. Deve trovarli affascinanti, se non altro per i guai occasionali che gli procurano).

Non si confà al capitano passare del tempo a scrivere. Non è abituato. È un uomo sagace ma quando è in vena non riesce a tenere a freno la lingua. È abituato ai salotti, alle lunghe chiacchierate di piacere e solo occasionalmente si mette a leggere la letteratura – come suppongo dovremmo chiamarla – che si scambia con Stephen. Sbirciando da dietro le spalle del capitano il libro che stava leggendo ieri l'altro, ho letto la descrizione di una tortuosa posizione amorosa che non abbiamo ancora provato a eseguire, e che, in ogni caso, non ci è nemmeno mai venuta in mente. Il capitano si è girato e mi ha preso la mano. «Ti andrebbe di provarci, mia cara?», e così ci siamo diretti in camera da letto.

Ci siamo messi in quella posizione, dovendola interrompere due volte per fare riferimento al libro e alla fine il capitano ha cominciato a condurre le danze, solo per scoppiare quasi subito a ridere, palesemente incapace di abbandonarsi al [**Appunto del signor Bright:** nell'originale, la seguente parola è stata cancellata e riscritta più volte] vizio. È riuscito comunque poco dopo a raggiungere l'obiettivo toccandosi, con non poco rumore, nella vasca da bagno, provocando uno scroscio d'acqua che è caduto fuori dalla vasca, facendo sì che le gocce iniziassero a scolare in mezzo alle assi del pavimento e in testa a me che provavo ad accendere il fuoco in salone. Di sicuro stava fantasticando su qualche assurda postura con quel particolare scaricatore di carbone – quello che lui e Stephen sembrano preferire, che guida il carretto e non mi guarda mai in faccia quando lo portano dentro casa. Se lo portano di sopra e lo spogliano (anche se lavora già mezzo svestito). Poi lo lavano per bene, come se fosse una pietra preziosa rinvenuta nella fanghiglia del fiume. Prendono tutte le candele di casa e le portano in quella stanza, per poter ispezionare con estrema accuratezza il loro tesoro, e ovviamente fanno ben altro che ispezionare.

C'è mai stata una moglie – anche solo una convivente – che abbia dovuto subire queste umiliazioni? Ma poi considero: il capitano mi ha salvata dalle depravazioni di Covent Garden; non mi ha mai picchiata e spesso riesce a farmi ridere, anche se di recente non capita molto frequentemente. Non sono granché dell'umore per essere allegra, di questi tempi, e mi torna più utile farmi vedere triste da lui, perché questo offre il passo al manifestarsi di tenere scuse: un altro brandy versato, pernice a cena, soldi per comprare un pizzo o un fiocco. Credo di aver appena solleticato la sua coscienza e il suo senso di colpa, come questo semplice fatto sembra suggerire: più incurante di me pare e più costoso è il dono che mi reca. È quasi allarmante che ora parli di donarmi delle perle, sia su una spilla che – quando è ubriaco – addirittura in una collana. Se uno di questi oggetti dovesse mai entrare in mio possesso, cosa ne farò mai? Niente, oltre a chiuderlo nella mia valigetta da scrittura, con gli altri ammennicoli e questo diario, che quasi non vale la pena chiudere, visto che il capitano non ha mai dimostrato il minimo interesse per il suo contenuto. Anche se, nelle occasioni in cui ci capita di condividere il letto, mi siedo vicino a lui e scrivo, con penna e calamaio alla mano, come un impiegato in un ufficio!

Il capitano dice che in futuro è previsto «un diamante», visto che il commercio di carbone è in fase di crescita. Sembrava che sapesse in anticipo che tutti i negozi avrebbero finito per adottare i motori a vapore. E con questo clima ricava benefici anche dal carbone venduto alle abitazioni per il riscaldamento. Vorrebbe tanto riuscire a trovare una sua miniera di carbone, visto che sembrano essercene ovunque. Ci sono uomini che estraggono il carbone immergendosi fino alle ginocchia in una palude e iniziando a scavare. Il capitano vorrebbe mandarli in lungo e in largo per il Paese e fungere da agente per quegli uomini. E se trovano carbone, si compra il terreno. Ma può fare una cosa del genere solo con base a Londra, ed è per questo che penso che siamo in procinto di trasferirci, una volta che il signor Rigge avrà portato a termine il suo compito.

Gli ho chiesto se abbia intenzione di dire del carbone ai proprietari delle terre, prima di offrirsi di acquistarle, ma lui si è messo a ridere in quel modo timido che un tempo trovavo molto affascinante. Mi ha detto che le lettere che sta scrivendo hanno a che fare con la sua nuova impresa del carbone. Ma ieri, quando si è alzato dalla scrivania per farsi una brocca di caffè, ho sbirciato quella che stava scrivendo, in parte nascosta dal calamaio, e prima che tornasse sono riuscita a capire soltanto le parole: "preso libertà indecenti" e mi sono chiesta, come fa a riguardare il carbone una frase del genere? Come potrebbe qualcuno essersi preso libertà più indecenti di lui?

Be', credo di sapere cosa significhi quella frase, e la domanda è se mantenere il silenzio sull'argomento mi renda complice. Sono fuor di dubbio una persona immorale, eppure è proprio la mia coscienza ad accusarmi.

Un'altra lettera, già chiusa e pronta a essere spedita, stava poggiata sul tavolo del capitano, sotto la pistola che da un po' di tempo usa come fermacarte. Era indirizzata al signor Rigge, al suo alloggio a Ogleforth. Non riesco a indovinare il contenuto, ma dubito che il signor Fletcher Rigge sarà felice di leggerla.

Diario di Fletcher Rigge. Giovedì 29 novembre

Ieri è stata una giornata di ozio assoluto. Avrei dovuto di nuovo far visita al Registro per riprovare a visionare il testamento, però mi sentivo stanco e ho finito per trascorrere buona parte della giornata a letto, tormentato dai pensieri sulla signorina Spink e il suo "lieto fine". Ho tirato fuori da sotto il letto la copia di mio padre dell'atto col quale la tenuta veniva intestata a Corrigan. Il ritaglio di pergamena era quasi della stessa misura del copriletto sul quale l'ho disteso, e la scritta sopra era redatta in una singola frase senza punti né virgole, visto che la punteggiatura a volte può trarre in inganno. Mi sono immaginato seduto a fianco del grande camino nell'atrio di Aden Park (con un bicchiere di porto in mano), con la signorina Spink seduta di fronte a me e questo dannato contratto che si contorceva nelle fiamme. Pure se la lettera del signor Erskine, l'avvocato, sembra lasciare aperto qualche varco affinché quella scena diventi realtà, dovrei occuparmi con rinnovata solerzia del compito assegnatomi dal capitano.

Dunque, nel tardo pomeriggio di oggi ho preso una carrozza a noleggio, visto che le strade erano ghiacciate, e mi sono recato alla Red House in Clifton Green, alloggio dei Kendall e, immaginavo, del loro carlino.

La Red House è una costruzione nuova, realizzata probabilmente l'anno scorso nel corso dell'agguato teso dal danaro mercantile a quello spazio verde. Ha un bel nome, e in quei mattoni sembrava esserci una qualità aggressiva del rosso, se vista contro il cielo freddo e violaceo, mentre la pietra del portico era così bianca da dare le vertigini.

Mentre la carrozza procedeva sulla neve lurida, ho visto che il cielo si andava rabbuiando, e proprio in quel momento è comparso l'uomo che accende le lampade. Ha messo a terra la sua latta d'olio e si è toccato il cappello. Dopo esserci scambiati dei convenevoli sul facile argomento del brutto tempo, ho aperto il cancello della Red House, al che il tizio mi ha detto: «Terrei d'occhio la fanteria, se fossi in lei, signore».

«La fanteria?»

«Le ragazzine, voglio dire», e mi resi conto che aveva detto l'*infanteria,* che dev'essere una qualche parola di nuovo conio che non mi era mai capitato di sentire, e che presumibilmente va a descrivere i bambini più pestiferi. «Sono delle vere e proprie bricconcelle, le dico», continuò l'uomo. «Praticamente delle belve feroci».

«Avrei dovuto portarmi dietro dei dolcetti, o qualche altro mezzo per acquietarle».

«Una pistola dovrebbe essere sufficiente», disse l'uomo delle lampade.

«Sono qui per il posto di precettore», spiegai.

L'uomo continuò ad annuire tra sé e sé per un po'. Mi intrigava assai. Immaginai che stesse per rivelarmi qualche altra utile informazione. «Pagano molto bene», dissi, sperando in una sua osservazione in merito.

«Lo credo», disse. «Non voglio dire quello che non mi spetta», continuò (segno sicuro che stava per fare proprio quello), «ma tutto quello che posso dirle è che vengo qui due volte al giorno e da quella casa sento sempre provenire delle urla, quando non si ode l'abbaiare di un qualche cane impazzito».

In quel momento non c'erano né urla né abbaiate, come dovette ammettere. «Forse le signorine stanno prendendo il tè».

«È difficile urlare con la bocca piena di torta», dissi.

«Per loro non è così difficile, credo, ma i pasti li fanno nella stanza sul retro, che è…».

Si interruppe improvvisamente quando cominciò ad abbaiare un cane. Vidi la creatura dalla finestra della stanza frontale del piano terra. Si stava scagliando con tutta la forza che aveva contro il retro di un divano rosso piazzato contro la finestra. Il cane era un carlino: bianco, con il muso nero, lo stesso animale, sicuramente, che era stato ritratto da Matthew Harvey. Ci aveva visti lì fuori al cancello, ed eravamo dunque noi a scatenare tanto baccano.

«Le piacciono i cani?», chiese l'uomo. «Credo che col tempo finirà per preferire l'abbaiare alle urla, in caso dovesse divenire un visitatore abituale. È stupefacente che quella povera madre non sia ancora andata in pezzi».

«E il padre?»

«È in cielo», disse l'uomo, e sulle prime pensai che stesse parlando del lume che aveva appena acceso; ma poi capii che stava alludendo a un posto ben più in alto. «Ha costruito un'enorme fonderia di ferro a Leeds e si è preoccupato così tanto per farlo che è morto».

«Ma la moglie non sembra passarsela male», dissi, indicando la casa.

«Certo che no, visto che il marito le ha lasciato una fortuna. Anche se mi dispiace davvero molto per lei, per quei due mostriciattoli che deve crescere; e pure il maggiordomo è quantomeno strambo».

«Una persona affidabile?»

«Direi di no. Si approfitta del fatto che in casa non c'è un padrone».

«Forse dovrei farne cenno alla padrona».

«Sarebbe gentile da parte sua».

«Qual è la sua propensione particolare?»

«Che cosa intende?»

«Che tipo di malefatta compie?»

«Credo che rubi l'argenteria. Articoli piccoli: cucchiaini, saliere e via dicendo».

Guardammo il cane che continuava a saltare contro la finestra.

«Pure quel cane è strano, se vuole saperlo», osservò l'uomo delle lampade. «Ricordo i giorni in cui qui c'erano solo campi arati e paludi. Ci venivo da ragazzo col mio cane. Mack, si chiamava. Era un terrier, e un bravo cane. Quando i campi erano coperti di sfalcio dopo il raccolto era il momento in cui si vedevano le lepri. I falchi le catturavano, ovviamente, o lo faceva il mio Mack. Lei ha esperienza della campagna, signore?».

Annuii.

«Ha mai veduto una poiana catturare in picchiata una lepre piccola in un campo di sfalci?».

Tentennai ad annuire, vergognandomi di non riuscire a ricordare un evento così specifico. «Se l'avesse vista non l'avrebbe dimenticato, signore», e mi resi conto di essermi già trovato in quella situazione, un fasullo uomo di campagna messo di fronte a un esemplare verace.

«Credo che lei lo preferisse, quando qui erano tutti campi», dissi, ma con mia sorpresa vidi che l'uomo scuoteva il capo.

«C'era molto poco lavoro in quel periodo, e ora invece, con queste nuove case mi busco da vivere, in un modo o nell'altro, ormai da cinque anni».

«La terra è stata recintata?», chiesi. «Perché so che quando succede il lavoro crolla».

L'uomo scosse la testa. «Era coltivata alla vecchia maniera. Avevamo un cottage e una mucca e il diritto all'uso della terra comune. A Mack piaceva correre libero tutto il giorno – nei campi non c'erano pecore – ma per un uomo non era abbastanza, signore».

Le sue parole, che riecheggiavano quelle del cocchiere da Londra, mi fecero riflettere, o lo avrebbero fatto se la figura di una giovane donna non fosse comparsa alla finestra. Con un grido rabbioso e un gesto secco, tolse il cane agitato dal divano e chiuse la tenda, scomparendo così dalla vista.

Fletcher Rigge, seguito

Mi avvicinai alla porta della Red House attraversando un giardino che uno scavo lasciato aperto rendeva lugubre. Nel giardino non c'era nulla, solo mucchi di pietre, mattoni e sabbia, appena ricoperti di neve. Forse stavano realizzando uno stagno ornamentale. Nella mia mente andava ancora avanti il dibattito tra città e campagna, ma all'improvviso si intromise un pensiero assai meno filosofico. Mi fermai vicino allo scavo e presi il portafogli. Trasferii due banconote da una sterlina nella tasca del panciotto e tre le lasciai al loro posto. Arrivai alla porta e bussai. Dentro risuonava vuoto. Poi si udirono delle urla stridule.

Un servitore dalla faccia di sfinge aprì la porta e mi trovò che armeggiavo con il portafogli per rimetterci dentro le tre banconote. Una cadde sul terreno innevato. Feci finta di non vederla ma il servitore non poteva rischiare. Fu obbligato a indicarmela e, con evidente riluttanza e senza parole, puntò semplicemente il dito. Gli dissi che gli ero grato e la rimisi nel portafogli che poi reinserii nella tasca del soprabito. Tutto sotto lo sguardo attento del servitore.

Mi condusse in un atrio di marmo bianco. Faceva freddo, a dispetto del fuoco che bruciava in un camino lustro di ferro molto alla moda. Anche le fiamme sembravano nuove. Dissi al servitore il mio nome e cosa ero venuto a fare, al che prese il soprabito e il cappello e li portò in una stanza laterale. Tornò nell'atrio e salì le scale senza dire una parola.

In fondo all'atrio c'era una ragazzina. Sembrava minuta; o forse si trattava di una illusione ottica, visto che l'atrio era alto e il candeliere scintillava freddo almeno sei piedi sopra la mia testa. Indossava un abito di tela e tra i riccioli dei suoi capelli erano intrecciati molti nastri. Sembrava abbastanza graziosa: poi aprì la bocca.

«Tu chi sei?», mi chiese, con una voce gracchiante e fastidiosa. Feci un inchino e dissi che il mio nome era signor Rigge, e che ero venuto per il lavoro di precettore per suo fratello. Non negò di avere un fratello, ma nemmeno lo confermò.

Rimase a guardarmi fisso per un po'. Un'altra ragazzina piangeva non troppo distante, ma dietro una porta.

«*Parlez-vous français*?», chiese la prima ragazzina.

«*Un peu*».

«Così non va bene. Quando la mamma lo chiede, deve rispondere *Je parle français très bien*».

Sembrava una forma abbastanza sgrammaticata, ma non ero lì per insegnare il francese, quanto il latino e il greco. Guardavo con apprensione le scale, sperando che arrivasse presto qualche adulto.

«Qual è la capitale della Spagna?», chiese la ragazzina.

«Giovane donna, io...».

«Veloce».

«Madrid».

«C'è mai stato?»

«No».

«È un debitore di prima, seconda o terza classe?».

Quella domanda quasi mi tolse il fiato. Come faceva a sapere che avevo soggiornato al Castello? Ero troppo sconcertato per rispondere.

«Stiamo giocando ai debitori», disse la ragazzina. «A volte giochiamo ai rapporti dei medici legali, ma oggi ai debitori. Mia sorella è una debitrice di prima classe. È in prigione nella nursery. Non la farò uscire se non mi pagherà uno scellino». Alzò una chiave e disse: «Lei conosce il latino e il greco e tutti gli scrittori antichi?»

«Be', insomma», dissi, chiedendomi quanto a lungo sarei dovuto restare da solo con quella bisbetica in miniatura. «Ho abbastanza familiarità con gli autori più importanti».

«Mi sembra che sia lei ad avere bisogno di un precettore. Suona l'arpa?»

«No».

«Be', almeno è una risposta onesta. Mia madre è un membro della Società Musicale di York. Voleva un giovane gentiluomo musicista. Ma io dico che deve beccarsi quello che le capita».

Finalmente, sulle scale comparve una donna elegante dall'aspetto stanco, che portava i capelli *à la Brutus*. Senza dubbio si trattava della donna ritratta da Harvey, e la ragazzina davanti a me era di sicuro una delle due dipinte al suo fianco. Del fratello, non c'era ancora traccia.

Rivolsi un inchino alla donna che si presentò con grazia, ma con un tono triste e sospiroso, come la signora Kendall, che comprese subito il gioco bizzarro che stava giocando sua figlia, probabilmente perché si trattava di un gioco familiare. «Dammi la chiave, Mercy cara», disse, e la ragazzina gliela porse dicendo: «Ti dirà che è stata ferita. Io non c'entro niente».

Con la chiave in mano, la signora Kendall si avvicinò a una porta sul retro dell'atrio, mentre la figlia mi diceva: «Mia madre è molto bella, non è vero?».

La madre aprì la porta e un'altra ragazzina, più piccola della prima e dall'aspetto demoniaco, schizzò fuori dalla stanza. Si mise subito a percuotere la sorella a suon di pugni, ma la madre e il servitore dalla faccia di sfinge, che nel frattempo aveva fatto ritorno, le tenevano divise, anche se qualche colpo riuscì comunque ad andare a segno.

«Che ne pensa di mia sorella?», chiese la prima ragazzina, non troppo preoccupata dell'aggressione. «Io penso che sia orrenda. Sembra una patella», aggiunse, mentre la sua assalitrice rincarava la dose di pugni. «Non riesco a capire quale sia il suo contributo al mondo».

«Ti farò a pezzi, Mercy Kendall!», urlò la seconda ragazzina, il cui nome, a quanto pareva, era Anne.

Restai in attesa che, per quanto sembrasse stanca, la signora Kendall mettesse fine a quella baraonda. Ma stava parlando ai piedi delle scale con il servitore, che ora indossava un cappello di tasso e un soprabito. Discuteva con la padrona della necessità di andare a prendere una tale signorina Avery. Non si era ancora fatta menzione di un fratellino. La signora Kendall, mormorando delle scuse, mi indicò una terza stanza al di là dell'atrio. Le ragazze, ma non la signora Kendall, mi accompagnarono nella stanza, che altro non era che il salotto, nel quale si trovava il cane, e la fregola dell'animale si andò ad aggiungere alla confusione. «Oh, statti zitto, Swizzle», ordinò Mercy. Dunque era quello il famoso Swizzle. A Mercy non sembrava importare nulla dell'animale, il quale forse era l'occupazione di Anne, che lo prese in braccio.

«Ha mai visto quei pacchettini che vendono le farmacie?», mi chiese Mercy. «Sterminatore di insetti, portano scritto. Be', io vorrei comprare lo sterminatore di carlini. Se lo immagina il perché?»

«Ti odio, e pure Swizzle ti odia», disse Anne, carezzando il cane. Poi si girò verso di me e aggiunse: «Lo vede cosa devo sopportare! Mi ha quasi uccisa quando stavamo giocando ai debitori».

«Sciocchezze, sei caduta». Poi si rivolse a me: «Cade in continuazione. La settimana scorsa è caduta mentre pattinavamo. C'era un premio per chi riusciva a pattinare più a lungo. Visto che non vedeva l'ora di vincerlo, ha fatto un capitombolo sul ghiaccio e si è strappata l'abito di seta che le era stato espressamente vietato di indossare. E c'erano tutti vicini e hanno visto tutti la scena. E *cos'è* che hanno visto?», aggiunse ridendo.

«Non lo dire!», esclamò Anne.

«Per tua fortuna non so dirlo in maniera forbita», disse Mercy. Poi, girandosi di nuovo verso di me: «Si è scoperta davanti a tutti i suoi amici. A malapena capivano dove dover guardare… e lo sa che vuole vendersi i capelli? A quell'orribile fabbricante di parrucche a Walmgate. Qualcuno le ha detto che la chioma di una ragazzina può fruttare fino a trenta sterline. Esce con nostra madre, si allontana e si ferma davanti a quella vetrina. Prima o poi entrerà».

«Lo farò, sì», disse Anne. «Intendo farlo, perché così avrò i soldi per andarmene via da te. Ma prima pagherò un uomo per farti uccidere!».

«Ah!», disse Mercy. «Vede la sua logica fallace? Non ha molto senso allontanarsi da me se sarò morta. E che uomo, poi?»

«Un uomo con la pistola», rispose Anne. «Un povero miliziano. Hanno tutti la pistola e non li pagano abbastanza, e così sono sempre disposti a fare qualche soldino extra».

A quella frase, Mercy si scaraventò contro la sorella, ma invece di colpirla, come pensavo – e nel qual caso sarei intervenuto – le due iniziarono a litigarsi il possesso del cane.

«Dammelo! Swizzle è mio!», disse Mercy.

«No, è mio e ti odia», fu la risposta della sorella.

La creatura, agitatissima, fuggì via dalla colluttazione e schizzò fuori dalla porta. Con mio gran sollievo, riapparve la signora Kendall, seguita dal servitore con la faccia di sfinge e una donna dall'aspetto severo, che senza dubbio doveva essere la signorina Avery. Immaginai che dovesse trattarsi della governante. Le ragazzine le vennero comunque affidate. La donna afferrò la mano di Mercy mentre prendeva in braccio la sorella, che mi disse, da sopra le spalle della donna: «La signorina Avery mia sorella non la prende mai in braccio, perché pesa troppo!».

E così mi ritrovai solo nella stanza con la signora Kendall, che mi guardava con un sorriso triste: «Alle ragazze non è permesso l'accesso in questa stanza». Per questo, riflettei, il luogo era in condizioni così impeccabili, anche se l'occhio mi rimase impigliato a una tacca sul bracciolo di una sedia, che sembrava l'unico difetto visibile. Notando il mio sguardo, la signora Kendall si corresse: «O perlomeno non è loro permesso stare qui dentro a lungo». Per il resto non fece alcuna allusione al comportamento riottoso delle figlie, ma si limitò a lisciarsi la gonna e a fare, non senza sforzo, un sorriso. Immagino che sapesse che il comportamento delle figlie andava al di là di ogni spiegazione e scusa.

Era una stanza ampia e molto lustra, riscaldata da un altro camino nuovo di zecca. Sedetti su una panca con le gambe a forma di zampa di leone e la signora Kendall prese posto su di un'altra. Sopra una credenza dai ripiani in lapislazzuli c'era una fila di ceramiche e vasellame. Parte della stanza era dedicata alle stampe e c'erano incisioni di soggetti architettonici e di altro tipo sui muri. Il soffitto aveva compartimenti dipinti che ritraevano boschi e paludi, forse proprio quelli che la costruzione di quelle case aveva distrutto. Era tutto colorato in modo brillante: turchese, rosa lampone, giallo. Eppure l'effetto era malinconico, reso ancor più malinconico dagli intricati riflessi del sole che, dietro la finestra, scendeva in un cielo carico di neve.

Una cameriera portò il tè e la signora Kendall iniziò a spiegare i termini di impiego per il precettore. Non richiese che le mostrassi la lettera di Skelton. Feci menzione di Cambridge ma non parlai del Castello di York. Credo che avesse intuito che ero un gentiluomo, congettura peraltro erronea, visto che ero seduto nel suo salotto con un pretesto smaccatamente fasullo. Non avevo alcuna intenzione di procacciarmi un impiego, volevo solo scoprire cosa potesse essere successo tra quelle tre donne quando avevano fatto visita al capitano Harvey. Ma, a quanto pareva, correvo il rischio di essere assunto. Dunque, quando la signora Kendall mi chiese quale somma avrei ritenuto accettabile per quell'impiego, stavo per sparare uno sproposito, sperando di dissuaderla, ma lei mi interruppe.

«Due sterline al giorno le sembrano una somma ragionevole?».

Annuii grato di quell'offerta generosa. Evidentemente la signora era messa tanto bene quanto appariva. Ero rimasto intrappolato e non sembrava esserci nessuna via d'uscita immediata, a meno che non riuscissi a stabilire subito quello che iniziavo a sospettare, ovvero che non ci fosse alcun giovane uomo al quale insegnare.

Le chiesi di conoscere il ragazzo.

«Oh, Alexander sta trascorrendo qualche giorno in campagna», disse la signora Kendall.

Non potevo certo biasimarlo.

Farfugliai qualcosa a proposito di Omero e di Euripide, ma la signora Kendall si stava già alzando in piedi. Sembrava dunque che l'affare fosse concluso. Sarebbe stata stilata una lettera con i termini del nostro accordo. Mi sarebbe stata consegnata se mi fossi preso l'impegno di tornare alle nove in punto di lunedì mattina, quando avrei anche incontrato il mio pupillo e iniziato, dunque, la sua istruzione. Nel frattempo, nella mia mente si andava delineando cosa potesse essere successo quando le tre avevano fatto visita ad Harvey, e non si trattava di un bel quadro.

Andando via provai compassione per quella donna bistrattata, alla quale il destino, a dispetto di tanta ricchezza, aveva affibbiato figlie che davano l'idea di essere predisposte alla violenza. L'assassinio di bambini era fatto comune. L'assassinio *compiuto* da bambini un po' meno, ma ricordai le parole del capitano Harvey: quelle forbici speciali sarebbero entrate nel corpo di un uomo con la stessa facilità di un coltello nel burro. Se una di quelle ragazzine – e Mercy sembrava la candidata più plausibile – avesse colpito il pittore di ombre, la signora Kendall doveva aver fatto da testimone all'assalto, nel qual caso era certo che avrebbe tentato di coprire il misfatto, visto che quando un bambino si rende colpevole di un assassinio, ne segue sempre un'impiccagione.

Nell'atrio, tornai alle cure del servitore silenzioso, che mi passò il cappotto e il cappello. Sembrava volesse sbarazzarsi subito di me, ma quando aprì la porta, rivelando la lampada accesa e oltre quella lo squallido giardino con lo scavo, mi girai e gli dissi: «È probabile che ci vedremo spesso, io e lei».

Tradì una certa mancanza di entusiasmo all'idea.

«Farò da precettore al ragazzo», dissi, ma stava a malapena ascoltando, già intento a chiudermi dietro la porta.

«Spero», aggiunsi, «che la transazione tra me e la signora Kendall venga condotta all'insegna dell'onestà».

«Sono sicuro che anche lei abbia la stessa speranza», rispose. Dovevo avergli fatto l'impressione di essere una persona tediosa.

Tolsi il portafogli dalla tasca. Lo aprii e vidi che c'erano soltanto due banconote da una sterlina dove in realtà ne avevo lasciate tre.

Lo guardai. La sua espressione da sfinge si andava lentamente increspando.

«La difficoltà, per un insegnante, è sapere quali malefatte vadano riferite alla padrona».

«Che cosa intende?»

«Una risposta onesta a una semplice domanda sarà sufficiente a comprare il mio silenzio», dissi, sentendomi come se fosse iniziata la partita.

«Non capisco cosa intende», rispose. Ma fu la sua dichiarazione seguente a suonare come un'ammissione di colpa. «Ma spero di essere sufficientemente affidabile per darle la risposta che sta cercando».

«A quale delle due bambine appartiene il cane?».

Restò esterrefatto dalla domanda, ma rispose: «A tutte e due».

«Ma quale delle due lo preferisce?»

«La signorina Anne gli dà qualche calcio in meno rispetto alla signorina Mercy. Poi magari passano giorni interi in cui non badano a lui, e sono felici di vederlo morire di fame – che è quello che vorrei veder succedere».

Stava aspettando che me ne andassi, ma ancora non avevo finito.

«Sono interessato ai dipinti di silhouette», dissi, incontrando il suo sguardo vitreo. «Dipinti di ombre, per meglio dire».

«È interessato a rubarli, vuole dire».

Si era fatto l'idea che fossi un volgare ladruncolo, pronto ad approfittarsi di una povera vedova. Lo avrei incoraggiato in quella sua convinzione.

«In casa ce ne sono?»

«Ce ne sono molti».

«Ce ne sono delle bambine col cane? I dipinti degli animali sono molto in voga».

«Ce ne era uno, credo».

«Ce ne *era*? E ora dov'è?»

«Non ricordo», rispose. «Credo sia stato spostato».

Non mi vennero in mente altre domande, e dunque non ebbi più motivo per trattenermi sulla soglia. Mentre tornavo a piedi in paese, l'immagine che mi veniva in mente era quella di Matthew Harvey che commentava distrattamente che il cane sembrava preferire Anne, o che il vestito di Anne era particolarmente grazioso, e Mercy che, di conseguenza, prendeva le forbici speciali per pareggiare i conti.

Promemoria del signor Erskine riguardante la corrispondenza con il signor Hardcastle del Theatre Royal di York

Nella prima serata di giovedì 29 novembre, il signor Rigge è arrivato a piedi al Theatre Royal da Clifton Green. Qui sotto è riportata la prima di due lettere speditemi da signor Hardcastle, che descrivono l'incontro con Rigge avvenuto quella sera. Il signor Rigge narra lo stesso incontro nel suo diario, ma la versione del signor Hardcastle è più completa e così la aggiungo, prima di procedere alla lunga annotazione sul diario di Rigge relativa al giorno in questione.

(La seconda lettera del signor Hardcastle – che è a tutti gli effetti un proseguimento della prima – verrà riportata in seguito, nell'appropriato ordine cronologico).

Lettera del signor Hardcastle, cassiere del Theatre Royal di York, al signor Erskine. Theatre Royal, St. Leonard's Place, York

Credo che il signor Rigge abbia fatto ritorno a teatro nella prima serata del giorno in questione, ovvero giovedì 29 novembre, e che lo abbia trovato chiuso, visto che non era previsto alcuno spettacolo, e che il nostro guardiano notturno, il signor Heppell, lo abbia informato che parte della compagnia teatrale si era diretta alla caffetteria Mancini a Stonegate a farsi un goccetto. Be', signor Erskine, di quel goccetto la compagnia aveva davvero bisogno dopo gli eventi recenti, e anche io, pur non essendo un bevitore, mi sono unito a loro.

Durante la serata era caduta moltissima neve, e quando il signor Rigge è entrato nella caffetteria ne era ricoperto, e aveva il volto pallido quanto la neve sulle spalle. Sembrava molto preoccupato, e notai che quando una delle guardarobiere gli passò un bicchiere di vino, lui sulle prime la ringraziò, ma non appena questa si voltò, se lo scolò in un sorso. Ispezionava in continuazione la sala. Noi, a dispetto dello stato d'animo, eravamo un gruppo abbastanza allegro. Sui tavoli di Mancini quella sera, glielo posso assicurare, c'erano più brocche di vino che bricchi di caffè. Il posto era stato decorato con corone di alloro e altre piante in vista del Natale, e la luce delle tante candele veniva raddoppiata dagli specchi.

Il mio sguardo incontrò quello di Rigge. Mi rivolse un profondo inchino, anche se nel corso del nostro precedente incontro con lui ero stato molto brusco. (Lo avevo espulso dal teatro, in circostanze di cui credo lei sia già al corrente). Si avvicinò e cominciammo a parlare. Si scusò se era sembrato troppo pressante la volta precedente, e poi mi chiese come ero finito a lavorare in teatro, e la risposta che gli diedi ha il suo peso nella vicenda che ci interessa, signor Erskine: sto parlando dello scandalo di Jeremiah Smith.

Un tempo facevo l'attore. Come dissi al signor Rigge: «Ho studiato presso Foote». È così che si chiama un'accademia teatrale che è praticamente il vivaio del teatro londinese, e che è gestita da tale signor Foote. Dopo la scuola, mi unii a una compagnia che faceva spettacoli in tutte le taverne di Londra. Davo il meglio di me – che lei ci creda o meno, signor Erskine – nei ruoli umoristici, ma non sono mai stato ingaggiato dai teatri e così ho finito per ritirarmi dietro il sipario, per così dire, facendo da impresario di palcoscenico per un po' di tempo, prima di stabilirmi definitivamente in biglietteria.

Non sono mai stato un attore nell'accezione più comune del termine. Non sono molto estroverso e di rado, se non mai, mi si può sentir dire qualcosa fuori posto, come aveva subito scoperto il signor Rigge durante il nostro primo incontro. Ma quando di nuovo portò il discorso sul nome di Smith, fui disposto a dargli corda. Ero molto incuriosito dalla curiosità che provava per Smith, un individuo la cui depravazione era l'argomento di punta del chiacchiericcio del teatro, se non dell'intera città. Si supponeva, tra noi della Compagnia, che fosse stato lui ad assassinare il signor Cork, e la sua improvvisa scomparsa non sembrava far altro che confermare quel sospetto.

Ma sembrava che avessi sottostimato l'iniquità di Smith…

Il signor Rigge, con non poco imbarazzo, penso, mi disse che era stato ingaggiato da un certo capitano Harvey, figlio di Matthew Harvey, per indagare le circostanze della violenta scomparsa di quest'ultimo.

Io avevo già sentito parlare dell'assassinio di Matthew Harvey. A York, chi non ne aveva sentito parlare? Tra l'altro sapevo qualcosina di questo artista gentiluomo, che di tanto in tanto si vedeva in una loggia tutta per sé a teatro. Lo dissi a Rigge e lui mi chiese spiegazioni. Gli dissi che Harvey mi era parso un gentiluomo solitario, che seguiva con attenzione gli spettacoli, di solito usando anche un binocolo. Mi ero sempre chiesto che impressione si fosse fatto dei nostri fondali dipinti, che, detto tra noi, non sono sempre di qualità eccelsa.

Harvey non portava mai alcolici nella loggia; non urlava male parole agli attori, non tirava loro frutta e verdure marce e nemmeno si alzava in piedi per applaudire. Non era il tipico spettatore teatrale, tranne che da un punto di vista. Non voglio stare lì a fare le pulci, ma sembrava apprezzare gli spettacoli più sconci. L'ho visto almeno tre volte durante le rappresentazioni di Una moglie importunata, *spettacolo che di certo ha importunato le mogli di York (visto che ai loro mariti era piaciuto fin troppo). Nelle lettere inviate al teatro – e credo anche in quelle dirette al sindaco – lo spettacolo veniva definito rude e volgare, ed è stato per questo che si è smesso di rappresentarlo, se ricorda.*

Solo in alcune occasioni il signor Harvey era in compagnia. Talvolta lo vedevo parlare con il nostro impresario, il compianto signor Cork. Credo che lo conoscesse da molti anni.

Dopo aver raccontato questi particolari al signor Rigge, lui mi disse senza troppi giri di parole che credeva fosse stato Smith a uccidere sia Harvey che Cork. Ora, ripetendo che sia stato Smith a uccidere Cork, mi sto soltanto unendo al coro dell'opinione generale. Non ho difatti nessuna prova che sia stato lui, ma conosco il personaggio di Smith meglio di tanti altri, e così al signor Rigge ho raccontato ogni…

Nella compagnia era risaputo che Smith avesse una relazione con la signora Cork. Non si trattava di un fatto straordinario, visto che non era la prima relazione clandestina che intratteneva quella donna. Non aveva mai fatto parte della compagnia, ma da giovane era salita sul palcoscenico ed era riuscita a racimolare un bel gruzzoletto. Faceva sempre la parte del maschiaccio, e si sa che i ruoli di quel genere non vengono mai assegnati alle donne più mascoline adatte a rappresentarli, ma alle più vezzose, visto che le giovani donne, in quei ruoli, hanno l'occasione di mettere in mostra le gambe.

La sola cosa anomala di quest'ultima sua relazione era la discrepanza tra la sua età e quella del giovane Smith: passavano tra loro almeno venticinque anni o giù di lì. Il signor Cork era sempre a conoscenza degli intrallazzi di sua moglie, come lei sapeva dei suoi, e in genere chiudevano tutti e due un occhio.

Questa mia spiegazione fece riflettere il signor Rigge. Mi disse che credeva che Smith avesse ucciso Harvey per evitare che rivelasse a Cork della tresca con sua moglie, ma se questa era in realtà un segreto risaputo, la sua teoria non teneva. Non poteva forse darsi, suggerì, che il vecchio pittore avesse fatto qualche commento troppo ardito sulla signora Cork, dicendo che si concedeva con troppa libertà, finendo per far penare il signor Cork e, così dicendo, avesse provocato Smith?

Gli ho risposto che era ben possibile, che Smith aveva la fama di arrabbiarsi con una certa facilità. Non solo era giovane e vanesio, ma era anche un presuntuoso della peggior specie; e credo che per questo fosse un individuo pericoloso. Era sì un bravo attore, al punto da diventare un beniamino locale, ma in gruppo non dava il suo meglio, e non soltanto perché giocava sempre a proprio favore, comportamento comune a metà degli attori. Il suo problema era un altro. Per due volte aveva fatto gli occhi neri ai suoi colleghi di palcoscenico durante le prove. E di recente aveva deciso che era stato dato alla persona sbagliata – vale a dire, non a lui – il ruolo principale nella produzione de I rivali, che nel giorno in cui parlavo con Rigge era appena stata annunciata. Smith aveva dichiarato, indignato, che non sarebbe stato in grado di recitare la parte che gli era stata offerta, quella del servitore Fag. Credeva che il signor Cork avesse deciso che non gli sarebbero mai stati più assegnati ruoli principali, nella speranza di allontanarlo dalla Compagnia. E in seguito aveva percosso il *prescelto – un giovane bello e particolarmente amabile, chiamato Wesley Emmett – con un attrezzo per attizzare il fuoco alla Cock Tavern.*

Ma non è stata quella l'unica malefatta...

Ricordai al signor Rigge che quando il pubblico si accanisce contro una rappresentazione sul palco vengono tirati oggetti di varia natura. Lui aveva visto il mio collega signor Dawson raccogliere quegli oggetti. Di solito gli attori rimangono imperturbabili durante l'assalto; è assodato che il pubblico funga da coro nella rappresentazione, e che abbia il diritto di render nota la propria opinione, e il dissenso viene di solito espresso con una pioggia di arance, mele marce e a volte noci; in genere nulla di letale. Una volta, però, ho visto Smith colpito da una patata che non era poi così marcia. Era stata lanciata dalla cerchia di un ben noto ruffiano di York, un uomo della milizia. Io ero tra il pubblico e mi stavo lamentando per il finale prematuro di quella che sembrava una discreta produzione di Misura per misura. *Il pubblico era diventato ancor più feroce vedendo Smith arrampicarsi come una scimmia sulle logge laterali per arrivare a quel circolo e trascinare fuori dalle porte posteriori il succitato ruffiano. La sua vittima è poi stata ritrovata a St. Leonard's Place, coperta di sangue, e un chirurgo ha dovuto togliergli un occhio. Smith ha ricevuto dal signor Cork una sonora reprimenda per quest'episodio, e non andavano d'accordo nemmeno su tante altre cose.*

Il signor Rigge mi ha poi chiesto se pensassi che Smith si trovasse ancora in città, e continuava a guardare in giro per la sala come se da un momento all'altro si aspettasse di veder spuntare il riflesso di Smith in uno degli specchi. Gli feci presente che lo spirito di camerata della Compagnia non prevedeva la protezione degli attori che diventavano assassini. Scherzai anche su quello: «Gli assassinii che compiamo noi non sono reali, signor Rigge, le nostre spade sono fatte di legno», e lui è stato così gentile da sorridere alla mia battuta.

Gli ho detto che ero abbastanza certo che Smith avesse lasciato la contea e più probabilmente il Paese. In passato aveva parlato più volte di voler andare in tournée all'estero. Di certo non aveva fatto ritorno al suo alloggio – situato in quella strada corta e dal nome curioso, Whip-Ma-Whop-Ma-Gate – dalla sera dell'assassinio di Cork. Il signor Rigge mi ha chiesto educatamente di tenerlo informato in caso ci fossero notizie di un eventuale ritorno di Smith a York. Mi ha poi chiesto dove avrebbe potuto trovare la signora Cork... O era forse in ritiro per lutto? Nemmeno per sogno, gli risposi; era scomparsa anche lei.

A quel punto mi ha rivolto un inchino di ringraziamento e si è diretto verso la porta. L'ho visto prendere un altro bicchiere di porto e scolarlo, ancora una volta, tutto in un sorso. È stato così riguardoso da mettere una moneta vicino al bicchiere vuoto, ma quando ha tolto il suo cappello dall'appendiabiti, vicino alla porta è sembrato in preda a un'improvvisa agitazione.

Rimasi a farmi domande sul dramma che aveva di recente interessato il teatro. La mia angoscia principale era che tutta quella storia con Smith potesse farci perdere i permessi. Dopotutto, signor Erskine, siamo servitori di Sua Maestà.

Mentre un suonatore dell'orchestra riprendeva a suonare il violino e un altro bicchiere di vino mi veniva passato dal signor Hague, il nostro suggeritore, decisi che la Compagnia doveva continuare comunque, anche a costo di dover ridiventare tutti girovaghi alla ricerca di pubblico nelle taverne di campagna. Da Mancini, intanto, erano riprese le danze, e non invidiavo Rigge che proprio in quel momento usciva dalla caffetteria per rimettersi nella tormenta di neve.

Credo, dalla nostra precedente corrispondenza, che lei sappia dove stava andando.

Diario di Fletcher Rigge, annotazione per giovedì 29 novembre (riprende)

Con un certo rimpianto mi lasciai alle spalle i festeggiamenti da Mancini e mi diressi in quel posto poco raccomandabile chiamato Pound Lane. Di sicuro avrei trovato ad aspettarmi una serie di miserie, anche se nessuna – perlomeno speravo – comparabile a quelle che avevano afflitto Melissa King.

Mentre mi dirigevo a est nella tormenta, le strade diventavano peggiori e più buie. Girando su Stonebow, le diramazioni spettrali del mulino del Castello divennero visibili sui tetti, spavalde, come se stessero sfidando l'impeto della neve.

Pound Lane si trova vicino ad Hungate. È dominata – come ho potuto ricordare imboccandola – da una fabbrica di carrozze o carretti, un laboratorio aperto anche a quell'ora della sera, dalle porte della quale si riversava nel cortile antistante e nelle strade la rossa incandescenza della fucina. La casa subito davanti aveva girato le spalle all'intrusione bruta del commercio, una dichiarazione di superiorità morale in qualche modo rovinata dall'intonaco scrostato e dalle travi marce che offriva allo sguardo. Mentre mi avvicinavo a quel muro malridotto, vi si proiettava sopra un'ombra, una figura gigante che tuttavia indicava una certa pochezza. Un ragazzo con un camice da lavoro e un cappello da fantino si era piazzato tra la fucina e il muro. Faceva parte del laboratorio, ed era dunque un martire della barbarie della città, ma sembrava comunque compiaciuto della taglia della sua ombra, e per dargli qualcosa da fare si alzò il bordo del cappello e se lo ripoggiò di traverso sulla testa. «Fa un freddo cane, no?», osservò.

«Buonasera», dissi.

«Buonasera a *lei*».

«Che sta facendo?», chiesi.

«E *lei*?»

«Io l'ho chiesto per primo», dissi, sentendo che in qualche modo le nostre rispettive età si stavano rovesciando.

«Prendo una boccata d'aria», disse. «Vedo che succede».

«Sto cercando una pensione», dissi, invitando il ragazzo a rivolgermi un ghigno sardonico, cosa che fece, mentre indicavo l'intonaco scollato della casa vicino a quella *di spalle*. «Là le piacerà, è una bella casa».

«È molto frequentata?»

«Eh?»

«Ci va molta gente?».

Si rimise il cappello diritto e restò a guardarmi a lungo senza parlare. «Famosa lo è, ma pure soggetta ad attacchi».

«Lì c'è stato un assassinio», dissi. «Domenica scorsa».

Annuì.

«Lei non ne sa nulla, immagino».

«Ero alla fucina a lavorare. Quella notte ci sono state tante urla nel vicolo».

«Da là?», chiesi, indicando la pensione.

Il ragazzo annuì. «E pure da altre parti. Gente che strillava dappertutto».

«Ha visto qualche ombra strana, quella notte?»

«Il vicolo è sempre pieno di ombre strane, perché ci bazzica gente strana».

Evidentemente il ragazzo non era stato testimone degli eventi della domenica. Lo lasciai alla sua boccata d'aria e mi diressi alla pensione. La porta era aperta e c'era un vicolo laterale. Scelsi quello e mi ritrovai in un cortile scuro e simile a quello di una prigione. La porta sul retro era spalancata e sull'uscio c'era una donna che indossava un cappotto impolverato su quella che avrebbe anche potuto essere una veste da notte, e un cappellino che poteva essere uno zucchetto. Questa, venni a sapere poi, era la signora Faye Harper, tenutaria della pensione, che mi guardò con meritato scetticismo mentre le spiegavo che ero curioso di saperne di più sulla morte di Melissa King. Mi chiese se mi avessero mandato lì i magistrati ma le dissi di no. Mi tenevo in serbo la seguente menzogna: che rappresentavo dei cittadini preoccupati a seguito della recente frequenza di assassinii, che intendevano costituire una associazione e un fondo per le azioni giudiziarie. Ma quello che feci innanzitutto fu elargirle un sovrano – e fu sufficiente.

La signora Harper mi fece entrare nell'edificio. Prese una candela e mi condusse su per una scalinata malmessa. Sul primo pianerottolo che incontrammo erano appesi a un filo due vestiti uguali. Proseguimmo fino al secondo pianerottolo, al quale mancava qualche asse per terra. La signora Harper mi accompagnò in una stanza dipinta di blu scuro con pochissimi pezzi di mobilio. Il camino sembrava una lapide incastrata nel muro. Non c'erano vetri nell'intelaiatura delle finestre: solo la fredda oscurità e la neve che ci cadeva in mezzo. Era da lì che la signorina King era stata spinta giù.

«Graziosa, non le pare?», disse la signora Harper, e fu lì che inquadrai il suo pernicioso tono di voce: doveva essere la più sarcastica delle donne che avevo mai incontrato.

Tornammo al piano terra in una stanza freddissima – illuminata a malapena da una sola candela poggiata su un tavolino basso al quale sedemmo – e che aveva dei buchi alle pareti dai quali filtrava la luce della luna.

Le chiesi: «Signora Harper, quando Melissa King è caduta dalla finestra, pensa si sia trattato di suicidio?»

«Non credo proprio, visto che era una damigella dagli occhioni brillanti che aveva tutto il mondo ai suoi piedi: aveva ricevuto diverse proposte di matrimonio da una serie di gentiluomini della città; era florida, sempre in buona salute, non prendeva mai una goccia di mercurio, non sapeva nemmeno dove fosse il dentista, il signor Barker, che qui a York pratica anche gli aborti (questo lo dico a suo beneficio, signor Rigge), e inoltre partecipava sempre al ballo, faceva sempre visita alle "case" di Lord e Lady Muck, che posseggono la magione vicino a questa – magari mentre veniva qui li ha visti anche salire in carrozza. Probabilmente era affacciata alla finestra e stava guardando di sotto le cose che abbiamo messo in cortile da poco. Quella fontana là, le siepi, i pavoni che ci girano. Perché altro avrebbe dovuto guardare dalla finestra? Proprio non mi viene in mente. Forse la stanza era troppo calda, per via del fuoco stipato di carbone e dei raggi del sole che arrivavano dalla finestra. Non ho dubbi, signor Rigge, che stesse sorseggiando un buon cordiale, sventolandosi con un ventaglio di seta mentre rimirava la scena».

Dopo una pausa, nella quale rimasi a meravigliarmi di tanta amarezza, le chiesi: «Che tipo di persona era?»

«Non ha sentito che le ho detto che era una damigella dagli occhioni brillanti?»

«Potrebbe essere più diretta?»

«Diretta, come no», disse, dandomi un'occhiataccia. Ma poi, sospirando, mi diede ascolto: «Aveva all'incirca trent'anni, qualche piccola cicatrice del vaiolo, ma diciamo che si era mantenuta bene. Ovviamente, è stata condotta alla disgrazia».

«Vuol dire che era...».

«Faceva vita notturna. Si guadagnava da vivere nel mondo dell'intrattenimento. Era una baldracca, santo cielo, ma che sia chiara una cosa: non ero io la sua ruffiana. Non sono una mezzana».

«Ma qui non ci sono solo donne?»

«No. Tanto per cominciare c'è mio marito. Che più o meno è un uomo».

«Che cosa fa per vivere il signor Harper?»

«Fa ben poco».

«La signorina King aveva molti amici?»

«Aveva tantissimi amici e allo stesso tempo nemmeno uno. Aveva tanti giovani spasimanti, che venivano a bussare alla porta sul retro, mentre mio marito e io viviamo davanti. Noi non li vedevamo e loro non volevano essere visti. Di tanto in tanto scattava una zuffa, a causa della tariffa, o perché qualcuno era ubriaco. E spesso quella ubriaca era lei».

«Beveva tanto?»

«Bevono tutte tanto».

«Quella sera c'è stata qualche zuffa?»

«Qualcosa del genere, sì. L'ho sentita urlare: "Non un penny meno di cinque ghinee"».

«Tanto chiedeva per concedere i suoi favori?»

«Credo di sì».

«Cinque ghinee non è alto come prezzo?»

«Direi di sì».

«E come ha risposto lo... spasimante?»

«L'ha buttata dalla finestra, signor Rigge. Sempre che non abbia saltato lei».

«Ma la gente non si mette a saltare se c'è di mezzo il vetro».

«Forse lei non è molto esperto di suicidio».

«Ne so un poco», dissi, guardandola con attenzione. Non sembrava minimamente sconcertata. «L'ha vista cadere?»

«L'ho *sentita*, signor Rigge. Prima il vetro che si rompeva e poi un suono che sembrava un mucchio di panni gettato di sotto».

«Non ha visto niente, dunque?»

«Le ho detto tutto quello che so, signor Rigge, che come ha visto non è molto. Certi giorni salivano fino a una dozzina di uomini in quella stanza, e non è che mi mettevo lì a guardarli in faccia».

«Ci sono altri testimoni?»

«Al momento alloggiano qui tre ragazze. Una è arrivata due giorni fa. Delle altre due, una era in giro a York domenica scorsa. E l'altra è rimasta tutto il tempo a dormire».

«Lei non ha sentito cosa dicevano durante la lite?»

«Non distintamente».

«Dunque si sarebbe potuto trattare di chiunque?»

«Anche di lei, signor Rigge».

Tra noi cadde il silenzio. Non credevo che le cinque ghinee fossero il prezzo dei favori della ragazza, ma il prezzo del suo silenzio. Forse non era stata soltanto testimone dell'omicidio del signor Cork, ma conosceva anche l'identità dell'assassino.

«Sa se frequentava il teatro?», chiesi. Volendo intendere: «Sa se le piaceva vedere spettacoli teatrali?». Ero pronto ad ammettere che fosse improbabile, e mi stavo già preparando a un qualche altro discorso sarcastico, quando mi resi conto che la domanda non era poi così peregrina, visto che alcune delle logge più raccolte, al Theatre Royal, erano più o meno riservate alle apprendiste cortigiane… e infatti la signora Harper non batté ciglio a quella domanda.

«È uno dei posti dove vanno a caccia di clienti», disse, «come lei ben sa. O forse lei va a teatro solo per guardare gli spettacoli, signor Rigge. Io ho sentito dire che sono tanti i giovani uomini con quelle tendenze».

E così la signora Harper tornò al modo di discorrere al quale una vita di sventure l'aveva condizionata.

Diario di Fletcher Rigge, venerdì 30 novembre

Sconvolto dalla visita a Pound Lane, non riuscii a prendere sonno prima delle tre, e l'indomani finii per svegliarmi tardi, in un forte stato di agitazione per i due appuntamenti che avevo in programma, il primo con il signor Erskine, l'avvocato, e il secondo con la signorina Spink. Di sicuro mi aspettava qualche altro shock.

Dopo colazione stirai la mia camicia più bella e rimasi ad armeggiare una buona mezz'ora con la cravatta. Proprio nel punto dove va fatto il nodo c'è una crepa nello specchio, cosa che riassume alla perfezione l'assurdità della mia situazione. Spazzolai il mio cappello di castoro e lucidai gli stivali con il lucido Nero Blu di Spagna, che avevo comprato proprio per quello scopo ed era molto costoso. Ripassando in rassegna mentale le mie investigazioni, ero sempre più sicuro che fosse stato Smith ad uccidere Harvey, il signor Cork e probabilmente anche Melissa King. Ma sapevo anche che né Gowers né le ragazzine dei Kendall potevano essere esclusi a priori... e comunque dubitavo che uno di questi candidati avrebbe soddisfatto il capitano.

Uscii a un quarto all'una. Il cielo era grigio tortora, più o meno del colore del mio panciotto. Stava per nevicare di nuovo.

La porta dell'ufficio del signor Erskine era in fondo a un vicolo grazioso che conduceva alle case curate e infiocchettate di Precentor's Court. All'inizio del vicolo c'era un cancello di ferro battuto e una targa di ottone con la scritta: "Erskine, Avvocato". Vicino alla porta c'era una targa ancora più grande che ripeteva l'informazione, in caso dovessero essere sorti dubbi o amnesie nella mente del passante. Dal viale era stata tolta tutta la neve ed era stato sparso con cura il sale per sciogliere il ghiaccio. Mi aspettavo un ufficio comodo e ordinato.

E comode, di certo, quelle stanze lo erano, con tre grandi fuochi che ruggivano in quello che sembrava essere un vero e proprio labirinto legale. Venni accolto dal signor Erskine in persona, che mi condusse in un grazioso ufficio rosso e verde, dove un bricco pieno di caffè era tenuto in caldo su una fiamma a spirito. Me ne versò una tazza mentre prendevamo posto ai lati di un'elegante scrivania di quercia ricoperta di fasci di fogli tenuti assieme da nastri variopinti. Non avevo dubbi sul fatto che ognuno di quei fogli riportasse gli estremi di un qualche diverbio legale, ma lo stesso signor Erskine, giocondamente calvo a eccezione di qualche raro ciuffo grigio, dava segnali di radiosa allegria al di là del suo contegno avvocatesco.

Guardando divertito tutte quelle carte davanti a lui, disse: «Sono pieno fino agli occhi di testamenti, signor Rigge. Atti e testamenti, ma più che altro testamenti. Do la colpa al tempo. Questo gelo costante minaccia di fare piazza pulita di tutti i nostri settantenni».

Proprio in quel momento si aprì la porta ed entrò il signor Bright, che avevo già incontrato.

«...i nostri settantenni, e i nostri impiegati», disse, spazzando nel fuoco la neve dal cappello. Non sorrideva – sembrava un gentiluomo quantomeno serioso, molto più solenne del signor Erskine. Si tolse il cappotto e lo tirò sullo schienale di una seggiola dove sembrava esser rovinato da poco l'intero contenuto di una libreria. «Sono ormai prossimo alla morte», disse.

«Signor Bright», spiegò il signor Erskine, «ha appena consegnato un cospicuo rapporto al difensore. Il signor Davies, avvocato penalista. Dovrebbe conoscerlo, se ha mai avuto occasione di frequentare le udienze. O forse lo ha *sentito*, se mai si è trovato a passare là fuori. Come stava il nostro caro KC?», chiese il signor Erskine al signor Bright.

«Direi bene», rispose Bright, «gli ho consegnato le scartoffie di persona. Mi ha guardato con scetticismo, per non dire disgusto. Mi ha chiesto se fossero tutte prove, e io gli ho detto che per metà lo erano, e che altre cinquanta pagine riportavano l'opinione del signor Erskine sul caso».

«E mi lasci indovinare», disse il signor Erskine, «ha subito buttato nel fuoco quelle cinquanta pagine?»

«Non in mia presenza, signore», rispose il signor Bright, «ma non so dire cos'abbia fatto dopo che sono andato via».

«È un tipo davvero intemperante, quel Davies», commentò Erskine. Incrociò le mani e restò un po' a guardarmi.

«Spero voglia perdonarmi questa convocazione così perentoria», disse.

Gli risposi che non c'era nulla di perentorio.

«Quando a qualcuno viene lasciata un'eredità», continuò, «gli diciamo che sta per sentire qualcosa che tornerà a suo vantaggio. Usiamo sempre quella formula».

«Nessuno mi ha lasciato eredità», dissi. «Non so di nessuno che sia morto; tranne mio padre, che non aveva nulla da lasciarmi in eredità».

«Certo che no, visto che aveva trasferito tutti i suoi averi a un certo Corrigan».

Ormai ho perso la facoltà di illudermi, ma a sentirgli pronunciare il nome di quel farabutto di Corrigan il cuore mi prese a galoppare.

«Non c'è più niente», dissi. «La casa, il parco, le fattorie e il villaggio».

«Così pare», disse il signor Bright alle mie spalle.

I pensieri giravano vorticosamente, e fui così debole da dar voce a una delle mie speranze più recondite: «C'è qualche irregolarità nell'atto?»

«Be', direi che è ineccepibile», rispose Erskine, «se conosco bene il vecchio Pullman»,

«E lo conosce molto bene», confermò il signor Bright. «È un bravo giocatore di dama».

«Nel mio alloggio ho una copia dell'atto, quella di mio padre», dissi io.

«Grande quanto una lastra di lastricato, vero?», suggerì il signor Erskine, tornando a incrociare le mani.

Annuii. «Quasi quanto *due* lastroni».

«Già, la concessione e una seconda concessione. Un allodio si trasferisce trasmettendo due concessioni. Se mi chiede perché, glielo spiego».

«Glielo sconsiglio», suggerì il signor Bright.

L'orologio ticchettava, il fuoco scoppiettava nel camino.

«Sappiamo qualcosa della sua storia recente, signor Rigge», disse Erskine.

«Forse mi conoscete come il giovane uomo il cui padre è andato al diavolo».

«Non proprio».

«E allora in qualità di ospite recente del Castello».

«Non c'è da vergognarsi a essere incarcerati per debiti», disse Erskine. «Almeno non di solito. Sappiamo, per via del nostro lavoro, che metà dei residenti del Castello si trovano là per aver garantito per altri che spesso si sono dimostrati incompetenti».

«Il creditore è ugualmente colpevole di aver mal riposto la sua fiducia», aggiunse il signor Bright.

«Abbiamo sentito parlare della sua incarcerazione», continuò Erskine. «Ne abbiamo ricevuto notizia dall'avvocato di suo padre, il signor Pullman. Ne era davvero afflitto, e stava provando a escogitare un modo di venirle in aiuto».

Pensai, senza dirlo, che signor Pullman era il tipo d'uomo che avrebbe senza problemi trascorso trent'anni a valutare la prossima mossa.

«Non sono alla ricerca di un'assistenza esterna», dissi, rendendomi conto quanto suonavo pomposo.

«Forse il signor Rigge gradisce un buon bicchiere di porto?», suggerì il signor Bright.

«Ottima idea», disse Erskine, annuendo, e facendomi pensare: questi due mi conoscono fin troppo bene.

Mentre Bright recuperava bottiglia e bicchieri, Erskine disse: «Ma ora è fuori, comunque».

Quella frase implicava una domanda.

«Ho fatto un patto con il mio creditore» dissi. «Tale signor Burnage, che ha una fattoria a Pickering».

Il signor Erskine mi sorrise in un modo che implicava una ulteriore domanda.

«Metà della somma che gli devo è stata pagata da una terza parte», dissi. «Da un tal capitano Robin Harvey, che ha una grande casa a First Water Lane».

«Non mi starà dicendo che ha dovuto percorrere quella strada per andare a incontrare quell'uomo?», chiese il signor Bright, tornando con i bicchieri. «Credo che abbia dovuto farlo, visto che là non arrivano carrozze».

«Mi ha chiesto di indagare sull'assassinio di suo padre, il pittore di ombre, Matthew Harvey, e se sarà soddisfatto del mio resoconto pagherà il resto del mio debito».

«E se non sarà soddisfatto?», chiese Bright.

«Dovrò fare ritorno al Castello», al che l'avvocato e il suo scrivano si scambiarono sguardi esterrefatti, senza dubbio perché pensavano che fosse un accordo alquanto bizzarro, come in effetti era.

Il signor Erskine disse: «Nessuno è stato incriminato, credo? Nessuno è stato arrestato».

Scossi la testa. Tentando di far sembrare il tutto più innocuo possibile, dissi: «Il capitano è curioso di sapere se si possa far qualcosa a riguardo».

«In altre parole», disse Erskine, «se si possa arrestare o condannare qualcuno».

«Suppongo di sì».

«E lei è riuscito a scoprire qualcosa per conseguire tali obiettivi?»

«Non ancora».

«Non mi occupo di giustizia criminale», riprese Erskine, «ma credo che se entro una settimana non ci sia nulla di fatto, allora non si farà mai niente».

Sorseggiai il vino che mi aveva passato il signor Bright. Era il più buono che avevo occasione di assaggiare dai tempi di Aden Park.

Il signor Erskine, prendendo a sua volta un bicchiere di porto, disse: «Non le è passato per la mente che possa essere stato il capitano a uccidere suo padre, e che stia soltanto creando una distrazione con questa sua investigazione?».

Anche la signora Sampson mi aveva rivolto la stessa domanda. Sembrava essere la teoria più in voga tra le persone intelligenti. Glielo dissi. Il signor Erskine sorrise e non si parlò più dell'argomento, ma si tornò a discutere di Corrigan, e quello che disse Erskine fu se possibile ancor più soddisfacente del buon vino che stavo bevendo.

A quanto pareva il signor Erskine e il signor Bright non avevano grossa stima per Corrigan né tantomeno per un suo socio, un ruffiano chiamato Cracknell. Sembrava volessero implicare che non fossero altro che una coppia di comuni truffatori. Non c'era una prova definitiva, ma avevano ricevuto una testimonianza abbastanza pressante da un tal signor Handley, un amico del signor Erskine che apparentemente «non disdegnava una serata passata a giocare a faro» e di altri che si erano trovati a giocare contro quella coppia e a perdere. La voce del popolo a York sembrava confermare che ci fosse qualcosa che non andava. C'era il sospetto che i due fossero in combutta, e questa loro alleanza era particolarmente efficace quando si giocava al tavolo del *lanterloo*: proprio quello al quale mio padre aveva perso la tenuta.

«Signor Rigge», disse Erskine, che era arrivato alla fine del suo resoconto, «suo padre ha sempre pagato i suoi debiti di onore».

«E anche gli altri debiti, credo».

«Come sa, dietro tutto ciò non c'è un contratto regolare. Suo padre ha acconsentito a cedere le sue terre solo sulla base dell'onore. Ma se sotto c'è stato qualche imbroglio, nulla di tutto ciò è valido, non trova?»

«Signor Erskine, le sarò per sempre debitore per aver anche solo preso in considerazione questa ipotesi. Ma ormai il trasferimento è stato completato, e come ha detto anche lei, non ci sono prove».

«Ma un vantaggio lo abbiamo, anche se non ci sono prove», disse Erskine, mentre Bright mi riempiva di nuovo il bicchiere. «Deriva dall'appetito insaziabile che Corrigan sembra avere per gli immobili. Come sa, la sua nuova casa è a Micklegate».

L'avevo notato. «Ha inciso le sue iniziali e la data di costruzione sulla grondaia».

Erskine annuì. «Semmai dovesse andar persa, senza dubbio».

Fu Bright a parlare poi: «Non ha una grotta per i vini, ma sotto quella casa ci sono tanti ambienti. Il mese scorso ha dato un ballo per duecento persone. Io non sono stato invitato».

«Ma il duca di Rutland c'era», disse Erskine. «E Alderman Henry Baines».

«Chiunque egli sia», commentò Bright.

«Corrigan aspira ad aprire una banca», disse il signor Erskine.

«Come quasi tutti, a York», aggiunse Bright.

«Deve dunque ottenere il rispetto delle persone più altolocate. Se lo ha perso a causa della sua condotta disonorevole, deve riguadagnarlo in qualche modo».

«Capisce cosa intendiamo, signor Rigge?», chiese Bright.

«Corrigan resterà persuaso dal nostro ragionamento», disse

Erskine sorridendo. «Dopo tutto, non c'è punizione peggiore dell'infamia».

«Come procediamo?», dissi.

«Lo facciamo venire qui», disse Bright, versando il resto del vino equamente nei tre bicchieri.

Fletcher Rigge, seguito.

Incrociai la signorina Spink nel boschetto alberato che rappresentava il tratto più degno di nota del versante meridionale e verdeggiante della New Walk. La mia presenza in quel punto sembrò del tutto accidentale, spero, e Lucy assecondò la farsa tirando giù il cappuccio della mantella e dicendo: «Signor Rigge, ma che diamine ci fa qui?». (Forse anche con troppo entusiasmo, pensai, ma fu delizioso vederglielo fare). Era con sua zia, che non si abbassò il cappuccio, ma si limitò a sorridermi in modo accattivante quando le feci un inchino. Era più giovane di quanto avessi sospettato, ma comunque non più giovane. Per convenevole le dissi che speravo che stesse bene e lei sorrise di nuovo e annuì in modo che mi parve compatibile con un certo grado di sordità.

Mi misi sui loro passi lungo il sentiero innevato, e mi parve che la zia non ne fosse affatto turbata. Anzi, quando arrivammo nei pressi della città, restò qualche passo indietro, come se fosse rapita dal panorama del fiume, che era comunque vivace per via delle barche, le chiatte, le golette e una enorme barca a vele quadre che erano incagliate nel ghiaccio e sembravano uscite dall'immobilità di un dipinto.

«Forza, signor Rigge», disse Lucy, «mi dica qualcosa di lieto. Lo sa quanto apprezzo la sua allegria».

«Questo gelo», dissi, «deve costare una fortuna a chi si guadagna da vivere sul fiume».

«Ne sono sicura. Forza, continui con le sue osservazioni spensierate».

«Quando il ghiaccio si scioglierà, ci sarà un'inondazione»,

dissi, mantenendo quel tono dolente che sembrava divertirla.

«Eccellente. Sono felice di vedere che il viaggio a Londra non è riuscito a metterla di umore migliore. Non è stato dunque fruttuoso?».

Le dissi che era stato peggio che cercare un ago in un pagliaio, che era quello che davvero stavo iniziando a pensare. Le avevo detto di essermi recato lì per conto del capitano Harvey, ma forse non lo ricordava. Non fece menzione del nome, forse perché il soggetto le provocava repulsione, come succedeva anche a me. Mentre camminavamo mi scrutava dalla testa ai piedi. Sperai che non si stesse rendendo conto che non mi ero impegnato molto nell'abbigliarmi. Ero anche deciso a non ricordarle quello che mi aveva detto a proposito del recuperare la tenuta. Non poteva certo aver dimenticato una cosa del genere, ma forse ripensandoci aveva deciso che, qualunque fosse il piano escogitato, non era attuabile. C'era da aspettarsi una cosa del genere da una persona vivace e passionale come lei. Mi chiesi se anche lei stesse pensando cose simili a quelle del signor Erskine, ma decisi che sarebbe stato ignobile da parte mia sollevare l'argomento.

Disse: «È stato messo sotto attento scrutinio al ballo, sa? Mia madre si è complimentata per il modo in cui danza».

«Non mi metterò alla ricerca di complimenti chiedendole cosa ha detto».

«Credo che lo abbia appena fatto. Ha detto che chiaramente ha avuto un buon insegnante. Mio padre... su di lei non ha avuto nulla da dire».

«Mi solleva sentirglielo dire».

«Con lui si tratta di un buon segno. È in genere avverso ai giovani uomini... la settimana scorsa non si è perso nulla», continuò, «è stato tutto molto noioso».

«Ma sono convinto che l'abbiano invitata a ballare molte volte».

«Ho ballato solo due balli. Immagino che voglia sapere assieme a chi?»

«*Con* chi».

«Non le dirò nulla se continuerà a essere così...».

«Altezzoso?»

«Esattamente».

«Era quella persona proveniente da Thirsk? Quella cui ha fatto visita?»

«Oh, lui», disse, con una incoraggiante mancanza di entusiasmo. «Non siamo più andati, o meglio, non siamo riusciti ad arrivare».

(*Ma certo* – quel paesello doveva essere rimasto isolato a causa delle forti nevicate, proprio come il villaggio di Adenwold).

«È un bel giovane, immagino». Non riuscivo a non indagare.

«Una adulatrice potrebbe affermarlo. Soltanto un'adulatrice, però».

«Però dev'essere gonfio di pecunia, no?»

«Diciamo che è gonfio in genere. Il fatto è che non ricordo con chi ho ballato lunedì scorso. Durante un minuetto, ero così annoiata che mi sono messa a contare quante colonne c'erano nella stanza».

«Ce ne sono quarantaquattro. È molto intrigante vedere le giovani donne con le gonne a cerchio che ci passano in mezzo».

«Non mi piacciono le gonne a cerchio. Non ci si può ballare il valzer».

«Lei balla mai il valzer?»

«Soltanto con mia sorella. Mia madre dice che sarebbe quantomeno indecente se ballassi il valzer con un uomo, a meno che questi non fosse il mio fidanzato».

Si fermò all'improvviso e io mi girai per guardarla. Credo che fossimo sul punto di metterci a ballare un valzer lì in mezzo alla passeggiata, senza nemmeno bisogno della musica. Sarebbe stato davvero troppo estroso. Ma era più ragionevole dirle: «Al prossimo ballo, mi piacerebbe ballare un valzer con lei, Lucy». Non glielo dissi, però. Dalla nuova prospettiva, con la signorina Lucy davanti, potevo vedere la nostra accompagnatrice che fissava il fiume ghiacciato. Dietro di lei, le mura nere del Castello di York si stagliavano alte e tetre nella fredda aria nebbiosa. Quella nefasta residenza mi ricordava un enorme pianeta nero cui orbita mi ero ritrovato intrappolato. Dovevo dare un taglio netto prima di dichiarare il mio amore a Lucy Spink, e così intendevo fare, a costo di morire provandoci.

«Signor Rigge», disse Lucy, mentre riprendevamo a camminare, «suo padre ha perso la tenuta giocando a carte?».

Era passato il momento degli argomenti frivoli.

«Per quanto umiliante ammetterlo, è andata proprio così», risposi.

«Se la tenuta fosse stata sotto restrizione», disse, «ciò non sarebbe potuto accadere».

Doveva essersi consultata con qualcuno sui dettagli legali.

«Ma non era sotto restrizione», risposi. «Mio padre poteva fare quello che voleva con quella tenuta».

«Doveva esserci una grossa casa, immagino».

«Il *messuage* capitale».

«Cosa?»

«La chiamano così, sull'atto di cessione a favore del signor Corrigan».

«E un elegante parco».

«Molto elegante».

«E due fattorie e un villaggio».

«Tre fattorie».

«Il villaggio si chiamava Adenwold».

«Si chiama ancora così».

«Lei stesso si è ritrovato in debito per essersi sobbarcato dei costi di riparazione di una parte di quelle case, per onorare una promessa fatta da suo padre. È stato molto galante da parte sua».

«La galanteria non c'entra nulla, signorina Spink».

Rivolse un rapido sguardo alla zia, che continuava a guardare assorta il fiume.

«Vuole fare un giro sul ghiaccio?», chiesi.

«Signor Rigge, è sorda, ma non è mica stupida».

Credo che quella donna non fosse affatto stupida, e probabilmente nemmeno sorda. Più che altro mi dava l'impressione di essere estremamente accomodante, la quintessenza della discrezione.

«Forse», riprese a dire la signorina Spink, «si riesce a rimettere tutto a posto. Per quanto riguarda la tenuta, voglio dire».

Era possibile che le chiacchiere che giravano su Corrigan avessero raggiunto anche il suo orecchio?

«Non mi sembra una esito plausibile», dissi, anche se andavo ripensando all'incontro con il signor Erskine e il signor Bright.

«Ho sentito dire...», rispose Lucy, ma il resto andò perso, perché arrivò una barca a vapore che iniziò a spaccare il ghiaccio vicino alla torre di Lendal. Quando le chiesi di ripetere quello che aveva detto, Lucy rispose: «Ho sentito dire che l'avversario di suo padre usa imbrogliare nel gioco».

«Vuol dire con i dadi truccati?»

«Se è quello che significa, allora è quello che intendo. So solo che non era certo una lusinga nei suoi confronti. Se la tenuta fosse stata ottenuta con l'inganno, dunque...».

«Signorina Spink, posso chiederle dove ha sentito dire una cosa del genere?»

«Forse è meglio che io non lo dica, ma si tratta di una persona disposta ad assisterla se soltanto lei le concedesse di farlo».

«È una persona che conosco?»

«Signor Rigge, non mi metterò di certo a giocare agli indovinelli con lei. Credo che prestò si farà avanti lui, in prima persona o tramite i suoi agenti».

Annuii. Credevo che lo avesse già fatto e i suoi agenti erano Erskine e Bright. Quanto all'identità del mio benefattore, sospettavo che fosse il piccolo uomo calvo che avevo visto assieme agli Spink al ballo.

Eravamo giunti a Skeldergate, dove una gigantesca gru metallica segnava la fine della parte boschiva del fiume e l'inizio di quella commerciale.

«Fletcher Rigge», disse Lucy, nel suo modo formale e canzonatorio, girandosi di nuovo verso di me, «lunedì prossimo non ci sarà il ballo, ma forse ci vedremo il lunedì successivo».

Le dissi che così speravo, e lei mi offrì la mano coperta dal guanto per farsela baciare. Rivolsi un inchino alla zia e mi diressi alla scalinata del ponte, fantasticando di me stesso come giovane gentiluomo affermato, che camminava mano nella mano con Lucy attraverso i campi di Aden Park. Ma si trattava di una visione quantomeno risibile. Non ero ancora sfuggito all'ombra della prigione o a quella del capitano, e anche se non dubitavo delle intenzioni amichevoli dell'ometto calvo, o di Erskine e Bright, non ero particolarmente affascinato dall'idea di una enclave di eminenze cittadine che metteva su un fondo per assistermi, con la stessa dinamica con cui avevano costruito la New Walk. Se doveva esserci un lieto fine, dovevo essere io a farlo accadere.

Facendo ritorno al mio alloggio, vidi che la signora Buckley aveva lasciato due lettere sotto la candela accesa. La prima non fece nulla per acquietare il mio inedito e pericoloso ottimismo; ma la seconda ci riuscì in pieno.

Lettera del signor Erskine al signor Rigge.
Precentor's Court, York

Gentile signor Rigge,

ho ingiunto al signor Corrigan di trovarsi nel mio ufficio lunedì prossimo alle quattro del pomeriggio. È stato messo al corrente di quello che sarà l'argomento della nostra discussione. Mi sono preso la libertà di informarlo che parteciperà anche lei alla riunione, e per questo la prego di accettare le scuse del

suo umile servitore,

John Erskine

Lettera del capitano Harvey a Fletcher Rigge.
River House, vicino al molo del carbone.
First Water Lane, York

Mio caro Signore,

spero che questa missiva la trovi in ottima salute. Come procede il suo tentativo di portare alla giustizia l'assassino? Sono fortemente desideroso di sapere come si sta muovendo nella vicenda uno studioso di Cambridge. Mi rendo conto che è prematuro chiederglielo. Le ho dato un mese, e un mese avrà: eppure nutro il forte desiderio di poter ascoltare di nuovo il suo eloquente, nonché forse un tocco lugubre, discorrere. Voglia gentilmente farmi pervenire in risposta un tempo e un luogo dove sarà per lei conveniente incontrarci per discutere questo argomento così interessante per

il suo umile servitore

Robin Harvey
(La settima ombra!)

Diario di Esther, domenica 1 dicembre

Oggi ho visto il signor Rigge.

Il capitano e Stephen hanno preso l'abitudine di mandare a cuocere i nostri spuntini notturni all'Half Moon su Blake Street e tocca sempre a me occuparmene, anche se sono dell'opinione che lo Spread Eagle di Micklegate faccia un lavoro migliore, e anche più a buon mercato; per non dire che si trova proprio dietro l'angolo rispetto a First Water Lane, dettaglio non trascurabile quando impazza la tempesta, come ormai sembra accadere ogni dì. Ma credo che al capitano piaccia l'idea di tenermi fuori casa mentre si dedica ai suoi innaturali rapporti con Stephen, o deve discutere dell'affare – della cospirazione, potrei dire a questo punto – che i due complottano con gli scaricatori di carbone.

Anche se sa che non mi metto lì a giudicarlo dal punto di vista morale – il mio passato ha fatto di tutto per allontanarmi da ogni sorta di pulpito – il capitano sembra essersi reso conto del disprezzo che nutro sia per il suo modo di condurre gli affari che per il suo modo preferito di darsi piacere. Non è disgusto per l'atto in sé. (Se fossero di più gli uomini che si dessero piacere in quel modo, a molte giovani donne verrebbe risparmiata la rapida discesa nella depravazione). Si tratta più che altro di risentimento per quanto sembra godersela il capitano, che pare provare un godimento maggiore di quanto abbia mai dimostrato con me. Dunque si tratta di semplice gelosia? Penso che mi rincresca di più il fatto di essere vista come un imbarazzo e un fardello.

Comunque, vengo spedita a svolgere queste commissioni e sono tanto felice io di andare quanto loro di liberarsi di me.

All'arrivo, ho chiesto in cucina e ho scoperto che il pasto non era ancora pronto. L'arrosto, sul fuoco, era ancora rosato. Perciò mi sono recata nella sala per godermi i suoi due fuochi: quello nel camino e quello nel bicchiere. Per una giovane donna è pressappoco rispettabile sorseggiare un bicchiere di brandy nella sala dell'Half Moon, ma due di sicuro no. Ne ho presi due comunque, e stavo contemplando di prenderne un terzo quando nella sala è entrato il signor Fletcher Rigge. Si è tolto il cappello di castoro e il pastrano e li ha appesi a un gancio vicino al fuoco. (Non è certo tipo da poggiare la giacca dietro la sedia). Mentre osservavo il nuovo avvenente arrivato, gli altri avventori osservavano me. Era ovvio che credevano tutti che stessi battendo, e che intendevo far di quel giovane il mio prossimo cliente. Una supposizione che solo cinque anni prima sarebbe stata precisa.

Di certo il signor Rigge è un uomo elegante, ma mi chiedo come definirebbe il capitano quel suo piglio sportivo una volta calato il sole. Forse sarebbe un amante impacciato, inibito dall'idea di doversi comportare da gentiluomo, ma sospetto anche che non sarebbe restio a una ulteriore educazione, dove altri giovani gentiluomini lo sarebbero. Indossava una cravatta annodata ad arte, a chiara riprova del suo stile. Si è avvicinato al banco per acquistare un bicchiere di porto ed è stato lì che mi ha veduta e mi ha rivolto un inchino, che mi è parso una cosa non so se assurda o quantomeno improbabile. Per un istante ho pensato che fosse sul punto di baciarmi la mano, anche se chiaramente non doveva essere la prima volta che si trovava in una taverna.

Per proseguire con le assurdità, gli ho detto che ero appena arrivata e che stavo per andarmene via dopo aver ritirato l'arrosto. Anche se si era avveduto dei due bicchieri che avevo davanti non lo diede a vedere, ma sorridendo mite, mi chiese se poteva offrirmi una «tintura» (sì, ha usato il termine preferito della nostra comune amicizia), mentre aspettavo.

Portammo i bicchieri al tavolo vicino al camino. Sulle prime sembrava che avesse la lingua annodata e si è messo a giocherellare con la manica, ma poi il porto lo ha sciolto un po'.

«Mi dica», chiese il signor Rigge, «il capitano come chiama una grossa quantità di alcol?»

«Un'inzuppata», risposi.

Annuì. Era divertito, ma non sembrava volerlo dare a vedere. Nella tasca del pastrano che aveva appeso al gancio si vedeva un libro rilegato. Gli chiesi cosa fosse e mi disse che era il suo diario. Gli dissi che anche io tenevo un diario, e capii che si stava chiedendo cosa ci scrivevo sopra. Gli dissi che non lo avrei mai lasciato dove poteva essere rinvenuto, e lui per tutta risposta prese il diario dalla tasca e lo mise sul tavolo. Era rilegato in pelle di vitello, ma sembrava vissuto quanto il mio. Doveva esserci dentro tutta la sua vita, sospettai, proprio come nel mio c'era tutta la mia.

«Parlando di scrittura», dissi, «credo che abbia ricevuto una lettera dal capitano?».

Il signor Rigge annuì. «Mi ha chiesto di incontrarlo ma ancora non ho risposto».

Giusto, pensai. Se il diavolo ti chiama, fa' finta di niente. E aspetta di coglierlo in flagrante.

«Che opinione ha di lui?», chiesi. Di certo la sua risposta sarebbe stata garbata, sapendo che il capitano era mio marito (o qualcosa del genere).

«Ha pagato metà del mio debito», rispose. «È più di quanto abbia fatto qualsiasi altro più noto filantropo di York».

«La filantropia non è certo la sua specialità».

«Ricava buoni guadagni dal commercio del carbone, vero?»

«Sì, ma non sembra esserne soddisfatto. A lui serve l'eccitazione».

«Credo ne abbia avuta. Nelle guerre francesi? O era nella milizia di York?».

Immaginai il capitano vestito da soldato. Alto, muscoloso, grazioso. Con i capelli.

«È stato in forze ai Dragoni per circa sei mesi», risposi. «Non si è mosso da Londra in quel periodo».

«Non ha vissuto sempre a York?»

«No. Ci è nato, se n'è andato, è tornato».

«A First Water Lane».

«Credo che la trovi una scelta curiosa, vero?»

«È un luogo pittoresco, per quanto è antiquato», rispose Rigge, «...per chi riesce a sopravvivere al viaggio a piedi. Immagino che l'abbia scelto poiché era vicino a casa di suo padre».

Non risposi, per discrezione, e tra noi cadde il silenzio. «Ehi-oh», mi sentii borbottare, una interiezione così frivola da provocarmi disgusto... e così mi decisi a dire quello che stavo già per dire. «Il vantaggio di First Water Lane era proprio nel fatto che a suo padre, e a buona parte delle persone in città, non sarebbe mai venuto in mente di arrivarci».

«Ma lei ha detto che voleva bene a suo padre».

«A modo suo», dissi, di nuovo trattenuta dalla discrezione.

«Voi due vi siete conosciuti a Londra?», chiese il signor Rigge.

«Sì, me la passavo molto male. E il capitano, a modo suo, mi ha salvata».

Il signor Rigge si guardò bene dal chiedere ulteriori dettagli.

«Cosa faceva là a Londra?»

«Primo, era molto interessato a una serie di *pensioni* e di taverne. Riusciva a guadagnarsi da vivere con la gente che le frequentava... in un modo o nell'altro».

«Come?»

«Capisce subito la natura delle persone; le loro forze e le loro debolezze».

Avevo detto quanto osavo dire, ma non quanto dovevo, e non sapevo cosa avesse compreso il signor Rigge dalle mie parole.

«Ritiene che io sia un grande scopritore di informazioni nascoste», disse poi il signor Rigge.

«E sono sicura che abbia ragione. Mi azzardo a dire che abbia scoperto l'identità dei modelli? Le persone ritratte nei profili, voglio dire».

«Sì, come riferirò anche al capitano. Ma se lui pensa che quella sia la mia forza, quale ritiene sia la mia debolezza? Si senta libera di fare delle congetture», aggiunse, sorridendo, «ci sono tantissime possibilità».

«Un eccesso di onore?», suggerii, e volevo fosse un avvertimento, anche se non avevo modo di capire se venisse interpretato come tale.

«Mi dica», chiese il signor Rigge, «come mai è zoppo?»

«Oh, non per il motivo che le può venire in mente», dissi, e temo di aver riso nel farlo. Decisi di raccontargli la storia. Non avrebbe potuto nuocere. «Ci fu una discussione», iniziai, «riguardo a un'anatra che apparteneva al nostro vicino di casa a Londra. Faceva un baccano impossibile a ogni ora del giorno e della notte, e anche i suoi bisogni nel viale».

«È sicura non si trattasse di un'oca?», chiese il signor Rigge. «Sono notoriamente animali cocciuti, e le anatre di norma sono più tranquille».

«So bene di che animale si trattava. Lo abbiamo mangiato, alla fine».

«Ha tralasciato la parte più importante», disse. «Come ha fatto ad arrivarvi nel piatto?»

«Il capitano gli ha sparato, e la volta seguente che lo ha visto percorrere il viale, il nostro vicino ha sparato al capitano».

«Lo ha colto in *fallo*», disse il signor Rigge, abbozzando un sorriso, e ovviamente aveva messo l'enfasi proprio dove andava. «Il capitano non ha cercato di vendicarsi?»

«Un duello, intende? Non è da lui. Ma non andrebbe mai offeso».

«Che cosa ha fatto?»

«Un mese dopo la casa del vicino è bruciata. Non mi sono messa a investigare troppo sulla causa dell'incendio».

Il signor Rigge annuì. «Sono riusciti a sopravvivere, gli abitanti?»

«Oh, sì, sono riusciti a scappare tutti: moglie, figlio e servi».

Ma mi resi conto di aver detto forse troppo e tornai a gingillarmi mentre Rigge si scolava il bicchiere.

Poi un servitore annunciò che il mio arrosto era pronto e che potevo ritirarlo dalle cucine. In quell'istante comparve sulla porta del locale un giovane, o meglio, aveva aperto la porta ed era rimasto là fermo senza entrare, guardando scandalizzato me e il mio compagno.

Il signor Rigge stava dando le spalle all'estraneo sconvolto, ma si girò in tempo, credo, per vederlo bene, prima che questi si ritirasse scomparendo dalla vista. Io l'ho chiamato estraneo, ma credo che il signor Rigge sapesse di chi si trattava.

Diario di Fletcher Rigge, domenica 1 dicembre

[**Nota introduttiva del signor Erskine:** omettiamo il resoconto del signor Rigge della sua conversazione con Esther, in quanto in buona parte è un duplicato di quella appena inclusa].

...uscii dalla taverna, rituffandomi nella tenebra incombente e nella neve, avendo potuto compiere qualche incursione nella mente del capitano, e sapendo di non poter insistere a torchiare quella povera donna, che di fatto era la sua amante. Stava a me regolare i conti con lui, e me ne sarei occupato nel corso del nostro incontro.

Mi misi dunque in cammino senza sapere bene dove fossi diretto.

Le strade sono così strette in questa città, le case così ammassate. Credo che la loro stessa antichità rappresenti un pericolo. Il labirinto intrappola la neve che cade, così come intrappola le persone. Sono secoli che lo fa. Qualcuno ha detto che una città – le città, i paesi in genere, voglio dire – è «una folle bara prematura per il corpo, la mente e la proprietà», e quando passando vicino a un seminterrato illuminato a Davygate e udii il suono dei dadi che venivano mescolati nel bicchiere, mi sembrò proprio quello di un rantolo di morte... ma in realtà era il suono di qualcosa – o *qualcuno* – che provava a evitare la bara.

Cercando un sollievo alla mia claustrofobia ero intenzionato a dirigermi oltre il Castello, al fiume Foss, alla palude, ma girando l'angolo ed entrando nella silenziosa piazza del mercato del giovedì, vidi l'ultima persona che mi sarei aspettato di vedere in quel labirinto di pietra. Si trattava di Phil Brown, di Adenwold, il figlio di Ned Brown, l'uomo che avevo aiutato ad arare prima di lasciarmi morire di freddo dietro a quel cespuglio.

Phil ha più o meno la mia età. Lo avevo visto l'ultima volta l'anno precedente, poco prima del suicidio di mio padre. Era stato affidato come apprendista a Lambert Driscoll, l'impagliatore di tetti di Coxwold, e aveva ormai perso l'aspetto da campagnolo. Al posto dei suoi soliti pantaloni rozzi e giacca corta, indossava pantaloni alla zuava e un elegante cappotto blu con tasche e polsini orlati di nastri. Portava un bastone da passeggio, col pomello d'oro o quantomeno di ottone. Il suo abbigliamento ricordava la divisa che vestivamo entrambi quando saccheggiavamo il guardaroba degli abiti dismessi di mio padre per giocare ai soldati. Il suo cappello bicorno aveva soltanto bisogno di una coccarda corta per completare l'effetto. Ma scacciai subito dalla testa quel pensiero invero gretto, perché era evidente che il mio amico di infanzia fosse migliorato.

Dopo esserci salutati con entusiasmo scoprii che il signor Knight, l'amministratore di mio padre, ormai comandava ad Adenwold, in attesa che venisse l'uomo di Corrigan a sollevarlo dall'incarico. Gli chiesi che fine avesse fatto Tom Clough, il nostro amico comune, figlio del taverniere di Adenwold. Anche Tom ce l'aveva fatta, scoprii: nel tempo libero aveva appreso l'arte del concio della pelle ed era diventato un calzolaio. Aveva anche lasciato il villaggio.

«Ma tu vivi ancora lì, Phil?», chiesi. Era una domanda idiota, considerato com'era vestito.

Scosse la testa. «Lavoro all'Accisa, a Leeds».

Mi congratulai con lui, ma l'unica cosa che mi veniva in mente era che quando aveva quattordici anni credeva alle streghe. Si stava recando da Mancini, dove aveva un appuntamento con dei suoi amici. Quell'incontro mi aveva gettato nello sconforto ed ero propenso a lasciarlo andare, ma aveva ancora mezz'ora da ingannare e sarebbe stato gretto non invitarlo a girare l'angolo verso Coney Street e farsi un sorso al Black Swan.

Le tende rosse alle finestre lasciavano intuire un bagliore invitante mentre ci avvicinavamo alla taverna. Phil mi ringraziò per le riparazioni alle case del villaggio e io gli risposi di non farne neppure menzione, o qualcosa del genere, e lui lasciò cadere subito l'argomento, il che mi lasciò pensare che mi considerasse un babbeo per averle intraprese.

Mi chiese come mi guadagnavo da vivere, e visto che non avevo una risposta migliore da dargli, dissi: «Con la letteratura».

«Ah, sì», disse, «è così che ti ricordo. Sempre buttato all'ombra di qualche albero a leggere o a scrivere». Mi ricordò della volta che ero quasi morto, e io fui quasi tentato di dirgli che in quell'occasione non stavo leggendo né scrivendo, ma soltanto dormendo.

Entrando nella sala dello Swan, gli proposi una brocca di birra, ma Phil Brown insistette per ordinare del vino, e volle anche pagarlo.

Trovammo un tavolo vicino al camino e Phil, sicuro di sé, prese dalle fiamme un tizzone per accendere la pipa. Continuò a fumare con calma mentre gli esprimevo il mio rimpianto che la tenuta di Adenwold sarebbe stata probabilmente recintata, e buona parte dei fattori allontanati dalle terre una volta che i loro contratti fossero scaduti, inclusi forse anche i genitori di Phil.

Ma venni a sapere che se ne erano già andati. In previsione del regime di Corrigan, il signor Knight si era offerto di rilevare il loro affitto. Loro avevano interpretato quel danaro come una vera e propria manna dal cielo, visto probabilmente che gli sarebbe durato fino alla fine dei loro giorni, che avrebbero trascorso in un piccolo e solido cottage vicino al Green ad

Oulston. Tutta la parte superiore del villaggio di Adenwold, mi spiegò Phil, sarebbe stata liberata delle case e di chi le abitava per fare spazio alla creazione di un nuovo prato. Avevo rifatto il tetto a due dei cottage che sorgevano da quella parte, per perpetuare uno stile di vita che chiaramente Phil Brown considerava destinato all'estinzione.

Sembrava che all'Accisa avessero fatto di lui un economo, e restai lì seduto, mortificato, mentre si metteva a difendere le recinzioni. «Di recente», cominciò, soffiando in aria una grossa boccata di fumo, «le fattorie più grandi sono state screditate perché toglievano impiego alle classi dei lavoratori. È stato detto molto a proposito, senza lo sforzo di prendere in esame l'argomento...». Il proprietario delle grandi fattorie, spiegò, aveva capitale sufficiente per coltivare la terra come si deve, e questo finiva per andare a beneficio di tutti. Se dei mucchietti di case minuscole erano d'intralcio alla coltivazione e al pascolo dovevano essere rimossi, o forse convertiti in ovili per quelle stesse pecore.

Le pecore sembravano essere la risposta a tutte le domande, in congiunzione con la coltivazione invernale di quel miracoloso vegetale, la rapa. Non c'era verso di controbattere, e temo di aver chiuso prima possibile la conversazione, pressappoco spingendolo via dal tavolo e fuori dalla porta del locale, dicendo che avrebbe fatto tardi per il suo appuntamento da Mancini.

Tornai a casa e trovai un'altra lettera ad attendermi sotto la candela.

Lettera della signora Sampson a Fletcher Rigge.
3 Monk Street, York

Signore,

se intende discutere ulteriormente dell'argomento che abbiamo intrapreso dopo il ballo, per me sarebbe ideale incontrarla qui a casa mia all'una in punto lunedì prossimo. La prego di non disturbarsi a rispondere. O verrà, o non verrà. Se non può venire, magari mi faccia una proposta alternativa.

La sua obbediente servitrice,

Signora Maria Sampson.

Diario di Fletcher Rigge, domenica 2 dicembre

L'incontro con Phil mi aveva turbato. Non potevo nutrire minor interesse per Leeds, ma chi ero io per privarlo di quella opportunità? E che scopo aveva avuto la scuola che mio padre aveva aperto nel villaggio se non quello di dare ai suoi allievi l'accesso al mondo?

Quella notte dormii a malapena, mentre le immagini del mio passato si assemblavano e scomparivano come in un caleidoscopio. Molte riguardavano le giornate estive trascorse alla tenuta, i giorni del fieno in cui il sole sembrava riluttante a tramontare. Phil Brown e Tom Clough partecipavano nei loro vecchi ruoli: quelli di ragazzetti di campagna. Anche io mi ero considerato uno di loro. Certo, venivo dalla "casa grande", ma gli abitanti del villaggio non erano forse i benvenuti a tutte le ore al nostro tavolo di mogano, che era sempre apparecchiato in modo semplice, senza tovaglia o tovaglioli?

Mi rividi mentre costruivamo case di paglia e rami dove consumavamo birra e tabacco, o rubavamo i piselli dal cottage di qualche giardiniere mentre questi andava a messa. Mi sovvenne l'immagine di noi che ispezionavamo vecchi scaffali pieni di libri alla fiera.

...no, quella volta ero soltanto io.

Rividi un caldo pomeriggio estivo di circa dieci anni prima. Mi stavo preparando per la Rugby School. Mia madre e io eravamo seduti su un'altura tra due campi di grano e lei leggeva una grammatica francese con una quantità di fragole in grembo. Stava mettendo alla prova il mio vocabolario, e se le davo la risposta giusta mi concedeva una fragola. Dopo una lunga serie di risposte giuste ne diedi una sbagliata, eppure d'istinto mi diede comunque una fragola, che ingoiai immediatamente prima che potesse chiedermi di restituirgliela. Per qualche motivo la cosa ci fece scoppiare a ridere senza moderazione.

Domani inizierò a fare l'insegnante del figlio della signora Kendall, e temo che il mio primo giorno sarà anche l'ultimo. Farò poi visita alla signora Sampson, che mi è parsa impaziente di raccogliere informazioni sull'assassinio di Harvey, o comunque di discuterne.

Non ho ancora risposto al capitano Harvey. Spero che stanotte riuscirò a dormire. Ho una gran confusione in testa.

Diario di Fletcher Rigge, lunedì 3 dicembre

Stamane mi sono messo in marcia alle otto e mezza per prendere il mio posto come precettore alla Red House di Clifton: il primo di tre appuntamenti, uno dei quali – o forse tutti – potrebbe dimostrarsi di grande importanza.

La giornata è stata più clemente delle precedenti e la neve è ormai ridotta a una poltiglia lurida: il cielo tuttavia è stato più coperto e il salotto della Red House aveva così perso parte del suo fascino variopinto. Mi accolse il servitore becero, che aveva rimesso su la sua faccia da sfinge. Il mio arrivo fece scatenare il carlino Swizzle, che iniziò ad abbaiare in una qualche stanza remota, ma quando mi misi a sedere davanti a un fuoco che ardeva appena, il trambusto cessò, e presi a rimuginare su varie cose. Soprattutto ero curioso di sapere se la signora Kendall avrebbe introdotto questo fantomatico figliolo diretto a Oxford. La casa era in buona parte silenziosa, tranne che per occasionali urti provenienti dal piano superiore, che tradivano la presenza di Mercy e di Anne.

Mi avvidi che l'orologio nuovo di zecca sulla mensola del camino stava per battere le dieci. Stava lavorando per quel traguardo, ma non era ancora riuscito a raggiungerlo quando entrò la signora Kendall, seguita da un giovanetto dall'aspetto mesto, che indossava una camicia e un panciotto di buona qualità e purtuttavia portati con sciatteria, lisi, macchiati qua e là di inchiostro. L'impressione di una certa diligenza era fornita dalle maniere riservate e in qualche modo dai capelli sottili e scapigliati. Alexander Kendall mi rivolse un timido inchino, arrossendo, come se sapesse di non essere un esemplare notevole quanto le sorelle. Dopo che la signora Kendall ebbe fatto le presentazioni, invitò suo figlio a discutere con me del suo programma di studi. Quando il ragazzo cominciò a parlare, l'orologio prese a rintoccare l'ora, fatto che lo fece arrossire ancor più, quasi come se il meccanismo volesse redarguirlo.

Mi chiese con enorme diffidenza se poteva condurmi al piano di sopra, al suo studio, e mentre salivamo, la casa sino ad allora tacita perse pian piano il suo silenzio.

Il rumore di urti era raddoppiato e, arrivati al pianerottolo, crebbe ulteriormente. Rivolsi un'occhiata interrogativa ad Alexander, e lui disse: «Sono Mercy e Anne. Si trovano nella stanza della scuola».

«Non le sorveglia nessuno?», chiesi.

Alexander annuì imbarazzato. «La signorina Avery oggi è in ritardo».

Indicò una porta chiusa. Visto che gli urti avevano raggiunto una certa intensità ritmica, ed erano ormai accompagnati da risatine e grida trionfanti, suggerii di andare a dare un'occhiata alle ragazzine, soltanto per assicurarci che fosse tutto a posto.

Alexander fece una pausa e disse: «Molto bene», aprendo la porta.

Mercy e Anne stavano correndo all'impazzata, saltando a destra e a sinistra, evidentemente gareggiando. Un cavallo a dondolo riverso a terra con un buco in testa – come se gli avesse sparato il macellaio – era l'ingombro principale di un oceano di detriti in uno scenario che sembrava il corollario dello scoppio di una bomba in un negozio di giocattoli. Ricordava più da vicino una stanza da gioco che una per lo studio, dato che non si vedeva nemmeno un libro. Ma le mura erano coperte da dipinti di sagome.

Dopo essersi accertato che le ragazzine non fossero in nessun pericolo immediato o a rischio di provocarne alcuno, Alexander Kendall chiuse la porta. Mi era stato impossibile accertare se il dipinto fatto da Harvey nella settimana delle gare di corsa fosse appeso a quelle pareti, e ora mi toccava vestire i panni del precettore.

Alexander mi condusse nel suo studio, nel quale aveva evidentemente portato tutti i libri della casa. Molti di loro, notai, erano volumi nuovi, ma gli autori erano ovviamente antichi, e anche sui muri c'erano appesi dipinti che ritraevano scene dell'antichità.

Nell'angolo c'era un baule, già imballato e pronto per il viaggio. Dentro c'erano altri libri, mi informò timidamente Alexander. Gli suggerii, visto che aveva almeno un anno prima di andare all'università, che era presto per preparare il bagaglio, e lui mi corresse educatamente. A breve sarebbe partito a fare un giro delle capitali europee – nelle quali, immaginai, avrebbe prestato particolare attenzione alle librerie che avrebbe incontrato. Con una modestia che sembrava una sua caratteristica, mi chiese di passare in rassegna i suoi libri e di vedere se gli fosse sfuggito qualche autore nel suo furore bibliofilo.

Dedicai cinque minuti a quell'operazione, pensando nel frattempo a quanto avrei voluto ispezionare l'altra stanza. Gli suggerii comunque di procacciarsi qualche volume di Chaucer, e anche di Swift.

Poi, su suo invito, discutemmo della traduzione dell'*Eneide* di Dryden, sulla quale sono sufficientemente edotto, e se la regola latina che una frase non debba finire con una preposizione non potesse in qualche modo essere adattata alla lingua inglese. Dovevo cercare di mantenere la faccia davanti a quel considerevole intelletto. Non avevo dubbi che il giovane Alexander si sarebbe dimostrato più brillante dei suoi insegnanti di Oxford, e glielo dissi. Manifestò una certa genuina incredulità, che gli valse un discreto credito. Sembravamo affiatati, e lui mi propose di mostrarmi dei versi che aveva scritto in latino. «La musa a volte mi fa visita quando dormo», disse, come se stesse confessando un fatto indecente. «Mi sveglio e trascrivo il risultato».

Mercy e Anne stavano producendo un nuovo rumore: una gara di grida inframmezzate da urla occasionali. Non erano ancora nel pieno della guerra, come mi era già capitato di osservarle nel corso della mia prima visita, ma c'erano nell'aria nitide avvisaglie che fosse il caso di recarsi di nuovo a verificare la situazione nella stanza. Alexander fu d'accordo, ma fu con enorme riluttanza che ripoggiò sulla scrivania il fascio di fogli su cui aveva trascritto i suoi poemi. Arrivammo alla porta della stanza di studio e gioco, ma questa volta fui io ad aprirla.

«Ancora *lei*», disse Mercy. Guardandomi senza entusiasmo alcuno. Era seduta sul pavimento; tirava una palla da tennis contro il muro, dov'era seduta Anne, che indossava un tricorno da uomo decorato a fiocchi rossi.

Mercy ritornò a concentrare la sua attenzione sulla sorella. «Ora dovrai essere una sorta di portaborse», le ordinò.

«Ma come può una giovane donna fare la portaborse?», chiese Anne.

«Vede, stanno scrivendo una specie di spettacolo teatrale», spiegò Alexander a bassa voce. «Hanno delle immaginazioni decisamente fervide».

In parte sembrava ammirare le ragazzine, e in parte sembrava temerle.

«Non ho nemmeno una borsa», si lamentò Anne. «Ho soltanto questo cappello».

«No», disse Mercy, «il cappello è mio», e si alzò per prenderlo. Iniziarono a discutere, ma per la loro media non era nulla di preoccupante. Mentre il fratello si accingeva a richiamarle con gentilezza, io mi misi a esaminare le ombre appese al muro. Alcune mostravano le due ragazzine e ce n'era una con tutta la famiglia, compreso il signor Kendall. I quattro erano stati ritratti a un tavolo apparecchiato per il tè. Il signor Kendall, sorprendentemente, era un gentiluomo piccolo e occhialuto. Sembrava in qualche modo avvilito, seduto là, a capotavola. Nel dipinto, lo stesso giovane Alexander sembrava quieto e studioso, mentre le ragazzine apparivano animate come al solito. La signora Kendall appariva riservata e dignitosa. Mi sovvenne che la forza di questa famiglia era riposta tutta nelle donne.

«Sono interessato ai dipinti di sagome», dissi, mentre mi avvolgeva quella sensazione ormai familiare, il rammarico per la dissimulazione combinato a una curiosità che mi dominava.

«Ah sì?», chiese Alexander. «Noi siamo cultori di quella forma d'arte. O perlomeno, le donne della famiglia lo sono».

«Conoscevo un pittore di ombre di questa città», dissi, «tale Matthew Harvey».

Mercy mi guardò con enorme interesse: mi venne vicino e mi tirò per il braccio, per farmi abbassare al suo livello. Lo feci.

«È stato assassinato», bisbigliò, anche se a volume alto. «Non dovremmo parlarne davanti a lei», aggiunse, indicando la sorella. «Oh, be', ormai è troppo tardi!».

«Chi è stato assassinato?», chiese Anne.

«L'uomo di Coney Street che ha dipinto le nostre sagome», disse Mercy. «Mamma ha detto che non dovevi saperlo, perché sei stupida e nervosa, e avresti avuto gli incubi».

Ero pronto a un'esplosione, ma Anne rimase calma. «Lo farò *eccome* un incubo», disse decisa, ma dal tono si capiva che più che spaventata era divertita dall'idea.

«Lo abbiamo letto sul "Courant"», riprese Mercy. «Tutti, tranne lei. Un fatto davvero tremendo, però affascinante, non trova?».

Non sapevo cosa rispondere, ma l'idea che queste ragazzine potessero essere delle assassine abbandonò la mia mente. Decisi in quel momento di scrivere una lettera di dimissioni per la signora Kendall. (Mi sarei profuso in scuse, menzionando l'improvvisa commissione di un libro che avrebbe preso tutto il mio tempo. Avrei anche scritto qualche consiglio per il giovane, e degli elogi delle sue evidenti facoltà intellettive e immaginative. Gli avrei anche sconsigliato di ciondolare nel refettorio del college – sarebbe stato ipocrita da parte mia, visto che era proprio nel refettorio del college che avevo coltivato la mia passione per il porto. Lo avrei messo in guardia dal farsi beccare a giocare a biglie sugli scalini della biblioteca Bodleian, poiché – e questo corrispondeva a verità, evento più che raro considerati i miei scambi con la signora Kendall – conoscevo un tipo che era stato espulso proprio per quel motivo).

Mentre me ne andavo dalla Red House, sotto lo sguardo fisso del maggiordomo dalla faccia di sfinge, decisi che avrei incluso nella lettera anche un accenno alle abitudini di quel gentiluomo. Era il minimo che potessi fare per la signora Kendall.

Fletcher Rigge, seguito

L'opacità della giornata persisteva mentre mi facevo strada lungo la Lord Mayor's Walk diretto a casa della signora Sampson. I carri e le carrozze procedevano schizzando nella neve lurida, scagliandone non poca sul mio cappotto. Questo tipo di giornate invernali mancava di ogni sorta di fascino e tutti sembravano andare di fretta da qualche altra parte, probabilmente davanti a un camino acceso.

Provavo una certa soddisfazione, comunque, per aver depennato i Kendall dalla mia lista, visto che il resoconto di Mercy, che riferiva di aver appreso dell'assassinio dalle pagine del «Courant», era assolutamente credibile. E così avevo eliminato tre sospetti al prezzo di uno. Per il momento potevo anche eliminare Samuel Gowers di Londra. Ora dovevo verificare l'innocenza della signora Sampson. Camminando, ricordai con una certa diffidenza quanto si fosse agitata in quella carrozza, mentre venivamo via dal ballo, sentendo menzionare l'assassinio di Harvey; mi aspettavo però di ricevere un'impressione diversa, una volta a casa sua. Mi aspettavo, in ultimo, di riacquistare familiarità con una donna competente e con i piedi per terra, padrona di una casa ben gestita. Fu dunque una pessima sorpresa scoprire che quella al numero 3 era la "casa da evitare" della strada.

La definizione richiede un chiarimento.

Uno dei motivi per i quali non ho molto a cuore le strade di York è che tutte le case, ma anche tutte le persone, sembrano essere in competizione perpetua. Occasionalmente, tuttavia, si scorge, specie fuori le mura, una casa abbandonata a se stessa.

A First Water Lane, ad esempio, *tutte* le case sono abbandonate a se stesse, ma c'è qualcosa di armonioso che aleggia su quel mucchio dimenticato da Dio. Devo ammettere di essere oscuramente affascinato da quella strada, con in fondo il fiume che scorre rabbioso, e alcune case – inclusa quella del capitano – che con le loro assi di quercia e i tetti spioventi assomigliano a delle chiese.

A Monk Street le case sono di costruzione recente e condividono l'aspetto desolante di quelle nuove di zecca di Clifton, inclusa quella della signora Kendall, ma senza nemmeno giardini e prati per mitigare l'effetto. Le case ai lati opposti della strada sembrano sfidarsi a duello, tranne una, che pare distogliere vergognosa lo sguardo: quella, appunto, al numero 3. Una casa da evitare può anche non avere finestre rotte, ma di sicuro non ne ha di pulite. Magari non è orientata a nord, ma rifugge la luce. La lanterna sopra il portone è di troppo. Le ringhiere sono scabre e funeree, come le tombe recintate al camposanto.

Visto che non c'era campanella, bussai al battente, che produsse un suono sordo. Con molta calma venne a rispondere una donna anziana palesemente infastidita. Dal grembiule si capiva che faceva anche da cuoca, e l'atrio era carico dell'odore di una carne non troppo appetibile; ma forse veniva da alte candele di sego che bruciavano in qualche angolo nascosto che lasciava intravedere soltanto un fioco bagliore. Non c'era illuminazione tranne il grigio della giornata che filtrava dalla lunetta polverosa sopra la porta.

Proprio mentre chiedevo se la padrona era in casa, vidi la signora sulle scale, vestita con un abito semplice d'un pallido blu. Anche senza il cappello a tricorno, il suo aspetto appariva curato, preciso, studiato, studio che trapelava anche da un décolleté assai profondo. La faccia sembrava più segnata dalle rughe di quanto avessi potuto notare in precedenza, ma quei lineamenti di una bellezza non ancora sfiorita davano idea di poter conservare – per quanto impossibile sia un simile calcolo – quella bellezza per altri cinque o sei anni. I suoi capelli scuri erano forse meno folti di quanto fosse necessario. Era il sintomo di un'affezione nervosa? Mi avvicinò mentre a mia volta mi avvicinavo; e feci quasi l'errore di salire qualche gradino per andarle incontro. Come credo di aver già annotato, sembravamo misteriosamente sospinti l'uno verso l'altra.

[**Appunto del signor Bright:** la frase seguente e molte delle successive erano state cancellate dal diario del signor Rigge].

Del signor Sampson, quel gentiluomo compiacente e un tantino comico non c'era traccia, e mi parve di ricordare che fosse affaccendato in uno dei suoi inutili intrallazzi in qualche scalcinato ufficio della città.

«Signor Rigge», disse la signora Sampson, con invidiabile disinvoltura, «mi segua».

La casa era fredda e quasi priva di mobilio.

«Vorrà scusarmi per questo posto», disse. «Non me la cavo molto bene come donna di casa».

Passammo davanti a una stanza con le pareti rivestite in legno e un'altra con le mura spoglie, che avevano affissi diversi bozzetti e schizzi, incorniciati alla meglio e appesi storti, con soli soggetti femminili. Sulla mensola del camino c'erano due cartoncini dai bordi neri, probabilmente biglietti di condoglianze per una perdita. Ovviamente la signora Sampson si accorse che li avevo notati.

«Mia madre è morta a ottobre», disse, con tono forse meno brusco del solito.

Finimmo in quella che avrebbe anche potuto essere una sala da pranzo, visto che al centro c'era un tavolo enorme e spoglio, o forse era un salone, per via di due piccoli divani impolverati piazzati proprio davanti al camino. Comunque, ci mettemmo a sedere. I muri erano rivestiti di una carta a venature fulve e gialle, staccata in certi punti, e certamente troppo grezza per rispecchiare i gusti della padrona di casa. Sul soffitto erano disposti dei pesanti fregi in gesso che rappresentavano fasci di fogliame dall'aspetto tetro. Temo di averli scrutati con visibile angoscia mentre prendevamo posto su un divanetto, per paura che cedessero all'improvviso e ci rovinassero sul capo.

La domestica ci portò il tè. Quando se ne andò mi girai verso la signora Sampson.

[**Appunto del signor Bright:** la frase seguente era stata cancellata].

«Ebbene, a questo punto ha scoperto chi ha ucciso il pittore?», mi chiese lei.

Era stato squalificato, non era più «il signor Harvey». O forse aveva dimenticato il nome, anche se dubitavo che una donna del genere dimenticasse mai qualcosa.

«Non esattamente», risposi. «Ma molte cose, quasi tutto, sembrano puntare in direzione di un tale attore chiamato Jeremiah Smith».

«Ah», disse, «deve essersi dato da fare. Non ha ucciso anche quell'impresario teatrale, il signor Cork?»

«È ben probabile».

«Dicono che abbia lasciato York. Andrei a cercarlo a Londra, alle audizioni per Drury Lane».

Doveva aver sentito le chiacchiere che giravano in città, ma non sembrava a conoscenza del legame tra Smith e Matthew Harvey, e glielo chiarii.

«Dunque, ha trovato il suo uomo», disse. «Ma non vuole esaminare anche me, per precauzione?».

Si lasciò andare con la schiena sul divano e approfittando di una mia momentanea esitazione, si lanciò in un resoconto completo di tutto quello che era successo tra lei e Matthew Harvey.

Mi spiegò che non si era imbattuta nell'annuncio che il signor Harvey aveva messo sul «Courant», ma di aver sentito parlare di lui da un'amica. Lo aveva poi visto uscire dalla cattedrale il giovedì prima della settimana delle gare di corsa. Conosceva la sua identità e si era messa d'accordo a voce per una posa alle due del pomeriggio del giovedì successivo. Tornava tutto con l'impressione che mi ero fatto del suo carattere: teneva sempre le orecchie tese alla ricerca delle notizie più fresche; e passava molto tempo a percorrere in lungo e in largo la città.

Le chiesi: «Lei è mai stata nella cattedrale?»

«Mai», rispose, con velata indignazione, visto che ovviamente era una persona fortemente razionale. «Volevo un mio ritratto».

«Perché?»

«Che domanda bizzarra. Per avere un cimelio del mio aspetto prima che le ultime sembianze di gioventù scompaiano per sempre».

«Voleva regalarlo al signor Sampson?»

«Ovviamente. Il suo ultimo compleanno è stato lo scorso agosto. Ha compiuto sessantacinque anni, e con me si è sempre comportato in modo estremamente gentile».

Nessuna di quelle due affermazioni poteva esattamente dirsi un complimento, pensai. La signora Sampson passò poi a spiegarmi di aver saputo dell'assassinio la settimana seguente, leggendo il giornale.

«Non ha conversato con lui mentre la dipingeva?», le chiesi.

«Un poco. Mi ha detto che era stato male. Pensava di poter avere un cancro».

«Dove?»

«Sarebbe stato quantomeno sgarbato chiederglielo, non trova? Ma forse lei ha una idea diversa del contegno che va mantenuto in caso di tumori».

Non sembrava esserci molta simpatia in lei, per Harvey o per il suo ipotetico tumore.

«Altro?»

«Ha detto che la settimana prima si era recato a Skeldergate a dipingere il fiume, ma aveva trovato il livello basso e l'acqua stagnante. Gli ho suggerito che l'acqua viene tenuta sempre allo stesso livello da un sistema di piccole dighe».

«E lui cosa ha risposto?»

«Niente. Non era un argomento sufficientemente basato sull'estetica».

«Non deve esserle andato molto a genio».

«Non posso certo dirlo. Un uomo molto ligio, pieno di sé. Mi incuriosisce questo suo figlio, il capitano che l'ha ingaggiata. Non si vede spesso in giro per la città».

«Passa molto tempo in casa. È gravemente affetto da zoppia».

«Di sicuro per colpa sua, immagino. Cioè, sarà rimasto ferito in qualche rissa da balera, no?»

Le spiegai la storia dell'anatra, che la fece ridere di gusto e sputare il tè in modo quantomeno indelicato – che però apprezzai molto.

«Mi si dice che la sua amante sia molto avvenente», aggiunse.

«Già».

Confermai in quel modo secco in parte per restituire dignità al capitano (mi sentivo infatti in colpa per aver spiattellato l'umiliante storia dell'anatra), e in parte perché si trattava della verità... ma principalmente perché c'era qualcosa, nella signora Sampson, che mi invitava alla franchezza e a una certa intimità.

Disse: «Le importa sapere cosa ho scoperto sul suo conto?»

«Non particolarmente», risposi.

«Il suo è un debole tentativo di mostrare noncuranza, signor Rigge».

Così era.

«La prima cosa che la gente dice di lei è che è una persona eccessivamente di principio, con una condotta da gentiluomo e una certa avvenenza».

«Preferirei che *non* fossero queste le prime cose a esser dette».

«Ne è sicuro? E cosa preferirebbe che si dicesse?»

«Che sono stato un rispettabile proprietario terreno».

«Ma per quello serve avere la terra, e la sua è stata perduta al tavolo da gioco».

Lo disse con tanto di quello sprezzo che fui sul punto di menzionare la possibilità che mi venisse restituita.

«E poi si dice che lei abbia un'amica speciale».

«Chi?»

«Chi lo dice o chi è l'amica?»

«Entrambi».

«Gente del ballo».

«Lei e il signor Sampson andate spesso al ballo?»

«Che? No, ci incontriamo là talvolta». Si abbandonò sul divanetto, e mi sorrise. «Sono una moglie assai negligente, non trova?».

Non era possibile darle alcuna risposta, come ben sapeva.

«Dunque», continuò, «mi si dice che una tale signorina Spink le abbia messo gli occhi addosso. Personalmente non riesco a capire per quale motivo, tolte le solite trite, banali considerazioni del caso. Ha dimorato al Castello. È stato, e presumibilmente è ancora, in debito. Non ha aspettative e lei è la figlia di un uomo ricco, seppur assai volgare».

«Cos'altro le hanno detto?»

«Che spregia la professione letteraria ma scrive comunque di continuo. Dicono che non le importi nulla della città, ma che comunque sia contrario a ogni sorta di miglioria. È contrario anche alla costruzione delle chiuse, immagino?»

«Rovinano tutto il panorama a Bishopthorpe», risposi.

«Ma io preferirei di gran lunga le chiuse sul fiume che veder demolite le mura della città».

«Non si tratta di una proposta seria».

«I magistrati hanno richiesto in Parlamento il permesso di abbatterle. Sono considerate delle seccature. Troppo strette per le passerelle, che vengono ricostruite ogni anno più grandi, anche se le dimensioni dei cavalli non è che varino col tempo, credo».

«Sembra di stare a una riunione del Consiglio cittadino. Molto bene. Cosa ne pensa dell'incanalamento dell'acqua con le grondaie di piombo che scendono dai tetti?»

«Sono fortemente contrario».

Scoppiò a ridere. «Ma aiutano a non far riempire le strade di pozzanghere!».

«Mi piacciono le pozzanghere, signora Sampson».

«Forse perché ci si può vedere riflessa la faccia».

«I proprietari sono soliti incidere le loro iniziali sulle grondaie, come se possedessero anche la pioggia».

«È contrario a ogni aspetto della modernità».

«A buona parte».

«E venera tutte le cose antiquate. Nel qual caso, signor Rigge, dovrebbe venerare anche me».

Le sorrisi, quantomeno attonito.

Dopo un intervallo di tempo in cui l'unico suono fu quello dei sorsi di tè, le chiesi: «Dov'è il dipinto che le ha fatto Harvey? Quello che la ritrae?»

«Al piano di sopra, signor Rigge. Poggiato sulla mensola della mia stanza da letto. Vuole venire di sopra a vederlo?».

Se quell'invito straordinario fosse stato rivolto seriamente non potevo dirlo, visto che il sorriso della signora Sampson era perfettamente ambiguo. Guardò fuori dalla finestra alle case di fronte e al cielo plumbeo. La domestica venne a chiederle se avrebbe cenato in casa, e la signora Sampson si voltò appena per rispondere che non ci sarebbe stata e che lei e il signor Sampson avrebbero cenato a casa di amici. Quando la domestica andò via, la signora Sampson aggiunse a mio beneficio: «Lui dai suoi amici e io dai miei».

Mi alzai dal divanetto per congedarmi, studiando l'elegante profilo della signora Sampson, delineato chiaramente contro la luce del giorno che andava scomparendo.

Fletcher Rigge, seguito

Mentre ero diretto dal signor Erskine, mi fermai all'ufficio postale e scrissi una breve nota al capitano Harvey, proponendogli di incontrarci mercoledì pomeriggio all'una e mezza. Per via della mia riluttanza a dover raggiungere di nuovo a piedi First Water Lane, chiesi di incontrarci a casa di suo padre a Coney Street. Ricordando quanto mi aveva scritto la signora Sampson, aggiunsi che non c'era bisogno di rispondere se quanto suggerivo andava bene anche per lui.

Arrivai sul vialetto che portava dal signor Erskine a un quarto alle quattro. Mi aspettavo un ragguaglio della durata di una quindicina di minuti, per prepararmi all'arrivo di Corrigan. Ma scoprii che il gentiluomo – se è lecito usare il termine in questo caso – stava già parlando con l'avvocato e il suo scrivano, il signor Bright. Nella stanza c'era un'altra persona, della quale parlerò tra un istante.

Corrigan stava dicendo: «Se il tempo lassù non cambia, la neve finirà per cadere sull'ala della servitù che al momento è senza tetto. Mi stavo chiedendo che effetto fa la neve sulla carie del legno, che a quanto pare infesta tutta la casa».

Mi si scaldò subito il sangue sentendolo parlare della casa dov'ero cresciuto. Mi avvilì venire a conoscere in quel modo le sue condizioni attuali, e ancor più la compostezza nel tono della voce di Corrigan. La sua voce, al pari della sua molle faccia grigia, mancava di carattere.

Alzò gli occhi e mi guardò senza preoccupazione alcuna, e disse: «Tra poco sarà impossibile rimettere in ordine quel posto».

«Dovremo buttare giù la casa e ricostruirne una nuova», disse l'altro uomo, che sedeva su una sedia vicino a Corrigan, un po' tirato indietro. La voce di quel tipo, invece, un carattere ce l'aveva: era roca, con una traccia di cockney. Anche la sua faccia aveva carattere: quello di un criminale, con una barba non rasata da almeno tre giorni. Sembrava vagamente familiare. Forse lo avevo visto nel sotterraneo della sala da ballo.

Quando il signor Erskine fece le presentazioni, quel ruffiano era troppo impegnato ad annusare tabacco per concedere anche solo l'abbozzo di un inchino. Si chiamava signor Cracknell, e dunque eccole le due C. Non mi metterò ora a dire cosa pensavo rappresentasse la seconda lettera, in tutti e due i casi, oltre al semplice cognome. Mi sovvenne che quel Cracknell potesse essere il prescelto da Corrigan come amministratore di Adenwold, una volta che l'uomo di mio padre gli avesse consegnato le redini.

Il signor Erskine, che stava in piedi vicino al fuoco, prese posto alla sua ingombra scrivania e mi indicò di sedergli a fianco. Il suo scrivano, il signor Bright, si mise a sedere con discrezione su una sedia nell'angolo. Il signor Erskine, che presiedeva l'incontro, sembrava troneggiare sulla stanza, in virtù, così pareva, della sua inattaccabile integrità.

Cracknell, con un sorriso amaro, disse: «Non sono in compagnia di un avvocato, e non mi ritengo mai abbastanza pronto».

Il signor Corrigan rivolse uno sguardo interrogativo al suo amico, ma se quello era il suo modo di rimproverarlo, non ebbe poi molto effetto.

«Al lavoro, dunque», disse Erskine, con un'austerità nel tono della voce che non avevo mai udito. «È giunto a una risoluzione, signor Corrigan, per quanto riguarda la questione delle terre?»

«Potrei arrivarci più velocemente, signore», rispose Corrigan con aria affaticata, «se lei fosse così bravo da rilasciare una dichiarazione davanti a questo giovane gentiluomo danneggiato». Agitò una mano piccola e sorprendentemente tozza nella mia direzione. «Va compreso che la mia presenza qui non è indicativa di nessun…».

Il signor Erskine lo interruppe. «È priva di pregiudizio. Questo è ben inteso».

Il signor Cracknell chiuse la scatolina del tabacco da fiuto rumorosamente. Doveva avere una molla molto potente. Mi rivolse un sorriso veloce e molto sgradevole.

«Vuole dire, *spero*», disse Corrigan, «che la legalità del mio titolo non è in discussione».

«Non siamo qui per discutere di legalità», disse Erskine, e Corrigan si girò e rivolse un sorriso triste al suo compagno, visto che non aveva ricevuto la risposta sperata. «L'onore», continuò Erskine, «era il solo fondamento di quella transazione».

Cracknell accavallò le gambe così velocemente che mi fece sobbalzare. Mi sorrise di nuovo.

«Il padre del giovane signor Rigge ha onorato il debito contratto durante una partita di *lanterloo*», disse Corrigan. «Ma in caso qualcuno tra i presenti possa pensare che l'onore era tutto da una parte, mi piacerebbe menzionare che ho cercato di metterlo ripetutamente in guardia dall'alzare la posta in gioco, ma la sua risposta abituale era: "La sfido a giocare un'altra mano". Avrei disonorato entrambi, se avessi rifiutato. Quando alla fine non poteva più scommettere danaro, ho acconsentito ad accettare le sue cambiali. Alla fine mi sono ritrovato in possesso di una casa priva di valore, sul punto di cadere a pezzi, un nugolo di affittuari e un villaggio che metà della popolazione originaria ha veduto bene di abbandonare alla ricerca di prospettive migliori».

Mi alzai in piedi. «Non resterò qui a sentire la memoria di mio padre trattata in questi termini da un volgare lestofante».

Rivolsi un inchino al signor Erskine e mi diressi alla porta. Il signor Bright mi veniva dietro con tutta l'intenzione di trattenermi dall'andar via, e temo anche di averlo trattato bruscamente.

«La prego, si sieda, signor Rigge», disse Erskine, fissandomi con intensità.

«Continueremo la negoziazione soltanto se il signor Corrigan si scuserà».

Il signor Erskine rivolse uno sguardo esasperato al signor Bright, che disse: «Stia a sentire, Rigge», ma venne interrotto da Corrigan, che col suo tono piagnucolante, disse: «Non c'è niente da negoziare qui, ma se questo può aiutarci a fare più in fretta, acconsento a scusarmi. Il padre del giovane signor Rigge gestiva la sua tenuta alla vecchia maniera, e sono sicuro che dietro, anche se a me oscura, ci fosse una sua logica».

Il signor Erskine mi guardò in attesa di una risposta. Annuii, falsamente, e mi rimisi a sedere. Cracknell fece schioccare di nuovo il coperchio della scatolina del tabacco da fiuto. Si tolse un fazzoletto dalla tasca ma non ci fece nulla.

«La prego, continui, signor Corrigan», disse Erskine.

«Trovo», disse, «che per aver tollerato il padre del signor Rigge al tavolo da gioco vengo calunniato dalle persone meno informate della città. Pare che io sia il bieco soggetto che ha sottratto l'eredità di un giovane, nobile gentiluomo. Sono sicuro che il giovane Rigge sia sempre stato nei pensieri di suo padre, ma quando questi si è giocato a carte la tenuta non ne ha fatto certo menzione. A ogni modo, tutte queste chiacchiere implicano un'accusa francamente sconcertante, quella di immoralità».

«Si tratta, forse, di una parola dal significato troppo vasto», sottolineò il signor Erskine, incrociando le mani.

Cracknell, che si stava dondolando sulla sedia, disse: «I medici sono i più colti, gli avvocati i più divertenti; per ultimo viene il clero».

«Ne ho parlato con i miei amici, signor Erskine», disse Corrigan. «Si tratta di gentiluomini, e il consenso prevalente tra loro è che io non abbia alcun obbligo a riguardo».

«E allora perché ci troviamo tutti qui?», chiese Bright dal suo angolo.

«Lei è qui perché ci lavora», rispose Corrigan senza nemmeno degnarsi di girare la testa, «e io sono qui perché lei mi ha scritto chiedendomi di venire. Ma ora che sono qui, è bene che io cerchi di far fruttare questa riunione».

«Odia fare viaggi a vuoto», commentò Cracknell.

Trattenni il fiato. Corrigan disse: «Immaginiamo di dividere in due la tenuta. Da un lato la casa e il parco, dall'altro il villaggio e le fattorie… e mettiamoci in mezzo anche la parte demaniale, pur soggetta a tanti dazi e diritti e accordi che prima o poi bisognerà riscattare».

«A che scopo stiamo immaginando questa suddivisione?», chiese il signor Erskine.

«Il giovane signor Rigge può averne una parte», disse Corrigan con la massima noncuranza. «Io mi terrò il resto».

Era esattamente come aveva previsto Erskine. Corrigan stava tentando di ricucire la sua reputazione ormai danneggiata, forse soltanto perché la perdita gli sarebbe costata cara dal punto di vista finanziario e avrebbe potuto mandare all'aria il progetto di aprire una banca. Ero comunque esterrefatto.

«Chi prenderà quale metà?», dissi, con ogni sforzo immaginabile per mantenere calmo il tono della voce.

«Decida lei», disse Corrigan con un'alzata di spalle.

«Giocatevelo a testa e croce», ghignò Cracknell.

«Le costerà una piccola fortuna riparare quella casa», disse Corrigan, «e come ben sa, gli affitti delle terre ammontano a pochi spiccioli».

«La padella o la brace», disse Cracknell, e iniziai a chiedermi se la sua malizia non fosse più leggera di quanto mi fosse sembrata.

Avevo gli occhi di tutti puntati addosso. Ritornare in possesso di una qualsiasi delle parti della tenuta mi avrebbe liberato dalle grinfie del capitano Harvey, visto che si potevano chiedere in prestito soldi dando le proprietà in garanzia. Amavo la casa e il parco. Richiamai alla mente il doppio viale di querce, la regolarità interrotta dalle mucche che si piazzavano sul suo corso. Sì, la casa necessitava di riparazioni, ma l'obbligo lo avevo con i tenutari, ed era quello di evitare la recinzione. Una voce minuscola nella mia testa sussurrò: «...sia che vogliano evitarla o meno», ma questo non bastò a dissuadermi. Nemmeno bastò il dubbio di dove sarei andato a vivere. Avrei preso un cottage ad Adenwold, o ne avrei costruito uno nuovo.

«Accetto la restituzione delle terre allocate», dissi, che mi parve subito la risposta di un bifolco, visto che probabilmente non era "restituzione" il termine legale che volevo usare. Il signor Corrigan sospirò di nuovo, ormai apparentemente aduso alle mie inciviltà, ma troppo stanco per correggermi. Cracknell giocherellava con una moneta e ghignava.

«Dunque è cosa fatta», disse il signor Erskinc, «il signor Pullman compilerà il nuovo accordo, altrimenti me ne occuperò io».

Se io mi ero comportato da bifolco, il signor Erskine non fu certo da meno, visto che non ringraziò Corrigan per la sua magnanimità e nemmeno consigliò a me di farlo. Evidentemente credeva davvero che Corrigan e Cracknell avessero barato in quella famosa partita a carte. Presi spunto dal comportamento dell'avvocato e a fine riunione non ci fu nessuno scambio di strette di mano. Mi limitai a ringraziare il signor Erskine e il signor Bright, mentre mi congedavo, sulla scia di Corrigan e di Cracknell, che stava ancora giocherellando con la monetina, e con fare esperto la lanciava in aria e la riafferrava mentre si accingeva ad andarsene. Il signor Erskine rimase a osservarlo. «Un gentiluomo davvero abile», osservò, porgendomi il cappello.

Promemoria del signor Erskine riguardante le conseguenze immediate della riunione appena descritta

Non sono uno psicologo, ma c'era qualcosa nell'espressione del giovane Rigge, mentre lasciava il mio studio, alla quale sulle prime non ho dato molta importanza. Ero ancora avvilito dalle maniere di quel tal Cracknell che, ormai ne ero quasi certo, aveva il ruolo più operativo della misteriosa alleanza con Corrigan.

Nel giovane Rigge, invece, notavo un pericoloso fatalismo romantico dello stesso tipo che sembrava aver afflitto il padre nell'ultimo periodo della sua vita. Se lo avevo ben interpretato, era di nuovo preoccupato di quel dannato "onore" che nei giovani di una certa specie tende ad avvicinarsi pericolosamente alla vanità. In Cracknell, notavo semplice malizia, e un rapido scambio di opinioni con il signor Bright mi confermò che anche lui la pensava alla stessa maniera.

Prendemmo i cappotti e i cappelli e uscimmo fuori, dove trovammo Rigge, Corrigan e Cracknell impegnati in una discussione in capo al vicolo che portava al mio ufficio. Avanzando verso di loro, udii Cracknell pronunciare le parole fatali: «E va bene, signore, vada per il raddoppio».

Non mi fu dato di sapere chi avesse suggerito di fare un altro tentativo e non l'ho mai saputo con certezza, ma credo che sia stato Rigge. Credo anche che questa idea fosse nell'aria da quando Corrigan aveva proposto la suddivisione della tenuta. Rigge, in breve, era un giocatore al pari di suo padre, ma non nel senso letterale, e lo vidi scuotere la testa quando Cracknell disse: «Giocheremo ad Hazard. Chi fa il lanciatore di dadi?»

«Non conosco le regole di nessun gioco di dadi», rispose Rigge.

Corrigan, che sino ad allora era rimasto a sorridere distratto, disse la sua. «E allora facciamo un solo tiro di un solo dado».

Il suo compagno non fu d'accordo con quella proposta. «Ma non abbiamo alcun dado, né un bicchiere e nemmeno un tavolo».

«Potremmo andare in una taverna», propose Corrigan.

A quel punto il signor Bright e io provammo a intervenire, ma Rigge ci allontanò con un gesto della mano. Provai a farlo ragionare alzando il tono della voce, ma non ci fu nulla da fare. Era determinato ad andare all'inferno più velocemente possibile. O forse non con tanta fretta, visto che quando Cracknell disse: «Allora lanciamo una moneta», e alzò il penny scintillante col quale stava giocando da prima, Rigge disse: «Possiamo usare una moneta neutrale?»

«E perché mai, signore», disse Corrigan. «Tutte le monete sono neutrali».

Rigge si girò verso il signor Bright. «Signore», disse, «posso chiederle di prestarmi un penny?».

Con una espressione della massima diffidenza il mio amico si pescò nelle braghe quello che risultò essere mezzo penny, che porse a Rigge con notevole imbarazzo.

«Posso vederlo, signore?», chiese Cracknell, e Rigge glielo passò (poiché ovviamente sarebbe stato disonorevole per lui non farlo, visto che aveva deciso di non usare il penny di Cracknell).

Mi sono ripassato quella scena nella testa decine di volte – quel breve istante, meno di due secondi, nel quale Cracknell prese la moneta e la girò per guardare l'altra faccia. È pur possibile che abbia dato la più impercettibile alzata di spalle mentre compiva quel gesto, e che si sia lasciato sfuggire anche un colpo di tosse. Se pure ci fu qualche inganno… fu perlopiù quasi invisibile. Passò la moneta a Rigge, dicendo: «Molto bene, signore. Lanci in aria quello scudo». (Ho poi scoperto che scudo è il modo un po' volgare di chiamare il mezzo penny).

«Chi sceglie?», chiese Rigge.

«Lei, signore», disse Corrigan.

«No, signore», rispose Rigge. «A lei l'onore».

«Testa», disse Corrigan.

Fletcher Rigge lanciò in aria la moneta.

Uscì testa.

Tutta la sua tenuta era stata persa per la seconda volta e ormai non aveva più estremi per fare appello; o perlomeno, nessuno che una terza parte avrebbe potuto ritenere ragionevole – un esito che credo non avesse soltanto previsto, ma in qualche modo perversamente auspicato. Il resoconto che ne fa sul suo diario è quantomeno raffazzonato e pressoché incoerente, forse proprio per le circostanze sotto descritte.

Il signor Derek Hill, carceriere, interrogato dal signor Bright a riguardo dell'avvistamento di Fletcher Rigge, la sera del giorno seguente

Dunque, il martedì sera di cui parla, signor Bright, quello del 4 di dicembre, l'ho visto alla Tiger Inn, che si trova a Jubbergate ed è un posto assai antico. A volte viene chiamata the Leopard, visto che è quello che molti credono sia la creatura sull'insegna. L'artista che l'ha ritratta non doveva saperne molto, dal momento che gli ha fatto sia le macchie che le strisce.

Ora si starà chiedendo perché in quel posto diano da bere a un secondino.

[**Appunto del signor Bright:** gli ho detto che non me lo stavo affatto chiedendo e se per favore poteva tornare a parlare del signor Rigge].

Lo deve conoscere per forza, quel posto, anche se non ci ha mai messo piede. Lo si riconosce dai comignoli, che salgono verso l'alto in maniera assai caratteristica: in una spirale molto stretta, quasi fossero anelli di fumo.

Comunque, ci avevo fatto un salto alla ricerca di un po' di sollievo, a farmi un goccetto, per così dire. Ero in piedi davanti al banco, sa dove si gode una visuale nitida della sala sul retro che sembra quasi la cabina di una nave – tutta di legno invecchiato, e un pavimento in discesa che ti fa pensare di esserti fatto una pinta di vino anziché di birra. Bene, là c'era il nostro signor Rigge, che una pinta di vino *l'aveva* bevuta, se non già due. Sedeva da solo davanti al camino e sembrava trovarsi nel posto sbagliato, col volto pallido e la camicia come al solito pulita e stirata, sembrava una "visione in abiti brillanti", come dicono nelle storie di fantasmi.

Aggirai il banco e mi diressi da lui, ma dovetti dargli un colpetto sulle spalle prima che se ne accorgesse. Non sono così audace da dirmi suo amico, ma perlomeno una sua vecchia conoscenza. Sembrava perso, affogato in un sogno. Direi che più che ubriaco sembrava insopportabilmente triste. Era tale e quale a *L'anatomia della malinconia*, solo senza il libro.

«Come sta, signore?», chiesi, e a poco a poco fece ritorno alla terra dei vivi, per così dire.

Invece di rispondere alla mia domanda – sembrava difatti mortalmente annoiato dalle sue stesse vicende – mi chiese mie notizie. Ma io insistetti, e mi rispose: «Ogni nube sta per sparire dall'orizzonte», e mi parve subito evidente che stava accadendo tutto il contrario. Mi chiese se volessi farmi un bicchiere in sua compagnia, ma io rifiutai, immaginando che desiderasse segretamente di essere lasciato solo.

Sul tavolo davanti a lui c'era quel libro su cui si metteva sempre a scrivere, assieme a disegni e dipinti – dipinti di sagome – e due lettere, signor Bright, scritte su carta buona. Non era certo affar mio, ma dando un'occhiata ho avuto modo di capire dalla scrittura che una doveva avergliela spedita una giovane donna.

Tornai nella sala principale, dove Bill Walker, il proprietario, mi disse che Rigge, in quel posto dove l'avevo trovato, con lo stesso muso lungo, c'era stato anche la sera prima, ma se non si sbagliava aveva solo i dipinti davanti, e non le lettere.

Nella sala principale ho trascorso una serata abbastanza conviviale. Verso le dieci mi sono riaffacciato nella sala sul retro e Rigge era ancora lì, più o meno immobile, con tutte quelle carte davanti. Gli strillai: «Buonanotte a lei, signor Rigge!», e credo che mi abbia a malapena sentito. Mi ha fatto l'impressione di un uomo senza amici, e la stanza sul retro della Tiger Inn non è il posto migliore dove stare da soli, signore, in una notte tempestosa, per via del rumore che fa il vento scendendo giù da quei comignoli a spirale.

[Poscritto del signor Bright:

Riporto qui sotto le lettere di cui parlava Hill. Erano state entrambe consegnate all'alloggio di Rigge quel martedì, ma recapitate in due momenti diversi.]

Lettera di Lucy Spink a Fletcher Rigge. North Bank Villa, Wellington Row, York

Signore,

so bene di sbagliare scrivendole. I nostri rapporti non sono tali da poter vivere di lettere, ma credo che lei sappia che mi pervade una passione abbastanza violenta da farmi travalicare il buon senso comune. Mi è stato raccontato (e credo che lei non vorrà negarlo) di esser stato visto parlare in una taverna – un posto, mi si dice, di pessima reputazione – con una giovane donna dal carattere alquanto dubbio, e sono giunta a comprendere, dalla confidenza con cui discorrevate, che quella donna non sia per lei un'estranea.

Sono consapevole del fatto che le sue recenti sventure l'abbiano messa in condizione di avere a che fare con individui meno rispettabili del dovuto. Ho scelto di non farle domande su questi particolari rapporti e di non tenerne conto, credendoli temporanei, e non incompatibili con quella che credo sia la sua naturale disposizione ai sani principi. Mi avvedo ora di aver sbagliato, e che lei si sia sin troppo inoltrato giù per quella maligna china, rinunciando al suo buon carattere, e alla stima di una persona che più di tutto stimava la sua amicizia.

È per me doloroso continuare questa missiva, signore. Ho iniziato col dire che non eravamo fatti per vivere di lettere, e devo dirle che ora non lo saremo mai, e la prego di non sprecare il suo tempo tentando di dare chissà che spiegazione, perché le assicuro che ogni sua lettera verrà rifiutata.

Sua, eccetera.

Lettera del signor Carl Spink a Fletcher Rigge. North Bank Villa, Wellington Row, York

Signore,

sarà sorpreso di ricevere comunicazione da una persona che non conosce, ma mia figlia è riuscita a malapena a scriverle.

So che da tempo la sta avvicinando allo scopo di corteggiarla. Le devo chiedere di recedere da questo proposito.

Sono consapevole che ha attraversato tempi duri, irti di difficoltà economiche – dev'essere stato tutto molto increscioso, non ne ho dubbi – e che ha scelto di sanare la situazione entrando in associazione con un uomo del quale (mi sono preso la libertà di indagare) non ho sentito dire nulla di buono, a voler essere gentili. Sa di chi sto parlando, signore, e ho anche le prove che lei abbia preso parte all'odioso libertinaggio che lo contraddistingue.

Le parlerò apertamente, signore: è stato visto da un testimone attendibile in compagnia intima della convivente di quest'uomo, che è poco più di una baldracca. Sembra inutile aggiungere che in nessun modo acconsentirei che lei diventi marito di mia figlia, che ho messo al corrente di tutto quello che le ho detto e che è rimasta particolarmente delusa di apprendere della sua vile condotta. Il suo corteggiamento, signore, non può ricevere da parte mia incoraggiamento alcuno, e se dovesse tentare di avere ulteriori contatti con mia figlia, sarà peggio per lei.

Suo, eccetera.

Diario di Fletcher Rigge, mercoledì 5 dicembre

Stamane mi sono svegliato presto, con la testa in condizioni non troppo malvagie considerato l'abuso di vino, ma ancora bisognosa di una schiarita.

Passeggiai per la città nell'intervallo prima dell'alba fredda e grigia, e a quell'ora solo i cocchieri e i negozianti sembravano determinati a far girare il mondo. Bevvi una tazza di caffè e mangiai una pasta da Mancini. Poi mi diressi al Foss Marsh, dove l'alba sembrò rivelare soltanto una foschia pallida eppure stupenda, che sottolineava il nero del fiume, che a sua volta enfatizzava il bianco dei cigni fluttuanti sulla sua superficie, e faceva sembrare tutto profondo e misterioso, donando un tepido conforto che poco aveva a che fare con una falsa consolazione.

Credevo di essere soddisfatto, stavo iniziando a lasciare andare il lunedì e il martedì. Decisi di scrivere una nota al signor Erskine per ringraziarlo della mediazione che aveva svolto con Corrigan e spiegargli il mio comportamento che lo aveva di certo fatto disperare. Non aveva avuto l'opportunità di dirmi nulla, visto che avevo lasciato in gran fretta Precentor's Court. Però lo avevo sentito muovere delle rimostranze a Corrigan e Cracknell mentre giravo l'angolo verso High Petergate, e la voce di Corrigan suonava contrita... ma non significava nulla. C'era forse stato qualche trucco con la moneta? Cracknell mi aveva restituito quella che gli avevo dato perché la potesse ispezionare. Ma non importava nulla, visto che l'esito era stato esattamente quello che avevo sperato.

"Giocare al raddoppio" era proprio quello che avevo in mente; non avrei potuto rifiutare l'offerta, e per questo ero stato io a farla. Non avrei mai potuto accettare l'elemosina di Corrigan; e poi, come avrei potuto mai essere il suo vicino, in campagna, con la casa e il parco che un tempo erano miei, a pesare sulle terre che mi erano state concesse in compenso? Ora avrebbe fatto recintare quelle stesse terre, ma le mie recenti conversazioni mi avevano convinto che avrei dovuto fare lo stesso anche io.

Non avrei mai trovato rifugio nella mia personale Arcadia, né tantomeno avrei portato con me la signorina Spink. Per lei non ero altro che il personaggio di un romanzetto d'appendice, e alla fine aveva perso interesse per quel romanzo. Il suo primo informatore era stato, ovviamente, Bob Richmond: lo avevo visto all'Half Moon, alla fine della mia chiacchierata con Esther. Credo che sia convinto di aver fatto un intervento risolutivo (e spero che questo stesso pensiero vada in futuro a tormentarlo), ma è stato soltanto la causa immediata di una separazione che doveva comunque, in un modo o nell'altro, avvenire. La sera prima avevo scritto e riscritto frasi da inserire in una lettera di risposta per la signorina Spink, ma ognuna di esse – da "La donna di cui parla è una mia amica di vecchia data", a "riverso in questa missiva tutto il mio cuore", a "sinceramente suo", suonava come una bugia. Inoltre quella lettera, come mi aveva informato la signorina Spink, non sarebbe mai stata letta.

Il suo secondo informatore, credo, dev'essere stato il piccolo uomo calvo, che dopo averla informata della possibile restituzione delle mie terre, le doveva aver anche riferito dell'impossibilità che ciò accadesse a causa del mio bislacco comportamento fuori dall'ufficio dell'avvocato. In qualche modo, insomma, era venuta a conoscenza dell'esito della riunione con Corrigan e Cracknell. Se i miei tremila l'anno erano ormai persi, doveva ripiegare su uno degli scialbi fratelli di Thirsk, con la loro rendita da duemila l'uno.

Ma forse non le sto rendendo giustizia. Quello che ha sentito dire lei lo ha sentito dire anche il padre, che le aveva imposto di non scrivere, e disobbedendogli aveva fatto mostra di una certa tempra, anche se alla fine le lettere dei due erano quasi identiche. Questo mi suggeriva che la prima informazione, quella riguardante Esther, contava per lei più della seconda riguardante la pecunia. A ogni modo, lei è consacrata agli usi e ai modi di questa città: io mi ero soltanto illuso di poterla avere, e ora sono finalmente libero.

Il mondo totalmente monocromo che vidi alla palude mi ricordò le sagome, le ombre e il capitano che per la prima volta me le aveva disposte davanti. Quel gentiluomo non è tipo da evitare. Decisi che, al contrario, avrei dovuto abbracciarlo, lui e le ombre, per risolvere quella questione il prima possibile.

Fletcher Rigge, seguito

«Tintura?», chiese il capitano Harvey, mentre entravo nella stanza che suo padre aveva usato per dipingere. Era seduto al tavolo lungo, ancora pieno degli inchiostri e dei colori scuri e di tutti gli attrezzi necessari ad applicarli. Stava togliendo il tappo a una bottiglia, proveniente senza dubbio dalla cantina di suo padre, mentre io stavo in piedi vicino alla finestra a guardare la neve che cadeva lentamente sul fiume scuro. Il capitano credeva che fossi interessato all'inarrestabile capitolazione di tutti quei fiocchi di neve, ma in realtà ero più occupato a studiare il profilo dell'uomo assassinato, che era appeso al muro vicino alla finestra. Erano quasi le due del pomeriggio, ma dal colore del cielo si poteva pensare che fosse più tardi.

«Tenga, signore», disse, «si tratta di un Burgundy discreto, e di sicuro consumarlo è meglio che lasciarsi andare alla malinconia. È stato in difficoltà, immagino? Spero che non abbia nulla a che fare con la storia delle sagome».

«Questa settimana», dissi, «ho intravisto la prospettiva di giorni migliori. Ma si è trattato soltanto di un episodio di passaggio».

«Così mi piace!», disse il capitano. «Sempre sagace! *Tutto* è di passaggio, sa», disse con sardonica serietà, mentre prendevo il bicchiere che mi offriva.

Lo guardai: il suo sorriso deforme… la sua gamba deforme. Aveva un nuovo bastone da passeggio, col pomello d'argento. D'altro canto il suo cappotto era più scadente di quello che gli avevo visto indosso l'ultima volta. Ne apprezzavo la sobrietà del taglio, tuttavia. Le braghe non erano più pulite della volta scorsa, ma adesso il capitano commerciava in carbone, tra le altre cose.

«Che mi dice delle sagome, signore?», chiese il capitano, che come d'abitudine si era appoggiato alla mensola del camino.

«Sto mettendo ordine nei miei pensieri», dissi, appollaiato in fondo al tavolo. «Sono state tre settimane molto impegnative...».

«Anche qualche giorno in più», osservò Harvey. «Davvero non ha risparmiato tempo». Come per confermare quello che aveva detto, guardò l'orologio, un pezzo elegante, intarsiato d'oro. Mentre se lo rimetteva nella tasca del panciotto, lo immaginai ticchettare per tutti i prossimi trent'anni che avrei languito nel Castello, visto che gli uomini dello Sceriffo sarebbero venuti a prendermi di lì a una decina di giorni. «Due delle ombre le aveva già identificate», riprese il capitano «e se è riuscito a trovare la famiglia giusta, ne ha dovute riconoscere almeno altre tre».

Tirò fuori la pipa e la accese con un tizzone del camino.

«Non mi era stato richiesto soltanto di identificare i modelli delle ombre», dissi, «ero stato anche incaricato di stabilire la possibilità che uno di quelli fosse l'assassino».

«Questo si applica solo in sei dei sette casi», disse il capitano soffiando una nube di fumo, «ma scelgo di ignorare questa sua provocazione. Sono stato definito ben peggio che un assassino».

Non facevo fatica a crederlo.

Cominciai a raccontargli le mie avventure sulle tracce delle ombre, partendo dalla mia visita a Londra al signor Samuel Gowers, e mentre parlavo Harvey prese carta, penna e calamaio dal tavolo, e li portò alla sedia vicino al camino, dove si sedette per prendere nota del mio discorso. Si tolse anche la pistola dalla tasca del cappotto e la poggiò a terra sulle assi del pavimento, per nessun altro scopo che quello di minacciarmi.

«Racconta una ottima storia», disse amichevolmente, quando ebbi finito di narrargli non solo di Gowers ma anche delle Kendall, «ma con essa esonera questi quattro modelli?»

«Non con certezza», risposi. «Ma è improbabile che l'assassino sia tra loro».

«E la donna vezzosa col cappellino sbilenco?».

Gli rivelai la sua identità. Gli dissi che credevo fosse una persona molto determinata, non priva di un alone di amarezza e frustrazione, ma anche in quel caso non vedevo perché avrebbe potuto voler uccidere Matthew Harvey. A quel punto gettai d'istinto un'altra occhiata verso l'immagine del gentiluomo appesa al muro. Il capitano non sembrò apprezzare quell'attenzione che rivolgevo a suo padre. Il suo sorriso si inaridì, e disse: «Quella donna risiede a Monkgate, mi dice. Dev'essere assai ricca».

«Monk *Street*», dissi, «e la sua casa è malridotta».

Il capitano annuì accigliato.

«Il giovane con poco mento», disse.

«Si tratta di un attore», risposi, «connesso al Theatre Royal. Forse ne ha sentito parlare: Jeremiah Smith».

Il capitano si versò un altro bicchiere di vino. «Si sospetta che sia stato lui a uccidere il signor Cork».

Non capii se me lo stesse chiedendo o lo stesse soltanto ribadendo. Annuii comunque e iniziai a raccontargli quella che credevo fosse la storia criminale di Smith, presentandolo come il potenziale assassino di Matthew Harvey, del signor Cork e della testimone di quest'ultimo assassinio, Melissa King.

«Dunque questo Smith», disse il capitano, «ha ucciso non solo mio padre, ma anche il migliore – e unico – amico di mio padre. Stando a quanto mi dice».

Lo guardai attraverso la stanza gelida. Sapevo che la sua vera malvagità mi stava per essere rivelata.

«Questo Smith», disse, «un attore caduto in rovina, che è anche scomparso». Scosse la testa. «Non mi serve a nulla».

«Forse preferirebbe condurre una persona innocente al patibolo», suggerii.

«Non si tratta soltanto di condurre qualcuno al patibolo», disse. «Non sono mica un poliziotto, né tantomeno un magistrato, un carceriere o un boia».

«E allora cos'è?», chiesi, anche se a quel punto i miei sospetti erano confermati.

«Stando a quanto dice lei», disse il capitano, ignorando la mia domanda, «chiunque tra queste persone potrebbe essere il colpevole. Hanno tutti già un cappio che gli pende sulla testa. Basterebbe fare visita a un magistrato, con delle prove messe insieme con cura, per far calare la corda attorno a uno di quei colli, compresi quelli delle bambine dei Kendall».

Si alzò, con non poco sforzo, e con ancora maggior fatica si produsse in un sorriso. «Chiunque tra loro potrebbe ricevere una bella condanna. Non pensa che sarebbero ben lieti di evitarla?»

«Lieti, a che prezzo?», chiesi. «Duecento sterline? O forse da principio andrebbe bene anche una somma inferiore, per arrivare allo stesso ammontare con i pagamenti successivi? C'è una parola per definire gli uomini del suo stampo, signore».

«E quale sarebbe, di grazia?».

Colmo dei colmi, scoprii che non riuscivo a ricordarla. Il meglio che riuscii a dire fu: «Sanguisuga».

«Non riesce a fare di meglio?», chiese.

«Taglieggiatore», dissi. (Il termine più volgare, "ricattatore", sarebbe stato perfetto, ma lo andavo ricordando solo in quel momento). «Le settantacinque sterline che ha pagato per mio conto…».

«Centocinquanta», mi interruppe, «inclusa la cauzione».

«…sembrerebbero un buon investimento a fronte di un introito di diverse centinaia. Ma immagino, comunque, che non abbia alcuna intenzione di saldare il resto del mio debito?»

«Sinora ho pagato un occhio della testa soltanto per essere insultato», disse.

«Forse rivelerò i suoi progetti agli uomini dello Sceriffo», dissi. «O direttamente ai magistrati?»

«Ci si aspetta qualche colpo di testa da tutte e due le parti», disse il capitano. «Non ha esaudito quello che le avevo richiesto e chiaramente sarà – è – poco lieto di dover fare ritorno in prigione. Ma le consiglio di pensare con cautela. Tra di noi è stato stipulato un contratto che scade tra dieci giorni. Se mi calunnia prima di allora, verrà annullato».

Ma a quel punto, pensai, il capitano Harvey avrà scritto le sue lettere, costringendo i destinatari al silenzio assoluto su minaccia di denunciarli come assassini. E per allora avrà anche riscosso le sue ricompense. Gowers frutterebbe senza problemi due o trecento sterline, la signora Kendall molto di più. Anche la signora Sampson racimolerebbe un centinaio o giù di lì, a dispetto delle circostanze apparentemente travagliate. E comunque, contro di lei non c'era nulla. O perlomeno nulla che il capitano sapesse.

Il capitano aveva trascorso inquieto i giorni passati, mi aveva detto Esther. Senza dubbio aveva in progetto di lasciare York a breve. Si sarebbe piazzato ai confini di qualche altro paese, sempre vicino a un pontile, dove avrebbe potuto ricevere il carbone che lo sostentava. Oppure avrebbe fatto ritorno a Londra, dove chiunque può efficacemente riuscire a scomparire. Il suo progetto ricattatorio presentava un rischio minimo. Avrebbe potuto portarlo avanti senza sforzo alcuno da Londra. Dopo essersi versato un altro bicchiere di vino, indicò languidamente col bastone la porta. La nostra conversazione era conclusa.

Uscii di casa e mi diressi di buona lena al Registro di York.

Fletcher Rigge, seguito

Erano quasi le tre del pomeriggio quando presi posto tra gli antiquari indaffarati e i cacciatori di pedigree che hanno motivo di rovistare tra i testamenti in quella sala malconcia. Non erano moltissimi, forse per via della neve fitta che era caduta nell'ora precedente. Per qualche motivo, alcuni coristi, che cercavano di ingannare il tempo prima della funzione della sera, continuavano a fare avanti e indietro nell'edificio per vedere quanto a lungo resistessero i fiocchi di neve sui loro cappelli prima di sciogliersi. Ogni volta che aprivano la porta imbarcavano all'interno folate di neve. Fu forse per quello che l'industrioso Myers, addetto al registro (come soleva definirsi), non si vedeva da nessuna parte. E nemmeno il capo impiegato che avevo già avuto modo di incontrare, quel tal Wilkinson. Al banco che impedisce l'accesso ai testamenti c'era un uomo a me sconosciuto, che al pari dei suoi predecessori sembrava infastidito, ma riuscì comunque a darmi l'impressione – persino con un sorriso – di essere più disponibile. I due archeologi di scartoffie che mi precedevano vennero forniti in tutta fretta dei documenti che avevano richiesto.

Pagai la ghinea e diedi il nome di Matthew Harvey.

«Ah!», esclamò l'impiegato. «L'uomo assassinato! Sono stato io a ricevere il suo testamento dall'esecutore, e a rilasciare il certificato di autenticazione».

In quel caso, suggerii – con quanta gentilezza mi concedesse la mia agitazione – forse ricordava dove l'aveva riposto.

«Certo che lo ricordo!».

E continuò a dire «Certo!», togliendosi e rimettendosi gli occhiali, mentre andava verso gli scaffali. Mi trovai a chiedermi chi fosse stato l'esecutore testamentario. A quanto pareva, Harvey aveva soltanto due amici, il pittore Goodricke e il signor Cork del Theatre Royal, che a sua volta era stato assassinato.

Mentre l'impiegato conduceva la sua ricerca, la grande inadeguatezza dell'organizzazione di quel posto mi portò a chiedermi disperato se sarei mai stato in grado di confermare quello che ormai sospettavo fortemente. I testamenti, tenuti assieme in fasci con del comune spago, dovevano essere stati disposti, almeno in teoria, in ordine alfabetico, ma su quegli scaffali versava il caos, i ripiani erano invasi da grossi ragni e dalle loro ragnatele, coperti di polvere che sembrava annerire i documenti su cui era posata. Mentre continuava a prendere e scartare un fascio dopo l'altro, l'impiegato cambiò la sua esclamazione a favore di: «L'assassinato, l'assassinato. Dove sarà?».

Era evidente che non lo stava cercando sotto la H e fu lì che ebbi l'ispirazione.

«Provi sotto la A», gli suggerii.

«Sotto la A? E perché mai?»

«Lo sta chiamando Assassinato», dissi. «Forse l'ha involontariamente archiviato secondo questo criterio. Sarebbe stato uno sbaglio facile da compiere», aggiunsi conciliante. «Chiunque, di fatto, avrebbe potuto compierlo».

L'impiegato parve perplesso, sulle prime. «Non credo che sarei stato così...».

Ma ricominciò la ricerca da capo in un altro posto, e riuscii a stento a trattenere la mia eccitazione quando lo sentii esclamare: «Be', guardi un po'. È proprio qui, tra due Ashton!».

Per ringraziarlo del testamento, oltre alla ghinea, gli elargii altre parole di conforto. «Questo ufficio è una vera e propria baraonda; non mi sorprende che lei si sia potuto distrarre».

«Be', è ovvio che io mi distraggo», disse lui ringalluzzito.

A uno dei tavoli riservati agli avventori srotolai la pergamena.

Lo spago non era ancora marcio; perlomeno, ci volle un po' a snodarlo. Quando ci riuscii, trovai due fermacarte per tenerla giù e iniziai a leggere.

Il testatore in questo caso era stato anche il compilatore – il nostro parsimonioso artista non aveva voluto incorrere nella spesa di un avvocato – ma le principali disposizioni erano, non di meno, chiare. Dopo un preambolo religioso inusualmente protratto, Harvey lasciava a suo figlio, il capitano Robin Harvey, il suo orologio d'oro. La sua casa, tutti i contenuti della stessa, il mobilio e i beni, assieme alla somma di tutto riguardo di ottocento sterline, andavano tutti alla sua domestica – e sorella – Susan. Come era spesso il caso quando una donna si trovava ad ereditare, tutto ciò avrebbe dovuto esser mantenuto in un fondo, del quale era intestatario il signor Goodricke della Royal Academy, il quale era anche l'unico esecutore del testamento. (La sua firma era stata aggiunta al testamento il 20 luglio del 1798, in altre parole un mese dopo la morte di Harvey). La somma di danaro era stata in origine di cinquecento sterline, ma la cifra era stata cancellata e sostituita con ottocento.

Il punto principale d'interesse di quel documento, però, non era in quei dettagli, ma in una cancellatura tanto più enfatica, fatta con quella che pareva essere vernice oleosa nera che si era rappresa in un grumo materico. Dovevo vedere cosa c'era dietro, e mi venne in mente l'etichetta di una bottiglia che avevo scorto nel laboratorio di Harvey: trementina. Era il materiale che si usava per dissolvere la pittura a olio. Doveva anche avere qualche utilizzo medico, e per questo sapevo esattamente dove rinvenirne una bottiglia.

Chiesi all'impiegato se potevo affidargli per un momento il testamento prima di rituffarmi sotto la neve. Cinque minuti dopo, ero uno dei clienti coccolati di M. Garencier, il cui rappresentante terreno, il signor Hurst, mi rivolse un'occhiata carica di sospetto mentre assisteva un'anziana signora nevrotica.

«Lo prenda con rabarbaro, acqua di riso e vino», disse, senza dubbio improvvisando mentre le porgeva una bottiglietta dall'aspetto costosissimo, «e torni tra due giorni se le viscere saranno ancora costipate».

Si girò verso di me. «Mi sta scolando la neve sopra al tappeto turco», osservò.

Mi scusai e gli chiesi: «Come va, signore? E come sta Tom-Tom?»

«Tum-Tum, vorrà dire. Purtroppo è indisposto – *mal de tête*. Ha poi comprato il suo esemplare di carlino?».

Gli dissi che avevo pensato molto a quella razza e che mi ero convinto che non avrei acquistato nessun tipo di cane. Poi gli chiesi se potesse vendermi una bottiglia di trementina.

Fece un'espressione schifata. «Ho la resina di pino», disse.

«È quasi la stessa cosa, vero?»

«È più raffinata. Si usa per il dolore muscolare».

«Ci devo rimuovere della pittura a olio», dissi e il signor Hurst restò lì a sentire che avevo bisogno di togliere della pittura da una pergamena per poter scoprire cosa c'era scritto sotto.

«Lei è un giovane assai misterioso», disse, aggiungendo: «Non pensa che l'inchiostro verrà via assieme alla pittura? Aspetti un momento».

Mi rovistai in tasca alla ricerca di monete e pescai uno scellino, e stavo rovistando ulteriormente quando il signor Hurst mi disse: «*Cela suffit*».

A un quarto alle quattro, ero di ritorno al Registro con la lama in mano e il testamento di Harvey davanti a me. Grattando via la pittura scoprii che un lascito era stato eliminato. Venivano lasciate trecento sterline a un fiduciario, che di nuovo era il signor Goodricke, che doveva disporne "nel modo che gli era stato dichiarato". Questo lascito doveva essere un segreto tra Harvey e il signor Goodricke, ma poi Harvey doveva averci ripensato.

E così, a quanto pareva, i miei sospetti erano confermati.

[Poscritto del signor Erskine:
Ho successivamente conferito con il signor Goodricke, che mi ha confidato di non essere mai stato consultato a proposito di alcun lascito, pur assicurandomi che non avrebbe avuto problemi a occuparsene a beneficio di un suo vecchio collega della Royal Academy. Quello che mi pare evidente è che Matthew Harvey avesse inteso costituire un fondo semi segreto, col quale il testatore chiariva che un legatario dovesse custodire delle proprietà nei termini descritti dal fondo, ma questi termini erano stati comunicati privatamente anziché essere dichiarati sul testamento. Si tratta del modo più comune, e più sicuro, di fare un lascito con discrezione rispetto a un fondo segreto, del quale non si fa menzione alcuna sul testamento.

Matthew Harvey doveva aver cambiato idea su quel lascito e aveva cancellato in maniera plateale ogni riferimento a esso, sul testamento, assegnando la differenza della somma a sua sorella. Ma chi era il beneficiario prescelto? Il signor Goodricke non poteva essermi d'aiuto a scoprirlo, e nemmeno Susan Harvey. Fletcher Rigge, però, credeva di sapere chi fosse.]

Lettera di Esther a Fletcher Rigge
River House, vicino al molo del carbone, First Water Lane, York

Signore,

quando rimembro la conversazione avuta a proposito del capitano mi ritrovo particolarmente agitata. Mi sono trattenuta all'epoca dal dire tutto quello che pensavo, poiché provavo lealtà per quel gentiluomo, che solo ora comprendo quanto fosse mal riposta.

Tanto per iniziare, il termine "gentiluomo" non gli si addice di certo. "Ricattatore" credo sia un appellativo migliore. Quello di cui si occupa veramente non è consegnare il carbone che arriva sulle golette al molo, ma consegnare lettere in cui minaccia la reputazione dei destinatari, che vengono accusati di crimini che possono o meno aver commesso – al capitano, del resto, non interessa. È per questo che lei è stato incaricato di rintracciare quella povera gente che si è ritrovata nelle vicinanze dell'assassinato, grosso modo al tempo dell'assassinio. Affinché le sue lettere abbiano l'esito sperato, devono contenere quantomeno il prospetto della forca.

Il fatto di quelle sagome è per lui completamente tangenziale, poiché, se un'accusa di assassinio è sufficiente, una per sodomia è ancor più efficace, e capace di portare via la vita di un uomo con estrema efficacia e solerzia. Dunque è di quello che il capitano accusa buona parte dei suoi corrispondenti, poiché è a quanto pare il peggiore dei crimini, uno che lui commette quasi ogni giorno e a volte – glielo posso assicurare, signor Rigge – anche due volte al giorno. Ma sembra che non esistano abbastanza galantuomini sodomiti per portare a termine i suoi loschi piani, e dunque ogni tanto deve crearne di nuovi. Quando è a Londra si mette ad adescare gli uomini nelle taverne – di quelle che a un osservatore casuale possono sembrare vieppiù simili a bagni pubblici o bordelli – e li incoraggia a prendersi libertà indecenti con giovanotti dalla faccia d'angelo. Qui a York, ha escogitato un nuovo programma. Le persone suscettibili non hanno più nemmeno bisogno di visitare quelle taverne, perché sono i giovanotti a raggiungerle a casa, con sacchi di carbone in spalla e la patta già sbottonata.

In una lettera spedita qualche giorno dopo, il capitano si dice indignato della dissolutezza di un suo impiegato. Essendo un mercante di carbone cristiano (è così che difatti si presenta), si sente compulso a erogare i servizi dei facchini in questione e di questo desidera essere compensato. Tutti – non solo i gentiluomini più riservati – acconsentono, visto che sulle prime la richiesta è assai modesta. Ma una volta abboccato all'amo vi restano appesi per sempre, a meno che non riescano a liberarsi, o che il capitano non si annoi di corrispondere con loro. E così devono tenere ben d'occhio la noia del capitano, e devo dirle, signore, che ancora non si è annoiato di questa storia delle sette ombre – anche se in questione c'è soltanto chi abbia compiuto l'assassinio – e spero che lei avrà il buon senso di lasciare la città, che è quello che le raccomanda

la sua amica e benefattrice,

Esther

[Poscritto del signor Bright:

Questa lettera non è mai stata spedita. È stata ritrovata nelle pagine del diario di Esther, nelle circostanze che andrò a rivelare.]

Lettera del signor Hardcastle, gestore della biglietteria del Theatre Royal, a Fletcher Rigge.
Theatre Royal, St. Leonard's Place, York.
Mercoledì 5 dicembre.

Caro signor Rigge,

mi ha chiesto di tenerla al corrente di ogni nuova informazione riguardante la posizione attuale di Jeremiah Smith. Bene, signore, non sembra impossibile che il nostro fuggiasco sia tornato in città. Il suo precedente alloggio, sito a Whip-Ma-Whop-Ma-Gate, si ritiene sia stato saccheggiato. Qualcuno, si fa per dire, è riuscito a guadagnarsi l'accesso infrangendo la finestra sul retro ed è entrato nelle stanze precedentemente occupate da Smith, che non erano state ancora riaffittate. Se è stato Smith a compiere questa incursione, vuol dire che ha rubato le sue stesse cose. Qualche abito, un orologio (rotto, mi si dice), due candelabri e due banconote da una sterlina, assieme a un faldone contenente ritagli di recensioni degli spettacoli di Smith.

Il suo umile servitore,

Timothy Hardcastle.

[Poscritto del signor Bright:

A differenza della lettera di Esther, questa è stata ricevuta da Rigge. Il signor Hardcastle l'ha consegnata a mano mercoledì 5 dicembre, mentre Rigge si trovava al Registro, poggiandola sul tavolo fuori dalle sue stanze.]

Diario di Fletcher Rigge, giovedì 6 dicembre

Alle otto di questa sera giacevo disteso sul mio letto pensando a quanto avevo scoperto al Registro e passando in rassegna questo diario. Sul letto c'era anche l'atto di trasferimento della proprietà a Corrigan. Ora lo posso guardare senza provare tristezza: si tratta solo del memorandum di una transazione portata a termine. Le tende stracciate che pendono alla mia finestra non fanno un gran lavoro nel tenere a bada la luce della luna, e non riescono minimamente a tenere lontano il freddo. Mentre guardavo da quella parte, la tenda si è mossa e il vento si è intromesso nell'ambiente. Qualcuno doveva aver aperto la porta sul retro, e ora stava salendo le scale diretto alle mie stanze. Era un passo leggero, che mi preoccupò meno che se fosse stato pesante, e mi lasciò più perplesso, almeno per qualche istante.

«Buonasera, signora Sampson», dissi, aprendo la porta.

«Spero non abbia previsto il mio arrivo», rispose, entrando nella stanza e togliendosi il cappello a tricorno.

«Sarebbe stato alquanto presuntuoso da parte mia». Mentre parlavamo, si rendeva conto di essere entrata direttamente nella camera da letto. Mi scusai, conducendola nella stanza seguente, che svolgeva la funzione di salotto, e assicurandole che il suo arrivo mi aveva colto completamente di sorpresa. Una sorpresa piacevole.

Le indicai l'unica poltrona tappezzata che possiedo, che poi è un minuscolo divano. Io restai in piedi vicino al camino.

«Mi offrirei di prenderle il cappotto», dissi, «ma…».

«Senza cappotto morirei di freddo», completò la frase.

Restammo in contemplazione della fiamma esile nel camino. Stavo in maniche di camicia con i polsini sbottonati. Indossavo pantaloni grezzi di lana invece che braghe. Le ciabatte migliori e più vetuste di mio padre, di seta verde, non erano sufficienti a impedire di sentirmi mortificato, sensazione che il sorriso della signora Sampson non riuscì a mitigare.

«La signora Buckley potrebbe portarci del tè», proposi.

«E chi sarebbe?»

«La mia padrona di casa».

«La persona che sono riuscita con successo a evitare, vuol dire?»

«O altrimenti ho del porto», dissi. «Ne gradisce forse un bicchiere?»

«Sì», rispose. «Certamente. Grazie».

Tolsi la bottiglia dalla credenza ad angolo, riempii gli unici due bicchieri che possedevo.

«Quello cos'è?», chiese indicando l'atto.

Felice di un diversivo che potesse distrarmi dalla domanda su dove mi sarei seduto, le dissi di cosa si trattasse e cosa significasse, ovvero le terre che avevo perso per via del vizio del gioco di mio padre.

«Anche mio marito è un giocatore», disse.

«E lei?», chiesi.

«Non ci penso nemmeno. Tranne il fatto che l'ho sposato».

«Disapprova la sua abitudine?»

«Non può permettersela, e nemmeno io. Disapprovo molto, e con più foga, quanto tempo passi seduto. Ha una vera e propria avversione per l'esercizio fisico».

Evidentemente il signor e la signora Sampson non andavano d'amore e d'accordo. Non mi venivano in mente molti motivi per i quali ne parlasse tanto apertamente. Avevo trovato due candele, ma erano più che altro mozziconi, e mi disse di non disturbarmi ad accenderle. «Possiamo parlare alla luce della fiamma», disse, «come si fa in campagna. Credo che a lei non dispiacerebbe trasferirsi in campagna, il suo luogo d'origine».

«Non lo so più. Un tempo ne ero convinto».

«York le sembra un posto troppo metropolitano? Questo buchetto da diecimila anime?»

«Venti, e non è tanto la città, quanto la filosofia che incarna».

«Si spieghi».

«Il civismo universale; il credo nella perfettibilità della natura umana».

«Penso che in città lei se la cavi abbastanza bene. Ne possiede una ottima comprensione. Sa ballare; ed è dandy al punto giusto, cosa che la città sa apprezzare. A dire il vero è un appassionato di abiti. È come una donna».

«Nessuno potrebbe muoverle la stessa accusa».

«Per quanto mi riguarda, odio ogni tipo di attitudine dandy: cappelli, cuffie, tutta quella farsa di fiocchetti e nastri».

Soppesai il vino nella bottiglia, scoprendo che ne era rimasto più di quanto pensassi.

«Una volta qualcuno ha lasciato un biglietto di suicidio», dissi, riempiendo il bicchiere alla signora Sampson. «C'era solo scritto: "tutto questo sbottonare e abbottonare"».

«Chi l'ha scritto?»

«Un anonimo».

«Ma dev'essere stata una persona che viveva in città».

«Non capisco come faccia a dedurlo».

«Perché è divertente, e le persone di campagna sono estremamente noiose».

«Le piacciono le fabbriche, dunque?»

«Le trovo gotiche e belle. Perché non viene a sedersi vicino a me, signor Rigge?»

«È dunque ben disposta verso il fumo nero e fitto?»

«Signor Rigge», disse, picchiando sul divanetto per indicare lo spazio vuoto al suo fianco, «si sta trattenendo per ragioni di cavalleria? C'è forse un'altra donna? Ma certo, dev'essere la sua amica particolare, la signorina Spink, la figlia del mobiliere».

«Credo che sia stata lei a uccidere Matthew Harvey».

Non parve minimamente turbata e continuò imperterrita a puntare verso il suo obiettivo, qualunque fosse.

«Lo so che lo crede. È stato così scortese da accennarlo la prima volta che ci siamo visti».

«Credo che lei sia sua figlia».

«E perché mai?»

«Perché ho visto il suo ritratto, e vi somigliate come due gocce d'acqua».

«È un bravo fisionomista. Io sono sua figlia, signor Rigge. Ma lui non è mio padre».

Fletcher Rigge, seguito

«È il mio turno di lamentarmi, signor Rigge», disse la signora Sampson. Ma non seguì alcun inadeguato sentimentalismo, e allo scopo di condensare la narrazione, lo racconterò a parole mie.

La madre della signora Maria Sampson, Jane Ackroyd, faceva la serva nelle cucine della grande casa che guardava la piazza del mercato del giovedì. Quand'era poco più che una ragazza, venne vista camminare lungo il fiume da Matthew Harvey, che le chiese se poteva ritrarla. Fece più che ritrarla, a ogni modo, e la signorina Ackroyd restò incinta, col risultato che venne licenziata dalla casa dove lavorava. Trovò un alloggio economico a Fishergate e si mise a lavorare come cuoca in una taverna – e così buona parte dell'infanzia e della prima giovinezza della signora Sampson trascorse sui lastroni di pietra del pavimento di una cucina. Matthew Harvey, poco tempo dopo, sposò la figlia di un parroco. Fece ben poco, o mai nulla, per aiutare Jane Ackroyd. Di tanto in tanto faceva un salto all'alloggio e, con la scusa di ritrarre Jane, si metteva a indagare su come se la passasse, e forse elargiva una sterlina o due, somme che arrivavano con più facilità nel caso Jane fosse disposta a concedere un certo favore in cambio. Quando Maria aveva cinque anni, sua madre – che diceva a tutti di essere vedova – sposò un uomo chiamato Hugh Smillie. Dopo un breve periodo passato a convivere con Smillie, Maria sperò che sua madre divenisse di nuovo vedova. Smillie, non dissimilmente da Carl Spink, faceva il tappezziere, ma aveva un giro di affari più ridotto: «Faceva cuscini, ma non per me o mia madre. Aveva una bella scorta di lunghi aghi, e li usava per pungermi».

Le chiesi se per tutto quel periodo Matthew Harvey si fosse fatto vedere.

«Talvolta spediva una lettera con una ghinea nascosta dietro il sigillo. Altre volte veniva con il cavalletto. A quel punto era interessato a ritrarre e dipingere *me*. Gli schizzi che faceva erano impeccabili, ma ovviamente non li firmava mai. Credo che si stesse decidendo a compiere qualcosa di improprio».

«E se ne è poi macchiato?», chiesi.

«No, mai. Una volta mi ha ritratta su un'altalena, e in quell'occasione è parso molto interessato alla posizione delle mie gambe. Ma, no».

Dopo qualche anno la madre della signora Sampson lasciò Hugh Smillie. Si trasferì nella campagna vicino York, dove sposò un certo signor Barnes. «Diceva di essere un sacrestano, ma in verità faceva il becchino». Comunque, non era malvagio quanto Smillie, e cercava di essere di aiuto alla ragazza, che di tanto in tanto riceveva piccole somme di danaro da Harvey. «Verso la fine era diventato molto cristiano, dunque forse era stato colto dal bisogno di redimersi».

Maria Sampson ricevette una educazione. «Tre anni a una scuola di campagna che in pratica era una fabbrica che sfornava governanti. Ho finito per educarmi da sola mentre educavo chi mi veniva affidato. Ma non dovrebbe appuntare tutto questo nel suo diario?».

Quando aveva vent'anni – vale a dire, vent'anni *fa* – Maria Sampson sposò Harry Sampson, un assicuratore, che all'epoca aveva quarantacinque anni ed era «un tipo galante, che ci creda o meno». Il matrimonio non aveva dato figli. Quando la madre di Maria restò davvero vedova, circa sette anni fa, si trasferì a vivere con loro.

Matthew Harvey non voleva più avere niente a che fare con

la madre di Maria, ma ancora non era riuscito a sbarazzarsi completamente di Maria, che lo visitava, da adulta, sempre con la scusa di mettersi in posa per un ritratto. A volte la ritraeva con uno schizzo. Nella settimana delle gare di corsa di quell'anno, le aveva fatto un profilo, e ne aveva anche preso nota, in caso qualcuno dovesse domandarsi il motivo di quella visita. Era stata Maria a richiedere di incontrarlo, sua madre era malata e gli affari del signor Sampson erano sulla rotta del fallimento. La signora Sampson sapeva che Matthew Harvey era malato; avrebbe forse voluto lasciare qualcosa in eredità a sua figlia o alla sua vecchia amante? Lui le disse che aveva preso in considerazione l'idea. Ma che era preoccupato del potenziale scandalo. Come si sarebbe ripercossa la cosa sul figlio? La signora Sampson gli aveva detto che un altro piccolo scandalo accostato alla figura di suo figlio non avrebbe fatto differenza alcuna, e comunque c'erano anche modi di fare lasciti in segreto.

«Ha davvero pensato di farlo», dissi. «Sul suo testamento si vede traccia di un lascito confidenziale, ma è stato tutto cancellato».

«Ha visto il suo testamento?»

«Sono stato incaricato dal capitano Harvey di scoprire l'identità del suo assassino, così è ovvio che mi sia ritrovato a guardare quel testamento. Comunque, il capitano conosce la sua vera identità?»

«Lei che ne dice?»

«Se la conoscesse», risposi, «avrebbe provato a far fruttare l'informazione. Dunque penso che non ne sappia nulla. Credo che Matthew Harvey le abbia detto che non ci sarebbe stato lascito alcuno. Che aveva soppesato l'eventualità e che aveva deciso di non farlo. In uno scoppio di rabbia improvvisa, lei ha preso le forbici».

«Signor Rigge, nego che sia accaduto».

«Ne prendo nota».
«Ma non mi crede?»
«No».
«Bene, allora», disse, sorridendo. «Siamo giunti a una bell'impasse».

Seconda lettera del signor Hardcastle, del Theatre Royal, al signor Erskine

Mi preoccupava molto il fatto che le chiacchiere su un possibile ritorno di Jeremiah Smith potessero distogliere la Compagnia dai preparativi per la messa in scena de I rivali. *Per fortuna, il successo del nostro spettacolo di apertura ha bandito ogni preoccupazione.*

Quella sera di lunedì 10 dicembre eravamo più in fermento del solito. Contavamo molto su quella rappresentazione, e per poterla mettere in scena avevamo anche rimandato il nostro solito spettacolo natalizio, un rischio assunto consapevolmente, dal momento che il testo di Sheridan è molto stimato in ambito professionale, a dispetto della durata e della natura esigente (visto che le sue sfumature comiche sono a tratti assai sottili). Nei miei giorni londinesi mi è capitato di interpretare il baronetto irlandese Sir Lucius O'Trigger, un personaggio autorevole che ha richiesto che dessi il meglio per interpretarlo, per scoprire che nei suoi momenti più intensi non riuscivo a rendere con precisione quell'accento celtico. Ma questo è solo un inciso.

È mia abitudine, durante le serate di apertura, preparare tutto per bene nel botteghino, il fuoco ben stipato (visto che si trova all'aperto, vicino alla passerella), una buona quantità di monete per dare il resto e ogni posto disponibile ben marcato sulla tabella. Passo poi tutto al mio assistente, il giovane signor House, che si occupa delle persone che arrivano in anticipo, mentre io mi reco dietro le quinte per – non faccio fatica ad ammetterlo – godermi il brusio dell'attesa. Ero solito scambiare qualche parola con il signor Cork nei pressi del palco un'ora prima dello spettacolo, ma ovviamente, ora che siamo privi di un impresario, visto che non è stato ancora designato un rimpiazzo per il compianto signor Cork, questo fatto può aver contribuito all'eccessiva confusione di quella sera.

Tra i nostri problemi figuravano i seguenti: il signor Dawson non riusciva ad accendere il fornello nella buca, e almeno metà delle lampade erano a corto d'olio, il cui rifornimento, grazie a me, era stato consegnato, solo per poi esser mal riposto da uno dei ragazzetti dello scenografo, che quella sera si ritrovava in casa afflitto da un malanno. Il signor Bradley, che doveva interpretare la parte del servitore Thomas, era parimenti indisposto, ed era stato scelto a sostituirlo il signor Mason, che probabilmente avrebbe dovuto recitare direttamente dal testo, anche se stava facendo non poco sforzo per tentare di imparare la parte, sdraiato sulla schiena in camerino, imbeccato dal signor Hague, che allo stesso tempo contrassegnava la sua copia del suggeritore. Nessuno sembrava riuscire a trovare la nostra principale attrice femminile, la signora Wakefield, che doveva interpretare Lydia Languish. Stavo per mandare l'apprendista del falegname al suo alloggio quando ho ricordato che quella donna, una brava attrice, anche se assai ansiosa, trovava spesso sollievo confinandosi al buio nella sala della pittura, dove non sono permesse candele, visto che le vernici sono combustibili. E là l'ho rinvenuta, in lacrime; ma ha provato un po' di sollievo quando l'ho appellata: «Ecco infine la nostra Lydia… che languisce!». Mi ha permesso di accompagnarla nel camerino, e quando l'ho affidata alle cure della guardarobiera, la signora Dubois, e le ho detto: «Che il successo ti sia alloro, mia cara», mi ha dato un bacio sulla guancia e – ricompensa ancor migliore – il più delizioso dei sorrisi.

Ho poi, alla porta sul retro, ricevuto consegna del dolce e del vino che ordiniamo sempre da Mancini la sera della prima. Ho portato il tutto nella Stanza verde, non prima di aver scansato un paio di bottiglie, visto che è risaputo che il signor Parker (che avrebbe interpretato Sir Lucius) e la signora Dyson (nei panni della signora Malaprop) sono soliti farsi un goccetto prima di salire sul palco, quasi sempre senza effetti avversi. Ho trovato il signor Emmett (già nei panni di Sir Jack Absolute) sorridente e flemmatico a ripassare le battute, bevendo qualcosa di più preoccupante del caffè, mentre mangiava dei sandwich alle acciughe.

Fu proprio vedere il giovane Emmett che mi riportò a pensare al maledetto Smith, che prima di lui aveva interpretato il ruolo di Jack. Per la prima volta mi venne in mente che se davvero era tornato in città, la sua vanità avrebbe finito per portarlo in teatro, quella sera, nella speranza di vedere Emmett fare una brutta figura nei panni di Jack. Avrebbe potuto essere tentato di farlo anche se la Guardia cittadina era stata messa al corrente della descrizione del suo aspetto, con l'ordine preciso che avrebbero mandato un agente ad avvisarci se fosse stato avvistato in città.

E comunque non sarebbe potuto entrare senza un biglietto – se ne sarebbero accertati gli uomini alle porte – ma non era implausibile che nel frattempo il mio giovane collega, il signor House, glielo avesse già venduto, non essendo stato in grado di riconoscerlo. Entrai dunque nell'auditorium e dal bordo della buca dell'orchestra (nella quale i musicanti andavano in quel momento prendendo posto), mi guardai intorno. C'erano soltanto un paio di dozzine di spettatori, sparpagliati tra la galleria, le logge e la platea. Non riuscivo a individuare nessun Smith, ma immaginavo di non poter vedere da là chiunque si trovasse nell'auditorium, visto che le luci erano particolarmente fioche, per via delle problematiche esposte qualche riga sopra.

Mi recai dunque nella hall, e da lì in biglietteria, dove presi in consegna la cassa dal giovane House, che mi informò che gli affari stavano già andando bene. Come al solito, rimasi nella mia postazione fino a pochi minuti dopo l'alzata del sipario, quando calai la piccola tenda del botteghino. (Non è buona pratica tenere aperto il botteghino troppo tempo dopo l'inizio dello spettacolo, poiché incoraggia i ritardatari). Mentre eseguivo quell'azione, mi potevo dire convinto di non aver venduto alcun biglietto a Jeremiah Smith, ma facendo mente locale, mi resi conto che avrebbe potuto chiedere a qualcun altro di comprare il biglietto in sua vece. Succedeva spesso, specie tra i candidati alla platea e alla galleria inferiore, che sovente incaricavano un servitore di prendere i biglietti mentre loro si intrattenevano nel salotto. Ma non ci si poteva fare nulla, visto che ormai lo spettacolo era iniziato.

La seconda scena del primo atto era in corso quando riguadagnai la mia postazione a fianco del palco. Mi sono sempre detto fermamente convinto che qualsiasi primo atto andrebbe accompagnato da una lettura del Riot Act. In quell'occasione udii e sbirciai un pubblico vivace che man mano diveniva riverente, e sembravano tutti divertirsi un mondo. Vidi la signora Malaprop, Julia e Sir Anthony Absolute interpretati con grande talento, e dopo un brevissimo intermezzo, durante il quale non venne tirata nemmeno un'arancia, vidi che potevo fregiare di quell'onore anche l'interpretazione di Sir Jack resa dal signor Emmett. Continuai a guardarmi in giro per cercare Smith in platea o in galleria (poiché ero convinto che non avrebbe rischiato di comparire in una loggia) ma senza alcun frutto.

Quella sera non feci ritorno al botteghino, ma restai nella posizione descritta, a volte cercando tra la folla e offrendo parole di incoraggiamento agli attori mentre facevano le loro entrate e uscite. (Quando passò il signor Emmett, gli sussurrai che il suo Jack rasentava la perfezione assoluta, e lui mi fu molto grato di quelle parole).

All'inizio del terzo atto ero ancora lì. Dal mio punto di vista potevo osservare diagonalmente il palco e il lato sinistro della galleria superiore.

Nella seconda scena di quell'atto, il signor Emmett, nei panni di Jack, e il signor Pearce in quelli di suo padre Sir Anthony, stavano suscitando molte risate tra il pubblico con il loro scambio di battute, in cui Jack si mostra indifferente alle grazie della sua futura moglie. La risata più forte scoppiò quando Jack disse: «Credo che dovrei scegliermi una moglie che abbia il giusto numero di gambe e braccia, e una quantità limitata di fondoschiena; e anche se un solo occhio può andar bene, l'opinione pubblica è sempre stata a favore di due, e non vorrei che si dica che sto facendo i capricci».

Il signor Pearce stava per recitare la sua replica quando un oggetto giunse volando verso il signor Emmett, ma non arrivando a destinazione si schiantò a terra vicino alla buca dell'orchestra. Parlo di schianto perché non si trattava di certo di un'arancia marcia. Non riuscivo a capire cosa fosse (più tardi mi sono avveduto che si trattava di un piccolo orologio), ma la forza dell'impatto fece sobbalzare i musicanti, e dall'auditorium diversi individui urlarono: «Vergogna!». L'oggetto proveniva dal lato sinistro della galleria superiore, e là vidi un uomo che si girava e indietreggiava, spingendo via un paio di persone che avevano provato a trattenerlo. Tutto quello che dal mio posto riuscii a vedere di quello screanzato, era che indossava una grande sciarpa e un cappello a falda bassa.

Mentre scompariva dalla vista, diretto chiaramente verso l'uscita, mi inoltrai nel corridoio laterale, intenzionato a intercettarlo nella hall. Non ricordo bene cosa avessi in mente. Che poteva trattarsi di Smith? Forse sì, ma soprattutto che non potevo farla passare liscia a chi si fosse preso la briga di insultare la nostra Compagnia, mettendo in pericolo uno degli attori.

Arrivai nella hall in tempo per vedere quell'uomo attraversare l'uscita diretto alla passerella. Un altro uomo lo stava inseguendo. Quando mi resi conto che l'altro era il signor Fletcher Rigge, mi fu tutto chiaro. Dovevamo aver tutti e due concluso che Smith non sarebbe riuscito a tenersi alla larga dal teatro la sera della prima dello spettacolo che lui stesso avrebbe dovuto interpretare.

Chiamai il signor Rigge, ma, o non mi udì, oppure fece finta di non udirmi. Seguii i due lungo la passerella. Rigge stava urlando verso l'aggressore del signor Emmett. «Signore, si fermi! Vorrei dirle una cosa!». Ma il tizio proseguiva incedendo rapido, passando sotto l'ultimo arco della passerella e arrivando, così, al prato del teatro.

Un sentiero attraversa il prato diagonalmente, e un altro corre più vicino alle mura del teatro che è circondato da contrafforti di mattoni. Il primo uomo scelse quello e Rigge lo seguì, dandogli di nuovo una voce, al che finalmente l'altro si fermò e si girò. Per riuscire a parlare dovette allentare la sciarpa, e fu lì che vidi che non aveva mento e, come a compensare, faceva mostra di un naso di tutto riguardo. Si trattava di Smith, ovviamente, col suo cappotto a mantella e con dei nuovi boccoli ai capelli che non gli avevo mai visto prima.

Rigge gli era ormai a ridosso e Smith, con estrema violenza, lo apostrofò: «E chi diavolo sarebbe lei, signore, e cos'è che vuole?»

«Solo scambiare una parola», rispose Rigge.

«Voleva farlo anche prima», disse Smith, indicando il teatro che torreggiava tetro sopra le loro teste, «dentro quella... catapecchia».

Mi tuffai nella nicchia tra i due primi contrafforti, mentre Smith e Rigge, l'uno vicino all'altro, nella successiva.

Il prato coperto di neve era deserto; il cavallo del falegname, bardato della solita coperta, si ergeva silenziosamente al centro, e solo esili riverberi dello spettacolo che proseguiva giungevano dal teatro. Mi sovvenne, signor Erskine, che in questo caso particolare c'erano Rivali *dentro e rivali fuori – e di questi ultimi riuscivo a udire lo scambio.*

«Tutta la dannata cittadella vuole scambiare una parola con me», disse Smith, palesemente inviperito.

«Lo credo bene», disse Rigge.

«Sembra che io debba venir perpetuamente molestato, e non lo permetterò. Signore, credo che le caverò un occhio».

Al che, presumo, tirò fuori un coltello, ma Rigge proseguì perentorio: «Lei ha ucciso il signor Cork».

«Così si dice in giro. Quell'uomo abominevole, per anni, non solo ha abusato di una compagnia teatrale, ma anche di una donna particolarmente raffinata – un tesoro dei più delicati, signore, che non merita più di essere sotto le sue cure. Di ciò gli ho chiesto il conto. Ma lui si è rifiutato di affrontare la questione».

«E dunque lo ha ucciso».

Mi sorprendeva sentire che Rigge potesse essere così provocatorio. Ricordando la fine di suo padre, iniziavo a pensare che anche il figlio fosse parimenti destinato all'autodistruzione. Ma Smith sembrava quasi lusingato da quell'accusa, e nella voce serbava una nota di orgoglio quando disse: «Alla fine è riuscito tutto bene, sin troppo bene. E lei, immagino, dev'essere una specie di mercenario… Un acciuffa-ladri? Una spia? Vuole forse dirmi che qualche derelitto ha messo una taglia sulla mia testa? Qualche uomo di teatro, forse? Non mi sembra plausibile. Anche i suoi supposti soci – quella dannata marmaglia – saranno stati lieti della sua scomparsa».

«Ho una lettera di ingaggio, signore», disse Rigge, e in quel momento udii un frusciare di carta. Doveva aver tirato fuori la lettera di cui mi ha fatto menzione, signor Erskine, quella in cui il capitano Harvey chiedeva di incontrarsi per discorrere dell'assassinio di Matthew Harvey.

«Come può vedere», disse Rigge dopo un istante nel corso del quale Smith dovette aver probabilmente letto la lettera in questione, «si tratta di un altro assassinio. Questo gentiluomo, il capitano Harvey, la riterrà responsabile dell'assassinio di suo padre».

«Sembra», rispose Smith, «che la mia ignominia s'accresca al passar d'ogni dì. Matthew Harvey… che dipinge chiunque con le parvenze di un negro».

«Non negherà di aver ottenuto anche lei un simile ritratto».

«Sono andato da lui per sfizio, allo scopo di ottenere un souvenir. Non gli ho chiesto mica istruzioni sulla morale. Quel gentiluomo ha – o aveva, a quanto pare – un senso di lealtà amaramente mal riposto. Avrei di certo potuto ucciderlo soltanto per quello, ma così non è andata. Lasci che questo capitano vada dal magistrato, le dico; lo lasci provare a bistrattare ancor di più la mia vita. Non ci riuscirà. Non possono esserci testimoni per qualsiasi cosa accaduta tra me e quell'Harvey. Siamo stati da soli tutto il tempo. E già che ci siamo, non ci sono testimoni nemmeno per Cork».

«Non più», disse Rigge. «Se ne è assicurato».

Si udì il rumore di una breve e disperata baruffa. Stavo per uscire dal mio nascondiglio e raggiungerli quando il rumore cessò con la stessa rapidità che lo aveva visto sorgere. Mi accorsi che Smith aveva sbattuto Rigge al muro e lo teneva fermo, minacciandolo con il coltello che aveva tirato fuori poco prima.

«È un poco insanguinato, signore», disse Smith, a corto di fiato. «Ma è solo l'inizio. Ora parli, mentre ancora può».

«Forse», disse Rigge, riprendendo fiato a sua volta, «Harvey sosterrà il suo caso deponendo a sostegno del suo coinvolgimento in un altro assassinio. Quello di Melissa King».

«Sta mentendo, signore. Non ha nulla che mi incrimini di quel misfatto. Ma forse sarà lei a giurare che ne sia io il responsabile».

«Se fosse questo il caso, perché dovrei stare qui a rivelarle tutto? Nutro tanto disprezzo per il capitano Harvey quanto ne nutro per lei. Ma so che le si metterà alle costole, al di là di quello che succederà a me. Renderebbe un servigio a tutti e due, se fosse lei a mettersi alle sue calcagna».

Seguì un po' di silenzio. Anche il cavallo coperto sembrava in attesa del seguito.

«Se intende finirmi, signore», riprese Rigge, «sarà meglio farlo adesso. Lo spettacolo terminerà tra un minuto». E proprio in quel momento s'udì, attutito ma inconfondibile, un ruggito di approvazione provenire dall'auditorium.

«È solo la fine del quarto atto», disse Smith, a ragione. Nessuno uscì dal teatro e il silenzio ricalò sul prato.

«Di cosa stessero esultando non ne ho idea», continuò in tono appena più calmo. «Stanno praticamente assistendo a una parodia dello spettacolo vero e proprio. Nessuno sembra darsi il disturbo di comprendere veramente il significato di cui ogni scena è pregna. E la delineazione di Jack Absolute è particolarmente misera. Non è d'accordo?»

«Signore», disse Rigge, «mi sta puntando un coltello alla gola. Sarei dunque incline a concordare con lei».

«Qui si va ben oltre la battuta di spirito», disse Smith. «Uccida il capitano, mi dice? E dov'è che dovrei trovarlo?»

«First Water Lane, com'è scritto su quella lettera».

«Si tratta di una casa grande?»

«Se ne occupa un servitore e… in giro potrebbero esserci degli scaricatori di carbone».

«Come dice?»

«Gestisce un pontile. Sarebbe meglio attirarlo fuori casa con una scusa. È zoppo a una gamba, e dunque…».

«Zoppo, dice? Questo è un bene».

«Ma se lei gli fa pervenire una nota in cui dice che è pronto a pagare per evitare imbarazzanti collegamenti all'assassinio del padre, sono certo che accorrerà. Può dirgli di fare da agente per una certa donna che suo padre ha ritratto la settimana delle gare di corsa. Una tale dichiarazione non lo sorprenderebbe affatto».

«Sembra in possesso di un rancore senza limiti. Va in giro armato?».

A quelle parole, signor Erskine, Rigge esitò, ma finì per rispondere: «Mai».

Dopo una pausa ulteriore, Smith disse: «Non so perché non uccido anche lei. Non so perché non uccido tutti gli abitanti di questa dannata città».

«Devo dire che è difficile darle torto», rispose Rigge.

Trovando insopportabile il silenzio che ne seguì, uscii dal mio nascondiglio mollando un falso e rivelatorio colpo di tosse, per dare l'impressione (come ricorderà, signor Erskine, a mio tempo fui anche io attore) di un uomo di passaggio durante una camminata notturna. Lo stratagemma funzionò, poiché vidi Smith allontanarsi senza proferire parola, e Rigge – che a quanto pareva era ferito a un braccio – dirigersi nella direzione opposta, ignorando i miei richiami intesi a farlo tornare, girandosi però brevemente in mezzo al prato per rivolgermi un inchino di ringraziamento.

La sua era stata una performance clamorosa, penso, anche se un poco irresponsabile.

Christopher Ryder, pazzo, interrogato dal signor Erskine

Christopher, o Chris, Ryder è un giovane che ha passato la metà dei suoi trenta, o quasi, anni nella spaventosa residenza del Manicomio di York, e se si fosse potuto applicare il solito rimedio, lo avrebbero agganciato al muro con una catena corta. Se pure non fosse stato folle prima della sua incarcerazione, il pover'uomo, adesso, lo è di sicuro. Non è comunque pericoloso, e per quanto ne so nessuno si è mai lamentato che venisse lasciato libero di vagare nel cuore della città, a vivere delle elemosine e dei pasti occasionali forniti dal Rifugio dei poveri. Oserei dire che il suo solito grido: «Come stanno i tuoi poveri piedi?», non avrà mancato di irritare qualcuno, visto che insiste a ripeterlo per tutta la notte, ma in quel suo continuo chiedere c'è comunque traccia di buone maniere. Non si aspetta certo di ricevere risposta, e molti passanti intendono quella domanda come strettamente retorica e si tengono a debita distanza.

(Ma quale può essere l'origine di quella domanda? Mi sovviene che durante la sua prigionia i suoi piedi devono esser stati perennemente freddi, visto che agli ospiti del Manicomio non è concesso altro indumento che una lunga camicia da notte, e che ai piedi non portano scarpe. Da lì, dunque, potrebbe provenire la sua preoccupazione per le estremità).

Il signor Bright si era offerto volontariamente di intervistare Ryder, ma come fiduciario del nuovo e (spero) più umano manicomio ai confini della città, ho ritenuto opportuno che il compito dovesse ricadere su di me. Il caso del giovane Ryder mi intriga, e spero che nel tempo possa venir ricoverato nel posto la cui missione caritatevole è insita nel nome: il Ritiro.

Al momento, comunque, anche se fa freddo, a Ryder non piace affatto stare al chiuso. (Possiede, ormai, due robusti stivali. Non parlo di paio perché a dire il vero i due esemplari sono ben diversi tra loro, ma tutti e due parimenti resistenti). Credo che dove una persona ordinaria veda quattro mura, Ryder percepisca una cella. Non ha obiezioni in quanto al ritrovarsi sotto un *tetto*, come vedremo, e trascorre la notte in un fosso coperto da un trancio di sacco a ridosso dei campi collinosi che si trovano oltre Bishopthorpe. Ma le mura solide, quelle non le sopporta, fatto che spiega il perché si sia rifiutato di entrare nel mio ufficio e abbia richiesto che lo interrogassi nel bel mezzo di Precentor's Court, sotto lo sguardo attonito del vicinato.

Non sono certo un uomo di lettere, e ho riportato la nostra conversazione nel modo solito delle trascrizioni della Corte di Assise – vale a dire, riportando soltanto il nudo dialogo. Si noterà che parlando, Ryder ha il dono della brevità, ma pochi altri. È bene, dunque, che io chiarisca dei fatti prima di iniziare.

La notte di mercoledì 21 dicembre, Christopher Ryder si stava riparando dalla neve sotto l'arco di mattoni dell'Ouse Bridge. Là ha avuto modo di osservare una colluttazione tra due uomini, spettacolo che l'ha disturbato al punto che due giorni dopo ancora deplorava la scena, e nel farlo è stato udito da alcuni dei proprietari del negozio, che hanno creduto che quelle lamentele avrebbero potuto fare luce sugli eventi che andiamo descrivendo. Credo che quei galantuomini abbiano ragione, e che Ryder si sia trovato a fare da testimone proprio del momento cruciale della nostra storia.

Domanda: «Come mai si trovava sotto il ponte, Chris?»
Risposta: «C'è una lampada e non c'è neve. L'acqua si riflette sulle pietre in modo bello».

D: «Ha visto due uomini».
R: «Prima uno, poi due».
D: «Me li può descrivere?»
R: «Gentiluomini».
D: «Può darmi qualche altro dettaglio?»
R: «Il primo aveva un bastone. Era zoppo».
D: «Ha fatto la sua solita domanda?»
R: «Che vuole dire?»
D: «Gli ha chiesto dei piedi, Chris?»
R: «Sì. La gente si rinvigorisce quando glielo chiedo».
D: «Come ha risposto?».
R: «Non l'ha presa bene».
D: «Ovvero?»
R: «Ha tentato di colpirmi col bastone. Ha detto: "Prendilo come un avvertimento. Vattene via"».
D: «Ma lei non è andato via?»
R: «Mi sono solo allontanato un po'».
D: «Cosa stava facendo quel gentiluomo?»
R: «Aspettava, credo».
D: «Che aspettava?»
R: «L'altro gentiluomo».
D: «Quanto ha aspettato?»
R: «Poco. Il tempo che suonasse la campana».
D: «La campana della chiesa vicina, St. Michael?»
R: «È la chiesa sulla strada del cane».
D: «Batteva forse la mezzanotte?»
R: «Sì, era il suono del suo destino che arrivava dal cielo».
D: «La campana rintoccava quando l'altro uomo è arrivato?»
R: «Sì, signore».
D: «Che aspetto aveva l'altro uomo?»
R: «Era un gentiluomo grazioso, credo».
D: «Perché lo crede?»
R: «Aveva il cappotto lungo».

D: «Forse indossava una sciarpa?»
R: «Sì, bella grande».
D: «Era più giovane o più vecchio dell'altro?»
R: «Più giovane».
D: «Crede che si stessero incontrando per la prima volta?»
R: «Prima e ultima».
D: «Cosa si sono detti?»
R: «"Come va, signore? Dunque vuole fare affari con me?". *Questo* è stato detto».
D: «Dall'uomo con il bastone?»
R: «Sì, signore».
D: «E l'altro cosa ha risposto?»
R: «"Lei vuole essere pagato. Bene, stanotte avrà quello che le spetta". Non ricordo altro».
D: «Ma hanno continuato a parlare?»
R: «Per un po'. Ma non riuscivo a sentire».
D: «Parlavano a voce troppo bassa?»
R: «Troppo *alta*».
D: «È stato lì che hanno iniziato a combattere?»
R: «Più o meno».
D: «Può descrivere il combattimento, Chris?»
R: «Mi ricordo solo qualcosa».

[**Appunto del signor Erskine:** il pover'uomo è rimasto per qualche tempo in silenzio, e ho dovuto insistere per farlo riprendere a parlare].

R: «Uno aveva la pistola. Ha sparato. L'altro aveva un coltello e ha quasi staccato la testa all'avversario. Io ho urlato: "Fermatevi! Non dovete disturbare la quiete di questa città!". Ho detto che Dio avrebbe trasformato in bene tutte le loro afflizioni, se solo avessero fatto silenzio».
D: «Ma era ormai troppo tardi?»

R: «Ho visto la pozza rossa. Ho detto: "Qua serve un chirurgo". Ma il loro destino era giunto».
D: «Erano tutti e due morti».
R: «Più o meno».
D: «E lei cosa ha fatto, Chris?»
R: «Mi sono messo a correre per il ponte e sono andato giù».
D: «Giù?»
R: «Nel tombino».

Nota del signor Bright, che spiega come è entrato in possesso del diario del signor Rigge

Venerdì 14 dicembre dell'anno appena passato, provenendo dal mio alloggio su Trinity Lane, camminavo lungo Micklegate. Erano le sei in punto del mattino e mi stavo dirigendo al Black Swan, da dove intendevo prendere la carrozza per Malton, allo scopo di fare visita a mia sorella. Imboccando l'Ouse Bridge, vidi la carrozza per Londra (che aveva lasciato lo stesso Black Swan pochi minuti prima), avvicinarsi dal lato opposto. Il cocchiere era abbastanza spericolato e i passeggeri sul tetto, notai, si tenevano i cappelli con le mani, tale era la velocità alla quale aveva scagliato la carrozza. Stava per sorpassare un barroccio tirato da un somaro che portava assi di legno, e un altro carretto a quattro ruote, che pure andava veloce, si stava avvicinando dalla direzione opposta.

La strada su quel ponte è molto stretta, ma stretto era anche il barroccio, ed è per questo motivo, credo, che il cocchiere si sia lasciato tentare dal sorpasso. «Dovrei farcela per un pelo!», ricordo di averlo sentito urlare ai passeggeri, come fosse un fantino, mentre frustava i cavalli. Stava dicendo che intendeva passare tra gli altri due veicoli, a tutta velocità.

La carrozza riuscì a passare per un pelo, senza però evitare uno striscio lungo il pannello della porta, e, mandando quasi fuori strada il barrocciaio, provocò urla furiose di protesta del vetturino del carretto. E spero che non ritenga autocommiserazione la mia, se aggiungo che fui la vittima più grave di tanta idiozia, poiché non solo mi feci male a un braccio per aver, di necessità, dovuto balzare di fianco, contro la balaustra del ponte, ma sono rimasto anche colpito alla testa da una pesante borsa nera caduta dall'imperiale della carrozza. Una volta ripresomi, e dopo aver assicurato i passanti di non essermi fatto nulla di grave, il cocchiere era ormai quasi alla fine di Micklegate e praticamente non si riusciva più a vederlo.

Visto che ero comunque diretto allo Swan, ho portato con me la borsa – nonostante il suo considerevole peso – e l'ho consegnata allo stalliere in cortile, spiegando come ne ero entrato in possesso, storia che sembrò divertirlo oltremodo. Gli chiesi: «Presumo che sia possibile scoprire chi è il proprietario di questa borsa consultando la lista dei passeggeri?»

«Sì», rispose l'uomo, «oppure guardando dentro».

Aprì la cinghia della borsa e cominciò a rovistare, scoprendo due belle camicie di cambrì, due panciotti di ottima fattura e un faldone che teneva delle lettere – chiaramente destinate al signor Fletcher Rigge, che io, ovviamente, conoscevo. C'era anche una serie di dipinti di sagome e ricordai che Rigge – il tizio che il signor Erskine e io avevamo assistito nella questione concernente la sua tenuta – era in qualche modo coinvolto con il figlio del pittore di ombre che era stato assassinato. Ingiunsi allo stalliere di controllare il registro dei passeggeri, ed egli mi confermò che il signor Rigge era a bordo della carrozza diretta a Londra, che in quel momento, più o meno, doveva aver raggiunto, senza dubbio viaggiando a una velocità assurda, Tadcaster o qualche luogo nei pressi.

Nel corso della settimana seguente ho svolto delle ricerche e ho scoperto che Rigge aveva lasciato il suo alloggio – dopo aver pagato tutto l'affitto dovuto – e che gli uomini dello Sceriffo lo stavano cercando per riportarlo tra le mura del Castello.

Tornai a far visita al Black Swan per chiedere allo stesso stalliere cosa ne fosse stato della borsa. Era stata restituita al proprietario? No, il signor Rigge non ne aveva fatto richiesta, senza dubbio perché non aveva intenzione di rivelare il suo nuovo indirizzo. Ero ormai molto curioso al riguardo del signor Rigge e chiesi dunque allo stalliere se quella borsa potesse consegnarla a me, o a un rappresentante della legge, in caso si fosse riusciti a ottenere un'ingiunzione. «Lo sa cosa le dico, amico mio», mi rispose, «mi dia uno scellino ed è sua».

Una proposta quantomeno irregolare, a voler essere gentili, ma visto che le tante domande sul comportamento del signor Rigge stavano diventando sempre più pressanti, gli elargii la somma che aveva richiesto. Riportai la borsa a Precentor's Court, dove il signor Erskine e io la esaminammo assieme.

Tre giorni dopo, pensai di fare visita all'ufficio postale di Lendal, per chiedere se ci fossero lettere non ritirate per il signor Rigge. Non ne trovarono alcuna. C'era, comunque, un pacchetto per una delle corrispondenti del signor Rigge (come è stato chiarito dal contenuto), la signora Sampson, in giacenza da cinque giorni. Proveniva da Londra, ma mancava l'indirizzo del mittente. Ottenemmo un'ingiunzione e aprimmo il pacchetto. Era il diario di Rigge, presumibilmente spedito da lui stesso a quella donna, così che lei potesse distruggere la testimonianza incriminante che serbava su di lei, e *assicurarsi* che venisse distrutta. Non era stato ritirato poiché all'insaputa di Rigge, come abbiamo scoperto in seguito il signor Erskine e io, la signora Sampson aveva lasciato la sua casa di Monk Street. Il marito non aveva idea di dove fosse andata, ma credeva, o faceva finta di credere, che prima o poi sarebbe tornata. Non era la prima volta che scompariva, disse.

[Poscritto del signor Erskine:

Nel diario di Rigge, il signor Bright e io leggemmo tutto quello che riguardava il capitano Harvey, sapendo che la sua casa di First Water Lane era andata in fiamme il giorno dopo il ritrovamento del suo cadavere vicino a quello di Smith, sotto l'arco dell'Ouse Bridge.

Quale collegamento possa esserci tra questi due eventi era, e resta, sconosciuto, ma in quella parte della città si vocifera che ne siano responsabili uno o più scaricatori di carbone. Di certo al pontile ce ne sono meno rispetto a prima, e in accordo con il signor Bright suppongo che si siano rapidamente disamorati del modo in cui il capitano li sfruttava, o più semplicemente che non fossero mai stati da questo pagati.

A estinguere l'incendio è stato chiamato il carro dei pompieri, ma il cavallo – al pari di tanti altri cittadini di York – sembra essersi rifiutato di avventurarsi giù per First Water Lane. Nel suo caso, naturalmente, l'inibizione può esser stata causata dalla vista delle fiamme, anziché dalla paura di essere aggredito.

Il fuoco è stato certamente alimentato dalle grandi scorte di carbone presenti sul molo e nello scantinato di Harvey. Nessuna delle persone collegate alla casa si è fatta avanti, e nelle macerie non sono stati ritrovati resti umani. Soltanto il diario di Esther, assieme alla lettera di avvertimento mai spedita al signor Rigge, è stato ritrovato nello scrittoio portatile sopravvissuto al fuoco poiché bordato di ottone, e costruito con un legno di ottima qualità, che anziché bruciare del tutto si è appena scurito per le fiamme. Del fato di Esther e del servitore Stephen non abbiamo, sinora, notizia alcuna.]

Nota di chiusura del signor Erskine per il signor Taylor

Dopo che il signor Bright le ha spiegato come è iniziata la nostra storia, ora spetta a me concluderla.

Il mistero di chi abbia commissionato all'ignoto ladruncolo di rubare le ombre permane. È anche possibile che quel furto non sia mai stato commissionato, e che si sia trattato soltanto del gesto di un ladro comune che agiva per suo conto.

Volevo qui includere una seconda lettera auto denigratoria del giovane Bob Richmond della libreria di Skelton, nella quale ammette di essere rimasto vittima di una «odiosa gelosia», che ha fatto sì che rivelasse alla signorina Spink e al di lei padre di aver visto Rigge in compagnia di Esther. Ma sembra che includerla possa servire a ben poco, e il comportamento di quel giovane sarà poi oggetto di contesa tra lui e il suo Creatore.

Concludo, mio caro Taylor, con un'altra lettera più significativa, che andrà a fungere da *finale*. È arrivata nel mio ufficio una settimana fa, spedita dal signor Villiers, il letterato e Diamante Nero londinese.

Lettera del signor Villiers al signor Erskine.
4 Bride Lane, Londra.
7 gennaio 1799

Memore del nostro recente scambio epistolare, ho pensato che la seguente storiella potesse riscuotere il suo interesse.

Tre giorni fa, stavo camminando lungo lo Strand assieme al signor Bird. Era una bella mattinata (la prima, dopo molte settimane); la strada era tutta un trambusto colorato, e il solito traffico sul fiume aveva più l'aspetto di una regata che di un lento funerale galleggiante come spesso capita d'inverno. Eravamo tutti e due di ottimo umore. Il signor Bird aveva di recente scoperto di aver ricevuto dodici sterline come anticipo per il suo prossimo libro di poesie. Erano soltanto due sterline in più di quello che aveva guadagnato con il suo libro precedente, Canto di Uccelli, *e gli ho ricordato di rivolgere un pensiero a tutti quei giovani brillanti che non avevano mai ricevuto un penny per le loro liriche. (A lui, ovviamente, non gliene veniva in mente nemmeno uno).*

Non ho alcun nuovo volume in progetto, ma è per me già abbastanza sapere che presto i Diamanti Neri non esisteranno più, visto che la grettezza di Gowers si è ormai dimostrata intollerabile a ognuno dei membri. So che Noble ha continuato a partecipare alle riunioni settimanali alla Cuthbert's Ale House, ma solo nella speranza che Gowers scrivesse con favore del suo debutto letterario – un volumetto titolato semplicemente Pensieri *– sulle pagine del «Critical Examiner». La settimana scorsa, su quell'augusto giornale è comparsa una recensione firmata da Gowers che di fatto, con la scusa di rivolgere un debole plauso, malediceva proprio quel lavoro, con il titolo* I pensieri modesti di un uomo modesto. *Immagino che alle prossime riunioni il nostro collega dall'aspetto bislacco siederà a capo di un tavolo vuoto.*

Il signor Bird e io ci siamo allontanati dallo Strand diretti al piccolo cortile dove risiede la libreria di Pennington. Con un cenno del capo al vecchio Pennington – persona assolutamente squisita se si ignora il suo assurdo parruccone – che stava sistemando libri sullo scaffale vicino la porta, entrammo nella stanza sul retro, dove sono esposti i volumi di poesia. Al signor Bird piace guardare, e a volte persino acquistare, vecchi volumi di poesie che sono ormai fuori catalogo, e forse è meglio che io non riveli perché. Io mi sono diretto nella stanzetta a fianco, dedicata alle "Miscellanee", dove a volte vengono catalogate le mie stesse opere, nel qual caso le rimuovo dallo scaffale e le piazzo in posizione migliore sul tavolo centrale, mentre faccio il contrario con altri lavori ai quali viene dato un risalto che mi appare ingiustificato.

Stavo dunque dando il via a queste manovre quando ho udito una voce vagamente familiare, abbastanza sommessa, seguita dalla risposta a volume più alto di Pennington: «Buon pomeriggio a lei, Fletcher. Ci vedremo domattina presto».

Mi precipitai sul davanti del negozio solo per vedere la pallida e suppongo elegante figura del vostro – anche se a questo punto dovrei dire nostro – signor Rigge girare l'angolo del cortile e svanire lungo lo Strand.

Naturalmente ho iniziato a tempestare Pennington di domande su di lui, e il signor Bird, parimenti intrigato, mi stava vicino. Sembra che Rigge sia entrato nel negozio di Pennington a metà dicembre, chiedendogli se avesse da dargli lavoro. Possedeva già esperienza del commercio di libri, aveva detto, e poteva fornire una lettera di raccomandazione di una ben nota libreria di York. Pare che Pennington fosse alla ricerca di un assistente, e così aveva accettato l'offerta di Rigge, che si era dimostrato un lavorante coscienzioso, sebbene se la cavasse meglio con i libri che con l'aspetto contabile, intendendo con questo che con i soldi era un disastro, anche se non si metteva di certo in dubbio la sua onestà. Un'altra sua pecca era quella di trascorrere lunghi lassi di tempo seduto a rimuginare cupo, quando pensava che nessuno lo stesse osservando. Di notte, e a volte nei momenti più tranquilli della giornata, Rigge si metteva a scrivere per conto suo, e il signor Pennington aveva scoperto solo due giorni prima che aveva venduto il manoscritto di un romanzo all'agenzia editoriale di Constable, che ha gli uffici a Russell Square.

«Per quanti soldi?», chiese il signor Bird, con non poca trepidazione.

«Si tenga forte», rispose il vecchio Pennington. «Duecentocinquanta sterline!».

Mi lasciai sfuggire un fischio.

«Deve trattarsi di un libro tremendo», disse il signor Bird.

«Perché mai?», chiesi al mio competitivo amico.

«Il merito è inversamente proporzionale al denaro», disse.

«Oh, ma certo», commentò Pennington, «non ho alcun dubbio che si tratti in qualche modo di meretricio».

Bird si sentì rincuorato da quella supposizione, ma credo che si abbacchiò di nuovo quando Pennington aggiunse: «È stato lo stesso Rigge a dirlo».

«Qual è il soggetto?», chiesi.

«Non l'ho letto», disse Pennington, «e credo che non ne avrei nemmeno sentito parlare, se fosse dipeso da Rigge. Ho sentito la notizia per sbaglio mentre chiacchieravo con un paio di letterati da Cuthbert. A quanto pare parla delle iniquità della città rispetto alla vita di campagna. Ora è andato a Russell Square per parlarne in una conferenza».

Ripensando alla nostra corrispondenza, signor Erskine, gli ho chiesto se la storia avesse qualcosa a che fare con i dipinti di sagome. Pennington mi ha risposto che dalla descrizione che gli era stata fatta dell'opera, pensava di no.

«E cosa crede che ci farà con tutti quei soldi?», chiesi.

«Be', mi ha dato preavviso che si licenzierà», rispose Pennington, «e credo che una parte sia andata a pagare un debito che

aveva contratto a York. Per quanto riguarda il resto… ho capito che ha in mente di trasferirsi in campagna, e che spera di riuscire a comprare una piccola fattoria. Si è di certo letto con foga tutti i miei libri sull'agricoltura e sull'allevamento animale».

«E dunque smetterà di scrivere?», propose Bird.

«Credo che sia sua intenzione».

«Ne sono ben lieto», commentò Bird.

Ma si vedeva che il vecchio Pennington non aveva finito.

«Continui pure, signore», lo incoraggiai.

«Una giovane donna è venuta a cercarlo ieri. Forse non proprio così giovane, ma comunque una signora assai attraente, con un cappello a tricorno assai curioso». (E curioso doveva esserlo davvero, se persino il vecchio Pennington ne aveva preso nota). «Rigge era già andato via, ma la donna ha lasciato un biglietto, che gli ho consegnato stamane».

«Si trattava di un'amante?»

«Difficile dirlo», rispose Pennington, «ma per un'ora buona, si è seduto alla scrivania col biglietto in mano, girandoselo e rigirandoselo tra le dita, oltremodo perduto, signori miei, in quella contemplazione».

Indice